午夜旋涡

MIDNIGHT WHIRLPOOL

房建辉 —— 著

新世界出版社
NEW WORLD PRESS

图书在版编目（CIP）数据

午夜旋涡 / 房建辉著. -- 北京：新世界出版社，2020.8

ISBN 978-7-5104-7047-9

Ⅰ.①午… Ⅱ.①房… Ⅲ.①侦探小说—中国—当代 Ⅳ.①I247.5

中国版本图书馆 CIP 数据核字（2020）第 033503 号

午夜旋涡

作　　者：	房建辉
责任编辑：	曲静敏
责任印制：	王宝根
责任校对：	宣　慧
出版发行：	新世界出版社
社　　址：	北京西城区百万庄大街 24 号（100037）
发 行 部：	（010）6899 5968　　（010）6899 8705（传真）
总 编 室：	（010）6899 5424　　（010）6832 6679（传真）

http://www.nwp.cn

http://www.nwp.com.cn

版 权 部：	+8610 6899 6306
版权部电子信箱：	nwpcd@sina.com
印　　刷：	天津中印联印务有限公司
经　　销：	新华书店
开　　本：	710mm×1000mm　1/16
字　　数：	232 千字　印张：18
版　　次：	2020 年 8 月第 1 版　2020 年 8 月第 1 次印刷
书　　号：	ISBN 978-7-5104-7047-9
定　　价：	42.00 元

版权所有，侵权必究

凡购本社图书，如有缺页、倒页、脱页等印装错误，可随时退换。

客服电话：（010）6899 8733

目录

- 一、零点呼叫 …………… 001
- 二、不翼而飞 …………… 011
- 三、林倩茹 ……………… 017
- 四、危情 ………………… 025
- 五、一步之差 …………… 030
- 六、瞒天过海 …………… 040
- 七、声东击西 …………… 051
- 八、入套 ………………… 060
- 九、暗流 ………………… 067
- 十、组网 ………………… 072
- 十一、潜形 ……………… 078
- 十二、追踪 ……………… 084
- 十三、惊心 ……………… 091
- 十四、疤面人 …………… 097
- 十五、二十四号别墅 …… 102
- 十六、狩猎 ……………… 107
- 十七、人外人 …………… 113
- 十八、身后有人 ………… 119
- 十九、补网待张 ………… 125

二十、打草惊蛇 ………………… 131
二十一、惊魂 …………………… 137
二十二、措手不及 ……………… 143
二十三、困厄 …………………… 149
二十四、紧缩的金箍 …………… 154
二十五、明枪暗箭 ……………… 159
二十六、夜探 …………………… 166
二十七、虎口余生 ……………… 172
二十八、变形 …………………… 178
二十九、夜警 …………………… 183
三十、熹微 ……………………… 189
三十一、诱捕 …………………… 194
三十二、证人 …………………… 201
三十三、保密 …………………… 208
三十四、节外生枝 ……………… 214
三十五、午夜惊魂 ……………… 220
三十六、角逐 …………………… 228
三十七、台前幕后 ……………… 232
三十八、虚实相生 ……………… 236
三十九、偷天换日 ……………… 245
四十、信任危机 ………………… 252
四十一、考察 …………………… 257
四十二、探路 …………………… 262
四十三、双管齐下 ……………… 268
四十四、智斗 …………………… 274
四十五、迷雾 …………………… 281

一、零点呼叫

丁零零——丁零零——电话机铃声惊心动魄地打破值班室里的寂静。

夜，很深沉地将安城市纳入自己的怀抱，宽容大度地纵容城市在黑夜里我行我素。满城灯火营造出的暧昧四下里流窜，放纵得两条腿的动物越发胆大妄为，在心理上、在行动上肆无忌惮地扯下了白天的伪装，公开批发起私欲。

在整个放松了的城市里，唯有市公安局大门口门卫室兼夜间值班室里的灯火，大睁着警惕的眼睛履行着监督者的责任。

当班警察余心华早被夜城市里的情味引诱得灵魂出窍，只剩下一具穿着警服的躯壳，趴伏在面前的桌子上，在梦里和老庄理论到底是无为好还是有为强。电话铃声虽然像大火上房那样拼命紧急，而他的脑海里早就厌烦透了它们，对它们早已筑就了高强度抗拒能力，但电话铃声依然像癞皮狗一样死缠烂打——

这几天，一个叫张影的警校女大学生来局里实习。也不知为什么，常务副局长桑心华让那个女大学生来跟他这个倒霉蛋坐夜班。张影和他值班的这两天，值班室里不再门庭冷落。而当张影探知余心华的底细，她的笑脸仿佛冻结了，这不，现在值班室里只剩下余心华一个孤家寡人了。

丁零零——丁零……"喂，深更半夜叫魂啊！"余心华实在不耐烦铃

声的干扰，猛抄起电话嚷道。

凭他值班以来的经验，如果没有什么大事，他这一嗓子有足够的功力阻止来电者的搬弄是非，摔过话筒继续进行他的好梦，如果真的有事，也耽误不了，因为他每次嚷过之后总要静听十几秒，报告大事者是不计较他的态度的，或许比他口气还冲。

现在余心华的耳朵里仍然响着来电者的喋喋不休，不是那种跳脚跺地或出言不逊，而是中气充沛的男中音，男中音简短地向他的耳朵里强行送进几个关键词组和请求。

余心华声音震惊地重复道："后园街北巷？女尸！喂，您能不能说得详细一点，喂、喂、喂……"那个男中音报复性消失了，听筒里的盲音透着一股怪异和蔑视。余心华习惯性抬头看了一眼对面墙上挂着的电子钟，时间正好是零点。提笔朝值班簿上写道：零点呼叫。内容：后园街北巷，女尸。来电者为一中气充足的男中音。

一年前，他刚上岗三天不到，被分配在办公室打杂，处于熟悉环境的阶段。他觉得无限委屈，如果不让他进刑警队那也太对不起他的所学了。他一个堂堂的刑侦专业的高才生，怎么能整天和那些快要退休的老头还有那些干办公室的女警们厮混在一起，岂不报废了自己的专业才能？他的心理分析、擒拿格斗、射击、三千米障碍跑在大学里无人能及，本想出来当中国的福尔摩斯，然而现实太骨感了。

经他软磨硬泡死缠烂打，局里才同意让他在一个星期后进入刑警队。

进刑警队第三天的午夜时分，余心华寝室的门被敲响。他迅速开门，见是当班的桑副局长，于是，立刻武装自己。等他武装好自己，桑副局长的命令也下达完毕。

命令里告诉他：后园街北巷发现一具女尸，局里抽不出人手，叫他提前上岗，带上值班室的女警小黄去后园街勘察处理。桑副局长还说要亲自蹲值班室，有情况立即报告。余心华道了一声谢谢，马不停蹄地跑向值班室。

桑副局长回到值班室时，值班室里已经人去屋空。

余心华和小黄很顺利地在后园街北巷找到了那具女尸。后园街北巷只是后园小区出南华大道的一个通道，总共长不过百十米，夜深人静，不多的几家做夜生意的小店早关了门，街上没有一个行人，街巷里只有几盏泛黄的路灯透出幽幽的光，静得令人汗毛倒竖。

没有经过阵仗的小黄，早已吓得蜷缩着身体亦步亦趋跟在余心华身后，只差没有用手抓住余心华的衣服了。余心华拍完照经过初步勘察，认定是中毒式自杀，和小黄商量要找目击者或者是打电话报警的人。小黄完全同意余心华的主意，但是反对他们两个分开各向一个方向寻找。余心华想了想，又看了看这似乎黑暗静谧得到了原始状态的夜色，断定尸体不用人看守，一两个小时里不会出事，带着小黄先向小区里寻查过去。

当他们返回来时女尸却不见了，余心华惊慌恐惧不已，这可是惊天动地的疏忽造成的。经过短暂的调整，强行压制了心里的紊乱。他和小黄调整路线一直寻找到天亮，女尸魔术般凭空消失，又好像特意和他余心华开了个残酷的玩笑，福尔摩斯的梦可能因为这个致命的疏忽提前结束。

余心华没能进入刑警队。局里没有处分他就很开恩了，他哪有资格提要求，他只能接受安排。他总想证明自己，总想洗脱一切，可能的话他要放一颗卫星，可是哪有机会轮得到他放卫星？随着日子一天天滑过，他的脾气也不那么急躁了，自尊心也没那么强了。这不，连一个刚出警校的黄毛丫头也跟他闹罢工，他只能默默地忍受。

今晚，一年前的情景仿佛重现了，怎能叫他不震惊、不惊喜？他想洗脱自己、证明自己，这是唯一的机会。局里那些刑警们忙得不分白天黑夜，哪有多余的人手？他似乎看到自己的卫星搁在火箭的脑袋上了，

要随着火箭整装待发。今晚正好是善解人意的桑副局长值班，可是，桑副局长能相信他？肯为他担责任？

那件事以后，他成了局里的笑话，领导们连正眼都不瞧他，似乎瞧余心华一眼就是降低了智慧。只有桑副局长没有歧视他，时不时见到总要安慰安慰他。现在，桑副局长能用他吗？他完全没有把握，自己把自己圈在矛盾中。

职业习惯促使余心华抄起内线电话，心情矛盾地准备向在话筒另一边值班的桑副局长汇报此事。话筒里传来的是不紧不慢的嘟——嘟——，快要到电子小姐报告"对不起，您拨打的用户暂时无人接听"了，话筒里才传来："喂，你哪里？"声音里充满了睡意的倦意，给余心华第一判断是桑副局长刚从局长值班室的床上坐起来。

余心华也管不了许多，很激动地说："桑局长，我是小余，那事又出现了！"桑副局长仍然睡意倦意地打着哈欠道："小余啊，什么那事又出现了？你不是拿我的瞌睡开玩笑吧？哈哈，好你个小余。"

"一年前那事，就是后园街北巷里又出现了女尸。"

"真的？别是你头脑里想多了生出的幻觉吧？！"

"反正有人打电话报了案，电话里是这么说的！"

"那你还不快去！"

"真的，局长您让我、我去？"

"啊，现在都是一个萝卜一个坑，你不去谁去？"

"您、您相信我，好，我去我去！"

"带上张影！"

"张影，她……张影她没在……"

"那你还不快叫上张影，我给你们看班。"

余心华一个字也不敢多说，激动得不知道话筒是怎么离开手掌的，忙在值班日志日期栏里填上"2013年2月26日星期二"，在记事栏里匆匆潦草地写道:"零点,后园街北巷,女尸。接桑副局长电话指示,我和张影出现场。"

张影住在集体宿舍,余心华一路跑着来到门口,紧急敲响宿舍的门,有个女生在里面恼怒道:"谁,干什么?"

"我,余心华,找张影。"

"余大业余啊,深更半夜的,你莫不是……"听到"余大业余"几个字,里面几个醒了的女警齐齐地笑出声来。这要是在平时,余心华总要好好地和她们纠缠纠缠,用纠缠来打发时间是最好的娱乐,更是不可多得的自我麻醉,反正他有的是时间拿来消磨。现在,他虽也听出话里充斥着戏弄,却没有一点要纠缠的意思,忙催促道:"快叫醒张影,真的要出现场。"

"莫不是又来了零点电话出现了零点女尸了,再来个零点大业余吧。"哈哈哈,屋内爆响起一阵快活的大笑。余心华知道说这话的是佘丽,狠狠地踢了一脚宿舍的门,恶狠狠地道:"佘丽,你爱信不信,反正我通知到了,误了事你担着。"说罢气哼哼地走了。

余心华转到办公楼前面,看到桑副局长正在值班室门口的灯光里打手机。桑副局长看到匆忙而来的余心华,匆匆说了一句便结束通话,迎着他笑着问:"张影还没起来?"余心华刚要张口,桑副局长很善解人意地笑着:"女同志的动作就是慢,不过没关系,司机起来还有一会儿。"

"局长,给我们派车子?"

"啊,这有什么奇怪的?现在都什么年代了,没有车子那不耽误事情?这里到后园街光步行怎么着也要二十来分钟吧,我再催催。"说着又拨通电话,等了片刻道:"廖师傅,我是老桑,你快点,等着你的车出现场。哎……哎……好,动作快点。"刚挂断通话,张影跑步赶到,还扣着领口的扣子。桑副局长对他们好一顿交代,俩人频频点头。

廖师傅的车开到院门口划了道弧线刹住,余心华和张影跑过去拉开

车门坐入。余心华匆匆对廖师傅道:"后园街北巷。"廖师傅松开离合器一踩油门,车子像脱缰的野马冲出院门。

车子风驰电掣,坐在里面的余心华依然感到车速太慢,像个小脚老太太,连声催促开快点。廖师傅不耐烦地回敬道:"余大警官,你没看表吗,这都到六十了。这里是限速路,白天只能开四十码,我还指着开车吃饭呢,我可不想招惹那些交警。"余心华没敢再说,坐在后排的张影忍不住一声轻笑,余心华全当没听到。

车子很快在街口停下,余心华和张影迅速下车。

昏黄的路灯打在路面,前面十来米的路面上模糊地躺着一个人,同时发现两个黑色的身影朝躺着的人跑来。余心华大喝一声:"干什么的,站住,我们是警察。"两个身影似有不甘,稍一停留便扑向几步以外躺在地下的人形物体。余心华来不及多想拔出枪和张影同时冲上去,并喊道:"再不站住我们开枪了!"两个黑色身影放下抓到手里的那人的胳膊,急速跑开。

张影风一样冲出要抓捕俩人,余心华连忙喊道:"张影,回来,保护现场要紧……张影张影……别中了调虎离山……"张影这才放弃即将到手的猎物。

余心华叫廖师傅将车子开进来,借着车灯强光,终于看清楚地面躺着的确实是一个女人。他不敢大意,因为有了一年前的教训,他要首先确定地面躺着的女人是不是已经死亡。他用手指探女人的鼻息,鼻息全无,又用手指掐女人的人中,全无反应,这才确定这是货真价实的女尸无疑,心里暗暗松了一口气。

虽然,那两个人之一已经触及到地上的女尸的胳膊,但是没有来得及拉起就被迫放开,现场基本没有被破坏。

余心华惊讶地发现,死者姿势和头的朝向同一年前那具死尸完全一致,莫不是死者因同一原因致死?是自杀还是他杀?余心华飞快地在脑子里闪过这个念头，忙收住心里的疑问蹲下身体仔细查看。张影提着相机准备拍照，见余心华贴着尸体蹲下阻挡了拍摄的镜头，便收起相机随着下蹲一道查看尸体。

死者头朝后园小区的方向，一只手前伸一只手捂住胸口，看样子死者是从南华大道进入后园街北巷，目的地应该是后园小区或后园小区方向的某地。张影这么主张。余心华却认为死者是从后园小区方向出来，要出南华大道，只是药性发作了想赶回后园小区方向，可是没容她到达目的地便倒在中途。俩人各执一词僵持不下。

廖师傅提醒他们赶快勘验，说是刚才两个不明身份的人出现，说不定还有同伙，此处危险。听得此话，俩人赶紧对现场和死者做勘察记录并拍照，初步确定女尸是中毒而亡，死者的年龄应该在二十八岁左右。

余心华自言自语道："既然是中毒死亡，刚才那两个人来干什么？是打劫的还是有什么其他目的？她死亡之前有没有呼救？如果呼救了，两边住户有没有反应？如果没有呼救，这怎么可能呢？"张影道："说什么呢，你不知道这里危险？还不快点。完事了，到局里有的是时间分析推敲。"

余心华回过神来对张影说："你用手测测体温……"张影会意，右手探进女尸胸腹部，停顿了一会儿，抬头道："尚有余温，完全死亡不会超过半个小时。"余心华一边记录一边道："搞准确些，不要像上次……"张影没有答话，认真地探测一会儿，肯定地说："没错，完全死亡时间应该在四十分钟到半小时之间。相信我，我在学校学的就是鉴证。"余心华这才露出笑容道："我不是不相信你，我是被我上次的事搞怕了，所以才不得不……"

"谨小慎微了是不是？"

"你说得没错，是……"

张影又说："哎，这个女的怀孕了……是怀孕了……大概有五个月

了……是的,五个月,胎儿因窒息死亡。"

余心华这才有心情看女尸的面部。这一看吓得余心华心里一惊,忙用眼睛在死者和张影的脸面之间来回切换。心里升起一阵诡秘的寒意,指着死者语不成调地道:"张影,看看,她,你,像,你们、你们……"张影也被余心华的话搞得一头雾水,抽出探测的手,仔细端详着死者的面部。

死者的面部因痛苦而扭曲,但是,那张青春的面颊上仍然容光可鉴,长圆脸面,瘦削的下颌透着美丽和干练,弯弯的细眉透露着善良和美好,大张着的晶亮的双目似乎在诉说着某种不幸和无辜,这一切足以说明她生前有着大把美好的时光,或许还有许多美好的期盼和梦想。然而,这一切都毁在转瞬即逝的某种不知名的药物之下,也许毁在某种阴谋之中。

余心华由最初发现死者和张影长得极其相像的惊讶、惊恐,过渡到悲悯导致死者死亡的不幸里。张影此时此刻完全被死者的长相惊得说不出话来。

廖师傅道:"小余一提醒,这个女的还真和小张长得挺像的。"

"怎么说话呢?"余心华朝廖师傅吼了一句。廖师傅知道自己说话唐突,没敢分辩。余心华对仍低头看着死者的张影道:"张影,我们该回局里了。"张影这才站起身,很感激地看了一眼余心华,又和余心华一起,抬起死者走向吉普车,廖师傅忙抢先打开后备箱。

车子到局里大门口,桑副局长迎出值班室。

余心华没有一点终于能够完成任务带来的喜悦和有机会洗刷证明自己的兴奋,他仍然沉湎在对死者不幸的同情里不能自拔。张影也没有丝毫激动的表示,倒是廖师傅将俩人初期的英勇、中期的细致以及最后的悲伤和同情,添油加醋地夸奖了一遍。

桑副局长听了,安慰了几句道:"警察有良知最好,但是,我们不能让情绪左右了我们的意志和智慧,这是警察的大忌。你们如果还是这个样子,我就将这个案子的后续侦查交给其他人。"

余心华和张影似乎同时道:"不能交给别人,我们能办好的!"余心华加上一句道:"局长,请相信我们,我们分得清轻重的,您看,我们好不容易遇上,您就成全我们吧。"

"好好,这个明天再说。现在,把死者放到检验科后面的冷藏室。"

"局长,就现在开始检验,我都等不及了。"余心华请求道。桑副局长道:"也好,事情宜早不宜迟……可是,现在要叫醒他们的……哎,我看还是明天吧,老邢都六十出头了,年轻的还不正好陷在好梦里?"

"局长,您可是答应了这个案子归我们!"

"归你们归你们,廖师傅开车走吧。"

存放好尸体,余心华和张影全无劳累和瞌睡,缠着桑副局长分析案情。桑副局长很有兴趣地坐在值班室里听他们分析,时而插上一句或两句话。他们一致认为检验从中毒入手,还要提取胎儿的DNA样本待以后备用。外调首先搞清死者的身份,然后就能一步步导出死亡原因,搞清隐藏在死亡里的那些事。余心华和张影说得信心满满,好像案子已经破了,他们正在接受表彰的证书、鲜花和掌声。

桑副局长毕竟年龄大了,熬不过兴趣盎然的年轻人,听着听着不断打着哈欠。余心华见此情景忙停止分析和自我陶醉,道:"桑局长,您是不是困了?要不您回值班室睡一觉,现在离上班还有好几个小时。"

桑副局长看了一眼墙上的电子钟,都到了凌晨三点半了,忙说:"我就不用了,反正这么多年都习惯了,倒是你们年轻人,这个时间是入梦的好时候。你们都去吧,天都快亮了,我在这儿盯一会儿,你们抓紧睡两个小时。根据我的办案经验,你们一旦正式接手了此案,是没有多余的时间享受睡眠了,养足精神明天正式接案。"

"那就是说,您让我们办这个案子了?"

"你啊小余，不给你们办给谁啊？！我从来都是相信你的能力的，只不过因为那个事，我不好说话。现在好了，终于有机会了，你们可要办好。有什么困难，只要你们相信我，我可以为你们提供我多年办案经验，做你们的后盾。"余心华紧紧握住桑副局长的手："谢谢局长，我们一定不辜负您的厚望。"

"那你们还不抓紧时间养精蓄锐。"

张影感激地道："谢谢局长，我这就去睡觉。"余心华朝桑副局长来个飞吻，笑着夺门而出。

二、不翼而飞

空前的兴奋让余心华无法入眠，折腾了好一会儿，才强行命令自己停止想象迅速找回瞌睡。

一觉醒来，白天哗啦一下子呈现在眼前。强烈的阳光刺得他一惊，翻身起床，慌忙披上衣服，随手从晾竿上扯下毛巾擦了几把脸，就着水龙头赶紧漱了口，拉开门冲出楼道。楼上、院子里阒无人声，看了手机里的时间，刚刚早上七点，属于上班前的忙碌阶段。余心华没有心情打发肚子的空虚，全部心思都集中在即将到来的案子上。

昨晚运回来的女尸，停放在楼背后的冷库里。好像有一股不可抗拒的力量牵引着他下楼、出院门，转身走向冷藏库。

冷库的门没有上锁，余心华心头掠过一丝意外，忙伸手推门。门虚掩着，一推就开，映入眼帘的景象让他的头脑彻底短路。

门后几步远的地上，面下背上趴着冷库管理员老吴，锁和钥匙还拿在老吴的右手里，身体一动不动，后脑勺上被开了个鸡蛋大小的血洞。余心华心中大震，下意识抬头望向储存女尸的冰柜。冰柜的第二层抽屉被抽开。余心华抢上几步扑到抽屉跟前，抽屉里哪里还有尸体？余心华一下子蒙了。

余心华努力让自己恢复理智，转身刚走到门边，就听到门外传来一阵杂沓的脚步声和说话声。

　　桑副局长领着刑警队长李文虎、法医老邢和他的助手，还有张影走进门里。大家被眼前突如其来的景象镇住，又将一个个惊叹号和问号投送给呆呆站在门边的余心华。桑副局长问："小余，老吴他、他怎么了？"余心华掀动一下嘴唇道："我来时就这样！"法医老邢和助手不须命令，蹲下身体勘验老吴的尸体。李文虎道："你来了多长时间？"张影代替回答："十分钟不到。"

　　"你怎么知道的？"

　　"余心华出宿舍楼院门时，我和佘丽刚刚下楼看到他朝着冷库走。"

　　"不好！"桑副局长疯了般扑向存放女尸的冰柜，结果和余心华看到的没有什么两样。屋内站着的四个人都像被遽然而至的寒冰冻住，成了一个个冰冻了的活体标本。老邢匆匆勘验过老吴的尸体，站起来道："老吴被钝器所伤，已经死亡一个半至两个小时了。"

　　"你能确定？"桑副局长追问。

　　"百分之九十五以上。"老邢说完回身填写勘验记录。桑副局长当众宣布：立即勘察现场。此案在没有侦破之前，任何人不得走漏消息。

　　勘察的结果表明：从门口到冰柜之间有两串鞋底经过处理的鞋印，余外就是老吴的尸体和附着在后脑勺上的血洞了，连一枚指纹一根毛发都没有发现，可见来者的老练。

　　小会议室里，众人对老吴的死和女尸被盗意见一致，都认为凶手为盗取女尸而杀死了老吴，来者是老吴非常熟悉的人，佐证是老吴死于毫无防备之下一击毙命。至于这个老吴很熟悉的人是谁，是局里的还是局外的，还须进一步调查。

　　本来最早出现在现场的余心华的嫌疑最大，由于有张影和佘丽的证言而排除。因为老吴死了一个半小时以上，而余心华出现在现场不到十分钟。对于凶手盗走尸体的目的，大家产生了分歧，李文虎认为盗走尸体是为了毁尸灭迹。余心华认为女尸里含有某种秘密，必须清除，毁尸灭迹只是表象。大多数人赞同李文虎的判断,说余心华在异想天开,是间谍影片看多了生出的臆想。

钟局长严肃地道:"我看小余的看法值得大家重视。他这么想,不一定就是说涉及间谍和情报。比如,女尸肚子里的胎儿,以及身体上某种特殊的标记啊都有可能暴露了秘密,而这个秘密一旦被追查就可能暴露更大的秘密,这才是对方不惜铤而走险盗取女尸的原因所在。"钟局长的话扫除了大家对余心华判断的不信任,也增强了余心华的信心。

至于如何侦破,大多数人认为应从老吴的死亡入手,因为这是目前仅有的线索,也容易突破。

余心华却说:"我认为应该立即调查女尸,女尸是这个案子的根源和中心。老吴的死虽然有尸体有伤口有鞋印,看似破案容易,实则艰难。凶手老练至极,仅凭这些在短时间根本不可能有所突破。"李文虎不屑地问:"现在女尸没有了,仅凭你和张影的现场记录和目击能破案吗?你这不是向空气宣战吗?"李文虎的话招来一阵轻蔑的笑,嬉笑的对象当然是他这个余大业余。

余心华看着眼前的形势只好闭嘴,若要强争定会招来更大的嘲笑,何况他现在最不能得罪的就是李文虎这个刑警队长,自己能不能进组查案还有待李文虎首肯。

余心华把求助的目光投向桑副局长和钟局长。一时间,屋里没有人说话,气氛非常压抑。钟局长抬起头问余心华:"依你看,如何调查女尸?"余心华心内大喜,忙道:"首先确认女尸的身份,然后寻踪觅迹,不难有所突破。"余心华看着钟局长。钟局长道:"继续。"

"立即向企事业单位发出人口失踪查询……"

李文虎打断道:"你为什么就断定女尸就是这两类人,要是她……"

钟局长道:"好了,时间紧急,都别争了,我看先向这两类单位发出查询。老吴的死也不能放过,李队,你就着手从我们内部排查,余心

华你和张影负责外查。我和老桑、老马商量过了,决定成立代号为'零点'的专案组,桑局长任组长主持侦破,这里作为你们的临时办公室。同志们,这是发生在我局有史以来最恶劣的案件,能不能快速破案,是考验我们的智慧和能力的时候。如果不能快速破案,我们也无脸穿这身警服了。这回就靠你们了,特别是你余心华和张影。李队还有手里的案子,他只能在需要的时候加入。"

余心华顿时热血沸腾。

发出查询通报后,余心华和张影一直守候在会议室的电话机旁。一整天过去,电话机好像练了禅功似的毫无动静。随着夜幕降临,余心华心里的希望之火也随着暗淡起来。张影也不知道说了多少次的怀疑了,余心华一句没有听进去,好像身旁根本就不存在这个美丽的警花。

一夜的守候,余心华累得趴在桌子上睡着了。

丁零零——一阵刺耳的爆响。余心华弹簧似的蹿起,听筒随之贴上耳朵,声音激动地问:"你哪里,什么人失踪了?……哦,哦……我知道……这个你们可以到派出所报案啊……哦,是这么回事,好,我们马上派人来。"余心华放下电话愣愣地站着。

张影问:"怎么回事?有发现了?"余心华没有理睬。突然,余心华跳了一个高,大声道:"有门!"跑出会议室。

市政府秘书处在三楼,占三楼一半的房间。秘书一科在楼梯左手的第二个房间里,共有内外两间。外间放着四张办公桌,里间门开着,靠楼道的窗户旁放着一张桌子。屋内是秘书一科科长林倩茹的办公室,文件柜门开着,地上散布着乱七八糟的文件。

桑副局长领着余心华和张影进入外间,值班的何副秘书长和秘书小夏等候在那里。小夏说了发现内间被盗的经过,说林科长办公室的门从来都是关着的,就算收发文件也都是林科长亲自开门收发存档。我们这些秘书很少进入她的办公室,钥匙也从来不离开林科长身体,今早一来看到内间的门大开,立刻报告了何副秘书长,言下之意办公室被盗和她这个秘书没有任何瓜葛。

何副秘书长也证明道:"我们一直守候在这里,没有进去过。"余心华问:"今天怎么就你一个人上班?"

"今天不是星期天吗,我是来值班的。"小夏有点嘲笑余心华没有时间观念。余心华自言自语道:"怪不得昨天一整天无人报告……"桑副局长道:"你想到什么了?"

"哦,没事了。我再问你小夏,发现出事后,你有没有给林科长打电话?"何副秘书长连忙道:"打了,就在你们进门之前我还亲自打了一个电话。"

"那她人怎么到现在还没有到?"

"她的手机无人接。哦,这是常有的事。当秘书的关系多,怕影响休息常在节假日关机。"

"那她家里的电话呢?"

小夏道:"林科长没有提供她家里的电话号码。"

桑副局长道:"你们三个立即勘验现场,其他的事我来落实。"余心华、老邢和张影很小心地进入内间勘验。他们细心地检查了门窗、墙壁、地板,没有任何收获。门窗完好无损,两个窗户的插销也好好的,门没有被撬的痕迹。办公桌抽屉全部抽开,里面东西散落在地上、桌面上。

余心华叫来夏秘书,让她帮着确认文件丢失的情况。由于文件太多,夏秘书一时也不能完全确定。

余心华打开桌柜,借着警用手电筒发现桌柜的底板上有浅绿色的痕迹,可是到处找,却找不到浅绿色的簿本。他打开放在桌面上一只没有打开的文件盒,里面装着文件。余心华拿起文件,看到盒底放着一个浅

绿色笔记本。小心翻开,扉页上写着"NO:16"。翻过扉页,见到中缝残留着被撕掉纸页的痕迹,只留下一页日记。

这页日记只有短短的几句话,从日期上看是上个星期五写的,可日记内容却让余心华大吃一惊。

三、林倩茹

回局里的路上,余心华将日记本数量的判断向桑副局长做了汇报,说:"这是最有价值的收获,可以断定,盗贼是为了清除某种不利的材料或者证据而铤而走险的,绝不是为了盗窃政府机密。"张影反问:"那地上散落的文件又是为什么?虽然经过夏秘书证明没有丢失文件,但她毕竟只是个普通秘书,更机密的文件恐怕无权接触,能证明没有丢失文件?能证明不是盗窃机密?"

桑副局长没有回应张影的怀疑,而是问余心华:"你是不是认为那十五本日记本肯定存在过,里面记录着不利于或者威胁到某个人的内容和信息,而对方急于清除这些内容和信息?"余心华一拍大腿道:"对极了!这就是他们真正目的所在。并且,我敢断定林倩茹已经死了,那具女尸准是林倩茹!"

张影道:"你怎么这样武断,假如林倩茹活着呢?就凭那一页残留的日记内容?"余心华没有接张影的话,而是问桑副局长:"桑局长,我们现在就去林倩茹家。"桑副局长思考片刻对廖师傅道:"廖师傅,转到塔钟路五十四号沁水花园。"回头问:"小余,我记得没错吧?"

余心华微笑着肯定地点头道:"您的记忆力在局里是有名的,哪里会错?"

"你们这些小年轻,就知道给我这个半老头子戴高帽子,想不到你也

学会了虚伪。"桑副局长微笑着道。车内气氛骤然轻松。张影非要坚持自己的看法,道:"我看,到林倩茹家调查被盗案可以,指望和女尸案并案可能性不大。"余心华好心情地笑笑,没有接茬儿。

桑副局长坐在座位上闭目养神,昨晚又折腾了大半夜。老邢向来只凭证据说话,没有证据的话从来不说,对于他们的猜测判断不置一词。张影看她说的话没有引起足够重视,气闷地收住话头。

沁水花园是市里几处著名的高档住宅小区之一,小区因那里的人工湖上有座仿沁水亭而命名。车到小区门口,保安见是公安局的车,赶紧开启电动门。

车畅通无阻地进入,桑副局长急叫停车,车停在门卫值班室后面。桑副局长下车,走回值班室掏出证件交给门卫查看,态度和蔼地说明来意并感谢门卫的积极配合。感动得门卫连声说没关系。桑副局长问:"五号楼怎么走?"门卫指给桑副局长,桑副局长道了谢又走回,让大家下车步行。

一号楼背后就是沁水湖,二十几幢楼全围绕着湖面建成。

湖心屹立着沁水亭,亭边泊着几只双人脚踏游艇,还有好几只正在湖面上游动,亭里坐着几人在下棋。早春已经给柳枝披上嫩绿。树下的长椅上坐着休闲的人们,孩子们在树丛花木间游戏,叫喊嬉笑之声让小区显得更加祥和。

桑副局长一行人没有心情欣赏风景,直奔湖边第五幢楼走去。

林倩茹住在301号,防盗门开着,内门关着。余心华上前按响门铃,许久才听到里面响起一个男中音的叫骂声:"臭婊子,你还知道回家啊?"接着门被轰然拉开,门在墙壁的撞击下震颤着。

门里站着一个怒气冲冲的中年人,抬手欲抓,见来人是警察,忙缩回手,满脸惊讶道:"你们、你们这是干什么?"余心华向中年人出示了证件道:"我们是市公安局的,你是林倩茹爱人穆华春吗?"

"是的，你们有什么事？"中年人由最初的愤怒到惊慌再到镇定，几乎在瞬间完成，但仍然盯着张影看。这些逃不过他们几个人的眼睛，余心华听到穆华春发出的居然是那个熟悉的男中音，心里暗暗升起了希望，表面上仍然不动声色地问："你叫穆华春？"

"怎么了，你们是找我还是找林倩茹？"

余心华并没有回答所问，而是问："林倩茹在家吗？"

"你们有什么事？今天可是星期天啊？"

余心华听到这里，默然无语，退到一边。

桑副局长接上道："穆总，我们想向林科长了解一些情况。"穆华春神色有些慌乱地道："哦，不巧得很，她早上起来就出门了，你们有什么话就问我吧。"

"是这样的，她的办公室被盗了，我们来问问那里有没有重要的机密文件。"

"这个，这个还真要问她本人……"穆华春没有说完下半句便停下。

桑副局长和蔼地道："能不能打她的手机让她回来？"穆华春慌乱地道："这个我还真的没办法……"

"怎么个没办法，不就是打个电话吗？"桑副局长有点不悦道。穆华春脸色大变，低头沉默，突然又抬头脸现怒气恨恨地道："反正都这样了，瞒也瞒不过。嗨，她前天傍晚就走了。打她的手机，手机一直关着……您看，这就是女人，一个……唉——"

听到这里余心华马上抬头，眼里晶亮，问："你们最后一次通话是在什么时间？"穆华春道："反正事情都挑明了，我也顾不得许多了。你们都别站在门口了，进来说话，尽我知道的回答你们。"

穆春华请大家坐到客厅沙发上。没等余心华再问，穆华春道："最后的电话应该是在星期五晚上十点左右打的，因为电视正在播送人物专栏。"

"打通了吗?"

"通是通了,就说了一句话就关机了。"

"什么内容?"

"'号丧啊!'"

"就这一句?"

"就这一句。"

大家都沉默了,空气里散发着焦灼。

桑副局长问:"林倩茹经常这样?"

"基本是。"

"你们夫妻感情怎么样?"

"刚才你们不是都见识到了,很不好,当初和她结婚就是天大的错误。"

"这么说,她有某种嫌疑?"

"桑局长,我知道你是桑局长,在综治会上见过,你也不要拣好听的词来问。说白了吧,林倩茹就是一个婊子!"说完这句话,脸上的戾气淡了很多。可在座的都大吃一惊,想不到穆华春这样直白,好像不准备和林倩茹生活下去。更震惊林倩茹这样的职场精英会是那种人,这里面是不是有穆春华的个人敌意?

桑副局长淡然一笑道:"穆总,既然你这样坦诚,我们不妨问得直接些,可以吗?"

"请问!"

"你知道林倩茹都和哪些人来往,就是说和哪些人有那种关系?"

穆华春想了想道:"这个这个还真的不好说。"

"一个都没有发现?"

穆华春点点头又摇摇头,没有言语,显然为难,或许还有不情愿。

"既然你一个都不知道,可不可以这样理解,你是在凭空猜测?"

穆华春急道："我没有向她泼脏水，她肚子里的孩子就是铁证。"

"为什么？"

"我和她结婚三个月多点，而她肚子里的孩子都五个月了。我在和她结婚前没有发生任何性行为，孩子哪里来的？"余心华看了张影一眼，大有挑衅的意味。因为穆华春嘴里的"五个月"既印证了张影判断得准确，又证明了余心华对女尸就是林倩茹的判定。张影的眼神是不屑一顾，余心华现在可不在乎这样的眼神了，因为他的福尔摩斯梦开始萌生了。

余心华问："你们结婚前就没有好好了解？你怎么知道林倩茹有五个月的身孕？"

穆华春没有回答，余心华道："有没有林倩茹最近的照片？"

"你们要照片干什么？"

余心华笑笑说："我是搞心理分析的，我想从照片上分析分析林倩茹。"穆华春摇摇头道："我不相信，看照片能够知人，你不是在搞麻衣相法那一套迷信吗？哦，我差点忘了，她还给我留下一封信。"起身走向卧室。仨人看向余心华。余心华满脸微笑，笑容里藏着自信。

穆华春回来时，右手拿着一张信纸，左手拿着一个相框。没等穆华春将信纸和相框交到余心华手里，张影盯着相框里的照片发出一声惊呼。余心华和桑副局长也先后看到相片，虽然吃惊，但是还不至于像张影那样失态。

没有见过女尸的老邢用疑问的眼光瞧着仨人。

穆华春着实让张影的惊呼镇住，不由自主地问："怎么了？"前伸的手定了格僵在那儿。余心华接过相框说："没什么，女同志就爱大惊小怪。"张影暗里用手拧了一把余心华的腰眼，疼得余心华差点喊出声。

穆华春瞧了一眼张影似乎要问什么，但是最终没有说出口。张影发现了穆华春眼中有疑问，道："穆总是不是要问我为什么和林倩茹长得非常像？"穆华春下意识地道："是啊？为什么？莫非你们是……"张影

笑笑道:"我也怀疑为什么,要不我刚才也不惊叫了。"

余心华将照片交给桑副局长,从桑副局长手里拿过信纸仔细地审阅,对俩人的交谈充耳不闻。信的内容很简短,内容是这样的:

春:

我们结合本来就是一个错误,你我都是受害人。相信你已经知道我怀孕的事了,要不这一阵你也不会对我这样变本加厉地报复。看来我们的婚姻已经走到头了,该是解决的时候了,我今天晚上就去寻求解决的办法。

你曾经的老婆茹

没有注明写信时间,但很容易让人知道具体时间。看完信,余心华问:"穆总,林倩茹有写日记的习惯吗?"穆华春肯定地道:"没发现,没有!"

"真的?那有没有在家里写东西的习惯,比如起草信函、报告、总结之类的或者写信什么的?"

"没有,结婚这么长时间我就没看到她拿过笔。"

"哦,那好,你先休息一会儿。"余心华和正在审视林倩茹照片的张影耳语了几句,转向桑副局长耳语。桑副局长听了连连点头,坐在门边沙发里的穆华春一头雾水。

结束了耳语,桑副局长思考片刻,向穆华春道:"我们现在可以确定地告诉你,你爱人林倩茹女士已经死亡。"穆华春听了微微一震,表情木然地道:"真的?在哪里?什么时间?"既没有惊恐也没有悲伤,好像早已料定的一样。

看了穆华春的反应,余心华在心里为林倩茹悲哀:这就是夫妻?再怎么着也该念着这段情分啊!看来世界上最刻骨铭心的仇恨应该是夫妻反目了。穆华春的表情让余心华有理由怀疑他。

耳边听到张影发问:"这不正好遂了你的心愿?"穆华春跳了起来提

高声音道:"这话怎么说的?我一个大男人非要表现得泣不成声才行?莫不是怀疑是我杀的吧?"桑副局长连忙站起来道:"穆总穆总,你别激动,女同志就爱用自己的眼光看问题。"

"桑局长,您看……再怎么着林倩茹也是我的老婆,我能铁石心肠?桑局长,如果方便的话我能不能看看林倩茹,给她料理后事?毕竟夫妻一场。"穆华春的表现让大家意外,更加重了余心华的怀疑。

"你这个要求完全合理,我们应该答应。可是,既然林倩茹死得不明不白,我们得调查,直至破案,还死者一个公道,也给你们家属一个交代,在案子没有破之前还不能见面,希望你理解和谅解。"桑副局长很老练地回绝了穆华春要给林倩茹办理后事的要求。

"这个我懂,可我这不是……嗨,不说了,你们看着办。希望如您所说,早日破案。"穆华春很理解地表示。张影也怀疑穆华春了,只有老邢冷眼旁观。桑副局长道:"要破案,还希望穆总密切配合。"

"一定一定,怎么配合,您说,我照做。"穆华春全力支持道。余心华站起身子道:"我们想检查林倩茹的遗物,你看……"

"你们请便,我就坐在这儿,需要时叫我一声。"

桑副局长坐到穆华春身边道:"你们工作,我陪穆总说说话。"

听了桑副局长的交代,仨人立刻进入卧室检查。

他们查遍了卧室的边边角角,老邢将林倩茹的所有化妆品和一双穿过的高跟鞋、枕巾、枕巾上遗落的头发、一套换下来没来得及洗的内衣收入包里,就再也没有搜罗到有价值的物品。

仨人又检查了其他房间,也没有更大的收获。又将客厅查过,也是毫无发现。老邢将放在沙发上的相片和信纸收入物证袋里,仨人落座。余心华微笑着问:"穆总,我想再问你几个问题,可以吗?"穆华春大度地说:"请问。"

"穆总,你最后见到林倩茹在什么时间?"

"星期五的早晨,吃过早饭就再也没有见面了。"

"那中午呢?"

"中午,我一般不回家吃饭,大部分时间在外面吃。"

"哦,是这样。那你见到林倩茹不在家,什么时候给她打电话的?"

"十点。"

"十点不是最后一次通话吗?"

"是的,是最后一次,也是这一天第一个电话,原因你们是知道的。"

"你平时就没有见林倩茹和别的人交往过?"

"没有。"

"你知不知道林倩茹在哪里工作?"

"知道,在市政府秘书科。"

"你去没去过林倩茹的办公室?"

"没有。"

"一次也没有去过?""你能确定?"

"什么意思,你是不是暗示林倩茹办公室被盗是我干的?"

余心华笑道:"哪里,我这只是例行公事,请你谅解。桑局长,我没有话要问了,您看……"

桑副局长望了望老邢和张影,见两人都表示无话可说,便站起来握住穆华春的手道:"穆总,麻烦了。你放心,我们会尽早破案,如果你有什么发现请随时打电话告诉我们。"接着掏出工作笔记本,撕下一页飞快地写上三组号码,道:"上面的是我办公室电话,中间的是专案组电话,底下的是值班室电话,欢迎随时联系,那再见了。"

穆华春也没有十分客套,待一行人出门,砰一声将门关上。

四、危情

会议室里，余心华他们狼吞虎咽地吸溜着方便面，因为食堂的门早就关了，方便面是桑副局长让后勤准备的。

余心华面前的桌子上放着打开的日记本、林倩茹留下的信和照片。余心华着了魔似的瞧着它们，心不在焉地有一口没一口地扒拉着方便面，突然道："对，应该是这样的！"听了余心华这句突兀的话，大家都停止吃面，一齐瞧着他。

桑副局长笑吟吟地问："我们的大侦探，有什么重大发现？"

余心华兴奋地搁下面碗指着日记本道："林倩茹最后的日记虽然短得不能再短，却给我们提供了重大信息。你们看：'曾经的好日子到哪里去了？那是值得永远怀念和珍惜的。哎，天下的男人没有一个是好东西，该杀！'这几句话透露了两层重要信息。第一是她怀念过去，因为过去她经历过一场非常浪漫美好的爱情生活，腹中那个未婚先孕的孩子就是那段爱情的结晶。由于某种不得已的原因，她才不得不委屈自己匆忙下嫁穆华春……"

张影道："那不得已的原因是不是那个致使林倩茹怀孕的人是个有妇之夫，或者是个根本就不想对她负责任的人，玩弄完了就一脚把她踢开？"张影为自己的猜想高兴不已。

余心华道："没有这么简单。林倩茹是什么人？她岂能随意让人玩

弄她的感情和身体，一般人她是看不上的，又怎么能叫人像扔一只鞋子那样给扔了？这个男人必定是她所倾心相爱的，她的主动放弃或者是为了维护这个男人。"

"这也说不通啊，她和穆华春结婚是为了维护这个男人，那在她的日记里为什么出现'天下的男人没一个好东西，该杀!?'"张影不无得意地反驳。桑副局长和老邢望着俩人针尖对麦芒，发出会心的微笑。

余心华不紧不慢地道："这正是我要说的第二层意思。林倩茹为了爱为了维护所爱的人，委屈自己下嫁给穆华春，虽然不得已，但对林倩茹来说是非常伟大神圣的。可是，当穆华春发现林倩茹给自己戴了绿帽子，愤怒是可想而知的，对林倩茹的态度也是可以预见的。

"这从我们进门之前，穆华春误以为我们是回家的林倩茹，对她的怒骂以及后来穆华春说话的内容和态度上可以看出。穆华春在我们面前都能够直言不讳地表示自己对林倩茹的态度，私下里对林倩茹的语言内容那就不用说了。可以想象得出穆华春对林倩茹采取无所不用其极的办法对付，哦，应该叫报复更准确些。

"而林倩茹呢，起先是忍辱负重，但一个人的忍耐是有限度的，特别像林倩茹这样有文化、有魅力、有身份地位的人，哪堪如此长时间被侮辱，她必定要寻求脱困的办法。那么，林倩茹的办法是什么呢？她不能采取一般妇女那种一哭二闹三上吊的办法，也不能采用一般知识女性的冷战、使性子的办法，如果是这样她会招来更加变本加厉的报复。

"她只能采取私下里向那个致使她怀孕的男人求助，而那个男人对此事也是一筹莫展，只有同情毫无办法，生生地看着林倩茹度日如年。而林倩茹此时才彻底感到绝望。当初的美好情爱统统变成了对方对自己的欺骗和侮辱，现在的见死不救变成了冷酷无情，所以才有那句'天下男人没有一个是好东西，该杀！'的话。"

"那么，这和林倩茹的死有什么直接关系？"张影紧追不放。

"你看这封林倩茹死前留给穆华春的信。上面这句'看来我们的婚姻已经走到尽头了,该是解决的时候了。我今天晚上就去寻求解决的办法'。这就是她有准备赴死的决心。"

"你的意思是说,林倩茹当晚下班后去找那个男人摊牌,当那个男人拒绝了林倩茹,她就服毒自杀了?"

"有这个可能。"

"什么叫有可能,这是必然。"

"这只是其一。也有可能,在下班之前,那个男人主动打电话让林倩茹去的,在饭食里或者酒杯里下毒致林倩茹死亡,然后乘着夜深无人伪造了现场,后又打电话报警。"

"那,我们去的时候,那两个抢尸体的黑衣人是怎么回事?"

"那是给这场阴谋加上保护色,扰乱我们的侦查方向。"

"那林倩茹尸体被盗又怎么解释?难道还是那个男人或者是男人手下所为?"

"还有一种可能,就是林倩茹主动要求那个男人赴约,本想用毒药和那个男人同归于尽,但在下毒过程中被那个男人发现了。男人采取某种欺骗手段,乘林倩茹不注意偷偷地调换了食品或者酒杯。"

"这也解释不通后面发生的事啊?"张影毫不放松道。

"还有一种可能就是穆华春发现了林倩茹对他不忠,而乘着林倩茹去找那个男人的机会巧妙地谋杀了林倩茹,然后,抛尸现场,还打了那个报警电话。对,穆华春的声音酷似那个打电话的男中音。"

张影道:"穆华春傻到用自己的声音打电话,就不怕暴露自己?"余心华被问住了,没有了话,陷入沉思。张影继续道:"我看留下的那一页日记有问题!"屋里另外三个人同时惊问:"什么问题?"

"既然要偷日记毁灭证据,为什么要留下这一本,而且将前面都处理了,单留下这么一页线索故意让我们按图索骥?只要我们再从穆华春嘴

中挖出结婚的原因，不就很容易追查到那个林倩茹倾心相爱的男人吗？这不是引火烧身吗？我看对方是给我们摆了个迷魂阵，让我们在里面分不出东南西北……"

张影的话无情地击碎了余心华苦心孤诣的推理，在座的人也让张影的话牵引着走向迷惘。

桑副局长打破沉默道："小张分析得有道理，对方既然要毁灭证据，连林倩茹尸体都盗走了，就不可能留下这么明显的证据。我感到林倩茹的死不是意外而是一场阴谋，至于是什么阴谋那只有破了案才知道。对手实在不是按常理出牌的一般人，你们想想看，我说得是否有理？"

余心华道："如果林倩茹的死只是个意外，而林倩茹的办公室被盗只是个巧合，盗贼不是为了盗取日记只是为了某份机密文件呢？"

此话一出连老邢都说他走火入魔了，说这些并不是巧合，也不可能巧合得这么好。可能林倩茹的死是个意外，而后面的一切都是相连相关的。

余心华听了反而哈哈一乐。张影问他为什么发笑，余心华没有说话，眉头似乎拧成疙瘩。张影见他这样，扭过头气哼哼地坐着不再理睬余心华。桑副局长也在低头思考，没有觉察到俩人的表情。

突然，桌子砰的一声大响，余心华手按着桌面站起来望着桑副局长道："桑局长，目前有这么三个选择。"桑副局长有点兴奋地鼓励道："讲！"

"那页日记我们不管它是有意安排还是无心之过，也不管这一系列事件是不是巧合，案子还是要查下去是不是？"

张影不屑道："亏得你还有这个伟大发现。"张影差点儿笑出声音来。

余心华并不为张影的嘲讽所动，按着自己的思路道："第一，我们就按着对方的意图走，我声明一点假如日记真是有人那么安排。从日记开始，调查和林倩茹关系密切的人以及林倩茹相关的工作和生活经历。从能够让林倩茹办公室门窗完好无损，且轻而易举地盗走盗贼想要的东西看，盗贼或者指使盗贼行盗的人，至少具备神不知鬼不觉地取得林倩茹办公室门和桌柜钥匙的便利。这些人里第一个是同事，其次是穆华春，第三个是被别有用心的人盯上乘其不备窃取的，当然还有就是林倩茹自己，而之前林倩茹已经死亡。

"第二个方向是从穆华春那里开始，查清林倩茹和穆华春婚姻前后的经过，林倩茹死亡及办公室被盗的关系。

"第三个是排查林倩茹死亡地周边的情况，当然我们发现的死亡地点不一定是第一现场，但是，这就为我们排查提供了范围的原点。排查的重点是那条后园街北巷和后园小区。咱们来他一个三管齐下，桑局长您看怎么样？"余心华的信心印证了他小小的得意。

桑副局长道："这样万无一失，可是哪有那么多人，我们这里只能分成两路，还缺一路。"老邢道："能不能让李队长参加？"

桑副局长道："老李正在内部排查老吴死因，也不知进展如何，要不，你们先等一会儿，我去问问，李队那边要是结束了，可以让他加入。"说罢，匆匆离开了会议室。

桑副局长的离开导致会议室里的推理和辩论走进无政府主义的泥潭，余心华和张影各不相让，老邢光顾着用耳朵陪伴插不上话。

一刻钟过去了，桑副局长还没有回来。余心华停止论战，忽然惊叫道："不好！我们走！"张影问："到哪里去？"

"穆华春，穆华春有危险！"

"他有什么危险，薄情郎一个，说不定这一切就是他干的！"张影反对道。余心华急得脸色煞白。

老邢也道："有理，我们走！"

"那桑局长还没回来，是不是等桑局长回来……"

余心华一把拉起张影道："没时间了，桑局长那里回来再解释。"不由分说拉着张影冲出门去。

五、一步之差

上车之后,余心华给桑副局长打手机说明情况。桑副局长在手机里表扬他能当机立断,不拘泥于形式,让他安心去查案,市政府和后园街两边他安排人同步调查。得到桑副局长肯定,余心华再也没有了擅作主张的不安,却为穆华春的安全着急。他总感到车子像个哮喘病人,慢腾腾地边走边喘息。有了上次遭到廖师傅斥责的经验,余心华再也不敢催促廖师傅,只得沉下心来在心里设计着询问穆华春的步骤和细节。

穆华春的合资公司在郊外的一处山坳里,车子没进大门,已经嗅到飘浮在空气里的硫酸味。车子停在办公楼前的草坪旁,现在,早已到了上班时间,有几个职员进出楼门。

余心华截住一个三十来岁的女职员问道:"请问这位女士,总经理室在几楼?"女职员见问,立即警惕地审视着余心华和他的同伴,问:"你们,你们要干什么,找穆总?"

余心华递上工作证微笑着说:"我们是市公安局的……"女职员不等余心华说完便道:"我知道你们是公安局的,不用看。你就说找穆总干什么吧?要是问公司的事,对不起,恕不接待,你们可以到市政府相关部门查问。"

张影立即上前恼怒地质问:"为什么?"女职员微微一笑轻蔑地道:"不为什么,这里可是中外合资的企业,我的警察小姐!"说罢,摆出一副倨傲的派头。

余心华陪着笑道:"这位女士,我们找穆总是有一件私人的事情要询问。"

"什么事?"

"您是……"

"穆总的秘书,兼办公室主任,怎么着,我有权过问吗?"

"那是那是。是这么回事,穆总家里出了点事,我们需要向穆总了解。我们到过穆总家,穆总不在,所以就找到这里。"

"哦,是这么回事,我还以为又要来收什么费的或是敲竹杠的。那你们随我来,到穆总办公室等候,穆总要不了多长时间就来。"余心华没有移步,而是叫住女秘书道:"秘书小姐,穆总到底来了没有?"

"按理说今天是星期天,是不用上班的,可是他来了。"

余心华心里一阵喜悦,满脸赔笑:"来了就好,来了就好。"随着女秘书上楼,也不计较女秘书关于穆总的行踪前后矛盾的话。女秘书停住脚步问:"什么叫来了就好?难道不来就不好?你们是不是……"

"不是不是,你别误会,我们确实是受穆总邀请来的。"余心华用撒谎糊弄女秘书。女秘书这才放弃了抗拒和敌意,无意中说了一句道:"穆总出门说到后山林场办点事,让我半个小时后给他打电话。"

"啊!什么?穆总出去了?什么时候的事?"余心华一只脚迈上台阶停住,大惊失色地问。"刚走了将近二十分钟。怎么你们……"

"后山林场怎么走?"余心华急切地问。看到余心华脸色大变,女秘书也放下了高傲,不由自主地道:"出门往右拐,约三公里后再往右拐,往前开六七公里就到了。"余心华听完忘了和女秘书打招呼,掉头朝老邢、张影一挥手道:"立即去后山林场。"

车门还没有完全关上,汽车就像离弦的箭飞驰出大门,绝尘而去。

开往后山林场的路上,两边山上的树木遮天蔽日,路边野花绽开。

余心华无心看景，只催促廖师傅快开。廖师傅紧握方向盘，两眼圆睁盯着前面的道路，道路像一根细细的麻线迅速从车底拉过。

廖师傅此时两眼紧盯前方，甩过来一句话："小伙子，你没看这路面窄的，再快就变成飞机了。"余心华听了只得按捺住焦急和烦躁。

车很快停在林场院子里，余心华等不得车子完全停稳，开门蹿出，赶上一个正在上台阶的中年人问："师傅，你看到穆华春总经理了吗？"

"什么人？我不知道。"

中年人身旁年轻人问："是不是硫酸厂的穆总？"

"对对，就是他。"年轻人回头指着停在他们车子左边的一辆凌志车道："瞧，那不是他的车吗？人我没有看到，我们也是刚上来。"余心华二话没说，直接冲向办公楼。在门口遇到一个干部模样的人，他便急切地问："先生，看到硫酸厂穆华春总经理了吗？"

干部模样的人瞥了余心华一眼道："你找他什么事？"

"您别误会，我是他亲戚，找他有点急事，请问您看到了吗？"

"哦，是这样。他来过，没有进来，直接从后门上山了。"

"走了多长时间？"

"大概有十分钟吧。有急事？"

余心华没有回答，转头向张影、老邢俩人挥手道："上山！"抢先绕过办公楼，向上山的后门跑去。

冲出后门，外边满是阴翳蔽日的古树。林间落叶满地，低矮的杂草丛生，光线暗淡，凉风习习，令人头皮紧绷。余心华全身绷紧，似乎肉体是外借过来的临时组合。

张影气喘吁吁地咕哝一句："来这里找死啊！"余心华顾不上张影的牢骚，停下看了看周围对俩人道："我仨人分头寻找，记住你们的行走路线，这里很容易迷路。半个小时后回来，找到穆华春鸣枪报警。"张影道："手机不行吗？"

"我的大小姐,这里是原始森林,是盲区,和外界联系用的是有线电话,你当是平旷之所啊。"张影的脸有些微红道:"我是实习的……"

"该死,我把这个忘了。"掏出手枪递给张影道,"拿着。"

"你……"

"我有办法。记住,半小时后一定要返回原地,不然就会迷路。注意,我们可能会遇到危险的杀手之类的人,大家要小心应付,千万不能大意。"他不等俩人搭腔转身投入北向的森林里。

山高林密,神出鬼没,此话用在此处一点不过分。张影从来没有这样一个人深入如此深邃荒莽的原始森林,紧张的汗水润湿了握枪的双手。她一路小心地朝前搜寻着,神经绷得紧紧的,此时稍微有一点意外声响准会导致她精神崩溃。

约莫走了一盏茶时间,来到一个上坡的拐弯处,猛然看到一个横躺着的人。张影立刻身贴崖壁,举枪做射击状。凝神查看,四周除了偶尔响起一两声鸟叫就是微风拂过草叶互相碰撞摩擦出的轻微声响。张影立刻小心上前,走到那人躺卧之处,躺着的人竟然就是他们要找的穆华春。穆华春嘴角溢出鲜血,左手中指还在微微颤抖,右手握拳,胸口出现了两个极细的血痕。张影断定穆华春刚刚被人刺杀,胸口那两道极细的血痕为锋利的匕首所为。

张影立刻越过穆华春的尸体朝前追击,并大声喝道:"站住,别动,我看到你了,再动我就开枪了!"说着真的朝空中开了一枪。枪声响起,张影身下右侧缓坡不远处,响起一阵急促的脚踏枯枝败叶的声音,张影纵身跃下缓坡朝声响处猛扑。

刚走出不远的老邢和余心华听到枪声和遥遥传来张影声嘶力竭的呼喝声,掉头朝枪声爆响之处奔跑。老邢离得近,抢先赶到。等余心华到来,老邢已经伏下身体在细心地检验尸体。

余心华喘息未定地问道:"是穆华春吗?"

老邢道:"正是,可惜已经死了。"

"那张影……"余心华没有说完,看到坡下的落叶被踢飞的印痕,忙顺着印痕追过去,边跑边呼喊道,"小张,我来了,小张,我来了……"声音淹没在丛林深处。

良久,俩人从丛林里走出,一副垂头丧气的样子。老邢已经完成了对穆华春尸体的检验,正在填写尸检报告。张影此时感到精疲力竭,一屁股坐到枯枝败叶上沉思。余心华走到张影身边看着,想说话又止住,挨着张影坐下。

身边不远处多了几个林场的人,他们是听到枪声赶过来的,手里拿着不同的家伙,看到他们满脸惊惶。那个干部模样的人连连道:"怎么了,这是怎么了?我们林场可是从来没有发生过这样的事……"余心华没有理睬他的啰唆,问老邢:"邢老,有什么发现。"老邢抬头示意。余心华和张影凑到老邢身旁蹲下。

老邢低声却是很清晰地道:"胸口连中两刀,刺透了心室和主动脉,当场殒命。死者右手食中两指抓破行刺者皮肤暴露处,留下表皮和少量肌肉组织。已经提取了,其他的没有……哦,死者没有手机,他这样的人不可能没有手机,其他的没有发现。"老邢确认穆华春手机被抢。余心华知道这个信息意味着什么,但是不好在林场的人面前讨论。

余心华戴上手套,仔细地搜查了一遍,又将尸体反转细细检查,确实再没有新发现,站起身子朝向一直站着的几个人问:"你们谁是这里的领导?"干部模样的人笑着走上几步道:"我是副场长,姓陈,有何吩咐。"

余心华微笑道:"陈场长,你是见证人,一会儿还要请你们几位做个笔录。"

"这个自然。"

"还请派人把穆总的尸体抬下山。"

"这个不用说，你们几个过来搭把手抬穆总。"陈厂长指着随行的职工说。几个职工上前抬起穆华春的尸体走向林场，余心华看着走去的他们在想着什么。

硫酸厂总经理办公室里，余心华盯着坐在对面沙发里花容失色的秘书，秘书避开余心华询问的目光低头蜷缩成一团装死。老邢和张影坐在余心华两边，看着来时趾高气扬不可一世，现在失魂落魄的女秘书也没有作声。

时间在一秒一秒地过去，室内气氛沉闷。突然，余心华道："徐露，看来你在这儿是不会说真话了。那好，请跟我们走，换个地方你也许能清醒。"余心华的声音像从深山幽谷里发出的，冷森森透着寒气。

徐露突然抬头神色慌张地道："不、不要，我说、我说还不行吗？"

余心华不紧不慢地道："好，你一定要如实回答。你知道事关重大，隐瞒是要负法律责任的。还有，如果你不说，我们错过抓捕恶人的机会，你也许成为穆华春第二。"

"知、知道，我配合，尽快抓到恶、恶人。"张影提笔在手等待着记录。余心华道："我问你，你和穆华春究竟是什么关系？"徐露极不情愿地小声地道："我、我们……"

余心华严厉地道："大声些！"徐露提高了声音道："我们在一起有一年多了……"

"'在一起'怎么定义？"

"就是、就是那种情人关系。哦，我是心甘情愿的，他曾亲口说他老婆病死后要娶我的。"

张影大惊："什么，他老婆？他老婆不是林倩茹吗？"

"是是，是林倩茹。"

"林倩茹不是刚刚死了吗？"

"啊，林倩茹死了？"

余心华咳嗽几声，张影知道自己唐突了，住口不言。余心华盯着徐露，漫不经心道："那穆华春当时为什么没有娶你？"徐露咬牙切齿地道："坏就坏在他那个哥们儿身上，要不是他一力撺掇，华春也不会娶了林倩茹。"

"这又是怎么回事？"张影忍不住再次发问。

余心华看着张影，张影住口低头。

余心华看着徐露："你说的穆华春的'哥们儿'是谁？"

"蒋天明，副市长的秘书。"

余心华和张影、老邢交换了一下惊愕的神色道："你知道蒋天明为什么要撺掇穆华春吗？"

"这个，穆华春从来没有漏过口风。不过，他好像很惧怕蒋天明。蒋天明说的话他从来不敢推辞，也不敢不照着做。"

"是不是蒋天明是副市长秘书的原因？穆华春有求于蒋天明？"

"我也问过穆华春，他没有告诉我，只说当初成立这家合资公司就是蒋天明给牵的线，其他的什么也不肯告诉我。"

"这个公司原先是穆华春的吗？"

"不是，是一家市属企业，因管理经营不善倒闭。后来穆华春和一个神秘的合伙人，以低于总资产百分之八十的低价买进，没几天就成立了现在的公司。"

"这个神秘合伙人是蒋天明吗？"

"这个我真的不知道。"

"亏你还做了穆华春一年多情人，连这点事都不告诉你……"张影忍不住再次插话，余心华摇头表示出无奈。

徐露无奈地叹息了一声，幽幽地说："男人是大树，女人是常春藤，常春藤只有依傍大树才能很好地生长发展。我和穆华春在一起完全是爱的使然，没有世俗中那些……唉，说这些还有什么用，人都没了……"

掏出纸巾擦眼泪，一副哀婉欲绝的模样。

余心华看着不忍心继续追问，张影也停止了女性的攻击，老邢很同情地就像看着自己女儿受难的样子。短暂的沉默后，余心华缓和了语气问："你知道穆华春和蒋天明除了哥们儿关系外还有什么关系吗？"

"好像还有同学关系。"

"你能确定？"

"不能。"

"哦，你有没有发现穆华春的反常举动？"

"要说反常，就是对林倩茹的怀孕很怀疑，让我跟踪过林倩茹到医院检查，其他的一切正常。"

"林倩茹未婚怀孕是你跟踪的成果？"

"是的。"

"穆华春知道了有什么反应？"

"任何男人知道自己的老婆干了这样的事心情能好得了吗？当然，穆华春也不能例外，这一个多月来一直心情郁闷。"

"他就没有其他打算和表现？"

"没有，只是话语比从前少了很多，容易发脾气。"

"也没和你说过什么？"

"没有。"

"有没有发现穆华春和不相干的外人交往？"

"在公司里没有，都是正常业务上的事，公司以外我哪里知道？"

"公司里有反常的事情和反常的人吗？"

"没有。"

突然，余心华像想到什么重大的事情，神色一暗，匆匆地对徐露道："徐小姐，今天就问到这儿，谢谢你的帮助，想起什么请打这个号码联系。"匆匆写下自己的手机号码留在桌子上，向俩人一招手道：

"我们走。"

出了楼门,余心华拿出手机拨号,张影赶上问:"这要到哪里去,是不是到穆华春的居所看看。"

"突击询问蒋天明。"

"他可是……能行?"

"我这不是给钟局长打电话请示吗?"

"钟局长?负责的不是桑局长吗?你这……桑局长知道了会怎样?"余心华望了张影一眼自嘲地笑道:"你看,我说错了,这不是给桑局长打电话吗。"老邢露出狡黠的微笑,余心华看到微惊,努力镇定。

余心华拨通桑副局长的手机,报告了调查进展,要求询问蒋天明。桑副局长手机里的态度没有丝毫惊讶,好像早就料到进展,语气平缓地让他们先到穆华春家看看有没有新发现,要询问蒋天明事关重大,得请示市里。

余心华知道要询问如此重要人物不是他想询问就能询问的,好在桑副局长答应请示了,只好带着俩人再次进入穆华春住宅。在穆华春住宅里,和余心华所料的一样,果然一无所获。在回局里的路上接到桑副局长电话,问了在穆华春家里搜查结果后,说可以去询问蒋天明,但是要注意分寸,更不要惊动政府里其他工作人员,装作有事联系蒋秘书,晚上回局里开会。余心华明白这里面的利害关系和重要性,立即让廖师傅转向开往市政府。

在市政府传达室,得到蒋天明住在后园小区十二栋309号的信息,三个人似乎同时大惊。张影欲张口惊呼,被余心华投过来的目光制止。余心华则心急火燎地领着仨人退出市政府,转而登车直扑后园小区。

进得小区,余心华看到李队领着一个警察,在门卫室和保安谈话。

廖师傅似乎对后园小区很熟悉,车子直接开到十二栋楼下。

309室的门开了,是蒋天明的妻子,说蒋天明接到一个电话,去市政府开会,走了半个小时了。余心华二话没说,上车直奔市政府。

市政府值班的还是何副秘书长。余心华向他道明来意,何副秘书长惊讶地道:"市政府今天没有会要开啊!哦,你们桑局长领着人正在秘书科查上午的案子,你们要不要……"余心华震惊却兴奋异常,犹疑着没有说话。

张影笑着道:"秘书长,您能不能给蒋秘书打个电话,说我们找他问点事?"何副秘书长爽快地答应了,拿起桌上的电话打给蒋天明。何副秘书长听了一会儿,放下话筒说:"手机通了,没有人接。"

余心华笑道:"秘书长,请您再打一个看看。"何副秘书长勉强拿起电话,听了一会儿道:"电话关机了。"余心华脸色一喜,掉头走出。

张影追上道:"你要到哪里去?桑局长在这里,是不是给桑局长做个汇报?"张影的提醒是为了余心华考虑,现在余心华能够独立办案完全是出于桑副局长的信任和照顾,如果不给近在同一座大楼内的桑副局长汇报,事后桑副局长要是知道了会怎么想,如果失去桑副局长的支持,余心华很可能会再次失去办案机会。余心华停住脚步想了想,什么话也没说,回头走向秘书科,张影着急也没用。

六、瞒天过海

　　短短两天不到，连续发生了三起杀人案和一宗失踪案，谁都不再怀疑这是意外和自杀，一致认为是桩有组织的丧心病狂的犯罪。钟局长只得如实上报，省市高度重视，在局会议室召开协调会。会上，首先听取了桑副局长、李文虎和余心华自案发以来各自负责的侦查情况汇报。

　　桑副局长说他经手林倩茹办公室被盗案，可以排除办公室内部作案的可能性。调查扩展到市府各个科室，都说林倩茹平时工作认真负责，谨慎细心，除了工作交往之外，没有发现她和谁有私下交往过密的关系。桑副局长的结论是钥匙被盗而导致办公室被盗，嫌疑只有两种可能：一是穆华春，二是林倩茹在市政府外边的某个时间被别有用心的人算计了。现在，穆华春已死，只剩下第二种可能性。

　　李文虎说通过走访调查，发现那个零点打进的电话号码，为后园街南巷工行储蓄点门前的公用电话亭，距离林倩茹死亡地点将近两百米。后园小区当晚值班的门卫看了照片后，证明林倩茹六点左右进入小区大门，还背着一只坤包。何时出门没有注意，当时趴在桌子上睡了一觉，但是却在半夜左右看到北巷靠南华大道入口处有动静，还停着一辆小车，车灯一直开着。有几个人忙了一会儿，似乎把什么东西抬上车就开走了。

　　桑副局长插话道："小余，你们那晚在现场停留了多长时间？"

余心华说："前后加起来大约半个小时。"

"李队，你问没问保安这么长时间他都一直在看着，没有上前查问？"

"问了，他说他胆子小，又是深夜，一个人不敢去。"

"他打电话报警了没有？"

"没有。他说去年那里发生了事情，差点怀疑到他们保安头上，所以这次没敢打。"

正当大家认为又是一条断线时，李文虎语气凝重地道："我们有一个意外发现，不知能不能……"李文虎望着钟局长欲言又止。

钟局长道："刚才肖书记和刘处长不是反复强调了吗，凡是对侦破工作有利的，不管什么人什么事都可以列入侦查范围，你担心什么？"

李文虎还是底气不足降低了声音说："据门卫和小区里一个知情人说，蒋天明就住在小区里……"

"我当是什么秘密，这事余心华早跟我汇报过，他们还到过蒋天明家。"桑副局长道。

李文虎看了一眼余心华，余心华立马低头避开李文虎锥子一样的目光。李文虎坐下，详细地说了在局里内部排查的结果："老吴死亡前后一个小时里，宿舍里的人都在睡觉，二楼刑警队办公室有四个人正在讨论小杨河503厂的失火案，都没有出门。我于五点左右到桑局长值班室汇报，桑局长不在。打电话问了值班室，才知道桑局长顶替余心华值班。我下楼到值班室向桑局长做了汇报，时间大约是十五分钟。我上楼后和老赵、小钟等三个人讨论下一步行动方案，直到桑局长叫我和老邢他们到停尸间检验为止。哦，于六点四十左右桑局长值班时记录下一个骚扰电话，后来查明，也是后园街那个储蓄点的公用电话亭。"

头绪到这里都停止了，室内气氛凝重。

余心华汇报完了他们仨人调查的结果说："我建议，迅速发动基层力量排查手上或者脸上有新划痕的人，查清蒋天明平常的行为和社会关

系，特别是和穆华春的关系，市政府那边盗窃案还继续查下去。如果有一边突破，不难带出其他证据链。"

桑副局长带头鼓掌。李文虎狠狠盯了余心华一眼，意思是就你能，人家桑副局长无能！张影想说话又不敢，只能干着急。掌声停歇，桑副局长果然笑道："还是年轻人的脑子好使，我的排查没有进展，我就此退出……"钟局长道："老桑，那怎么行，你都进展不大，还有谁能行？快别说这些自责的话。"

桑副局长笑道："我不是推辞，这个案子头绪众多，少不了一个总联络或者是总指挥吧！你和局党组不是让我负责这个案子吗？那我就这样安排。"

刘处长道："老桑说得有理，这个总揽非常重要。"

钟局长点头同意。桑副局长道："小余，你看这两个方面你负责哪个？"余心华不假思索地道："我和张影查办公室被盗案，邢老到李队那边，因为邢老熟悉我们查办的全部经过，您看怎么样？"

听他这么一说，在场的人都发出会心的一笑，望向张影。张影低头不语，有点面红耳赤的意思。李文虎终于公开表示不悦，说："你小子也太狂了，那可是桑局长办的，你觉得自己比局长还能？你这么咋咋呼呼的，你有没有把领导放在眼里？"余心华被噎得干瞪眼，低头不语。

桑副局长忙道："李队，别误会，小余也没有抢，是我的工作性质决定我要退出，这和小余进入丝毫无关。有人退出就该有人进入，这再正常不过了。我同意小余接手，钟局你看呢？"钟局长笑道："也好，年轻人，这可是一次大好的机会，不要辜负了桑局长的器重。这里有肖书记和刘处长的手机号码，你们记下，如果有紧急情况你们可以直接联系，这也是两位领导的意思。"

会后，张影找到余心华埋怨道："你怎么把熟悉的线索送给了别人?"余心华朝她诡秘一笑道:"现在不能说,睡个好觉养足精神,明天路上告诉你。"

"你还有心思睡觉啊?都什么时候了,你没听到李队话里的意思?"余心华朝她又是一笑,朝宿舍扬长而去。

张影这一晚上只睡了半宿觉,脑子里不停出现各种念头。直到急促的敲门声将她从睡梦里拉起,她才匆忙拾掇自己。

余心华今天穿了一身休闲装,背着一只旅行包,张影乍一看还以为哪个大学学生会主席来了,自然生出一丝熟悉感。张影又回室内换上便装,随余心华来到局门外早点铺子。早点铺子里生意火爆,俩人好不容易等到了空位,余心华立即抢占。俩人合吃了一笼汤包、十只锅贴。

依着余心华,非一人一笼汤包外加锅贴不可,他的理论根据是他们这些人,吃了今天的,明天的能不能吃到是个未知数,所以乘着自己还能主宰自己的嘴巴和肚子时放开了吃。当然,这一顿的账是余心华付的。

张影不同意他的观点,但也没有和他争论下去。出门时的好印象加上这个理论里的悲哀感染着她,理智告诉她,余心华说的多少有点道理,所以才没有和余心华争论,临走时还掏出钱买了二十只锅贴带着。余心华在一边笑她,张影用鼻子哼了一声,不予理睬。

出了铺子,张影说:"这么早,市政府还没有上班。"

"谁说我们要到市政府去?"

"你昨天不是接了市政府那边的案子?"

"既然桑局长都没有进展,说明人家做得很干净,我们去了还能指望着有所突破?"

"那你这是要到哪里去?你昨天不是明明说的要到市政府去吗?"

"这年头的话哪能那么准确,我们见机行事。"

"那你要明修栈道,暗渡陈仓了?究竟准备到哪里去?"

"到了你就知道了。"张影恢复了鄙夷和反感道:"李队说你狂妄还不足,还应该加上独裁!"余心华笑着说:"好好,为了我不至于背上第二项罪名,也满足如花似玉的警花我们张大小姐的好奇心,我就透露一点点……"

张影听余心华油嘴滑舌,笑骂道:"去你的,没正经!"

"哎,你的评语正确,天下哪来那许多一个模子里刻出来的正经?百花齐放才是这个世界的本源呢,所以,我这个'没正经'才是天然的'正经'!"说罢,不无得意地一笑。张影对着余心华的油腔滑调,没有发动再次反击,而是用眼角余光扫了余心华一下,微笑着默不作声跟着走。

走了几步,张影忽然停下脚步神色紧张地问:"你这么做是要瞒着局里所有人,你是不是怀疑局里……"余心华忙压低声音说:"小声点。尸体被盗,穆华春死在我们赶到之前,蒋天明先我们一步失踪,难道这只是巧合?搞不好我们正走向一个巨大的看不见的漩涡。要洞悉它,最好的办法就是不让对手知道你的意图和去向……你要害怕可以退出,反正你只是个实习生。"

"谁说我害怕了?自从穿上警服那天起,我就不知道害怕是怎么写的。我跟你去!我们去哪里?"

"林倩茹老家。"

"你什么时候搞到她老家地址的?"

"这个就不要用脑子想了吧?从昨天傍晚到今天早晨,这么长的时间如果都不能神不知鬼不觉地搞到地址,那还能吃这碗饭?"

"调查林倩茹老家对这个案子有帮助?"

"目前还不知道,不过我想,知道林倩茹完整的过去或许对破这个案子有帮助。我总觉得林倩茹的工作、恋爱、未婚先孕,匆匆出嫁又死亡和尸体被盗、办公室被盗以及后面的事,都和林倩茹成长经历、性格有某种关联。现在案子陷入困境，我们只好另外寻找突破口。"

张影没有说话，随着余心华穿街走巷好像在闲逛。

忽然，余心华领着张影走进"同唱一首歌"娱乐城，在里面转了几圈，趁人不注意领着张影从后院的旁门溜出。在棚户区一个无人的拐角停下，从旅游包里拿出一顶鸭舌帽戴上，又从里面取出一副胡须粘在嘴唇上，将外面的休闲装脱下露出铁灰色便服，再拿出一条米色纱巾让张影围上，取出一副墨镜架在张影鼻梁上，拎出一只带拉链的公文包，将旅行包藏到一处废砖头堆里。完了，让张影关掉手机。张影依言关闭手机，俩人直奔长途汽车站。

十点左右，他们在百公里外的卢城下车。出了车站，摘下胡须揣起，问明郊区塔山村的方向和位置，打了辆出租车直奔塔山村而去。

塔山村已经划入卢城市区，林倩茹老家已经被拆迁了，余心华和张影费了好大劲才找到住在塔山新村里的林目良家。林目良家住在一楼，开门的是视力不佳的老伴李桂花，林目良没在家。

余心华向李桂花说他们是安城市组织部的，林倩茹要提拔了，他们是来外调的。说着拿出证明请李桂花看，李桂花哪里看得清楚。听说女儿要提拔了，李桂花并不显示出意外的高兴，只说了句："我没有这个女儿！"就推出俩人，砰的一声关上门。任俩人在外面怎么敲门呼叫，门内声息全无。

这让他们吃惊不小，同时兴奋不已，说明这趟他们是来对了，林倩茹和家庭之间肯定发生了某种矛盾，而这种矛盾里一定隐藏着秘密。

余心华看时间快到中午了，和张影走到楼对面的一家"老实人"小吃铺里。

小吃铺生意清淡得很，四十来岁的老板娘正在客厅看着电视剧，见到来人马上起身笑脸相迎。没等老板娘说话，余心华先道："老板娘，你是本地人？"老板娘诧异地看着俩人道："你们不是来吃饭的？

是……"老板娘明显地对他们厌恶和警觉起来。余心华大方地坐下笑着说："您别误会，我们是来吃饭的。"

"吃饭和是不是本地人有什么关系？"

"是这样的，我们常常出门在外，知道本地人做生意实诚，所以才这样问。"老板娘听了这才展颜微笑道："我看你们两位是跑大码头的主，门槛精着呢！"

余心华没有接老板娘的话，从口袋里掏出一张百元大票递给老板娘道："就我们两个人，你看着弄个一汤两菜的就成，不用找了。"老板娘见到红彤彤的百元大票，脸上含笑生春，赶紧接过票子欢天喜地地说："两位坐着，我给你们倒茶，几个菜一盏茶的工夫。"

余心华笑着道："你先别忙着张罗，坐下来听我说。"老板娘乖觉地坐下，笑呵呵地听着余心华的问话。余心华道："老板娘，你真的是本地人？"

"我虽然不是土生土长，可我嫁过来也二十多年了，你说我是不是本地人？"老板娘笑呵呵地回答。余心华放心地笑道："那好，那你一定知道林目良家的事了。"

"那有什么不知道的？我们还是本家呢……"说到此处老板娘突然警觉，狐疑地道，"你们是来……"

余心华知道不说出恰当的理由，老板娘是不会说真话的，便从公文包里拿出那张准备了小半夜的外调函递给老板娘道："我们是林目良女儿林倩茹单位组织部门的，林倩茹要提拔了，我们是来外调的。"

老板娘可能识字不多，专看下面的落款和落款上加盖的大红印章，心里得到保证后将外调函还给余心华，神情黯淡地叹了一口气道："好事确实是好事，可就是和目良叔婶没有多大关系了……哎，你们去过他们家被赶出来了是不是？"张影随口道："你怎么知道的？是不是看到了？"

"这就对了,我其实没有看到,我是猜的。"

"那这是怎么一回事呢?"

"这事,本来是不该说的。我们这一片大多数都是老林家人,我丈夫就姓林,和林目良家还在五服以内呢。既然现在目良叔不认这个女儿了,说说也不要紧……"听了老板娘的话,俩人同时惊呼道:"这怎么可能?"于是,老板娘说起了事情的经过。

林目良夫妻没有生育,到了四十出头时,经在市里当干部的二伯林嗣家介绍,从市福利院领养了一个五岁女孩。这女孩听说身世很惨,是公安局从人贩子手里给解救出来的,人贩子拒捕被当场打死,这孩子就落在了福利院,也就彻底失去了她出身的来龙去脉。

二伯还给她取了现在的名字叫倩茹。倩茹从小长得乖巧伶俐,人见人爱,上学成绩是我们这里第一流的,没有几个能比得上她。目良婶娘家有一个侄子叫贵庭,比倩茹大五岁,学习也是拔尖的。目良夫妻俩有意结这门亲事,双方一说,没有不同意的。

可是后来,目良婶得了眼病,到处求医问药,花光了所有积蓄还借了一屁股债。那时,虽然改革开放了,可我们这里还是穷得叮当响。倩茹没有学费,家里也揭不开锅,学校虽然免了学费,可是不能不吃饭吧。这当口,二伯领来一对刚来我们市里办公司的外国夫妻,那外国夫妻愿意领养倩茹。

当然他们一家子都不情愿,可眼前的困难是实实在在的。经过二伯反复劝说,那对夫妻保证把倩茹养到上大学时再还给他们,这样林目良夫妻俩才勉强同意。余心华问:"那,外国人领养了倩茹,还住在卢城?"

"那怎么可能呢。没过几天,外国夫妻带着倩茹回国了,临走时送给目良夫妻两万块。这一去就是六年,那对外国夫妻还真讲信用,果然,到倩茹十八岁时送她回来了,还给了一大笔钱供倩茹上大学。那时倩茹

出落成一个大美人了。"说着不无得意地笑着，好像在讲述她自己很值得骄傲的女儿一样。

"这么说，林倩茹的大学是在国内上的？"

"是的。"

"哪所大学？"

"政法大学，正好和他表哥上的是同一个大学。"

"她表哥叫什么名字？"

"周贵庭……"

听到这个名字余心华止不住发出一声惊呼："啊！"

张影道："怎么了？"余心华激动地道："他是我们市副市长，下一届呼声最高的市长人选。"张影张大了嘴巴道："原来是这样！"

老板娘也惊讶地问："贵庭要当市长了？"

"百分之九十以上的把握。"余心华说完低下头思考着什么。老板娘听了，叹息了一声继续道："倩茹这丫头真是昏了头了。"

张影问："难道……"老板娘又叹了口气道："本来，倩茹上大学时正式确定了婚姻关系，周家还办了喜酒……"

"那周贵庭还在上大学？"

"不在了，他到安城市当了秘书，这才七八年的事。马上要当市长了，乖乖，他还那么年轻……"

"那他们真是一对叫人羡慕的人呢！"张影明知故问道。

老板娘瞥了一眼张影道："你这个同志是新来的吧？"

余心华立即道："是的，她刚到才三天。"

"怪不得不知道，倩茹那丫头不知吃了哪门子糊涂药，竟然嫁给了一个什么公司的老总，这丫头真是犯了贱……你是那里的干部，这事你应该知道。"老板娘的目光投向余心华。余心华忙道："知道，我们机关许多人都不理解。怎么，家里不同意？"

"那是当然的了。可是不同意有什么办法，这不，老夫妻俩说你要是嫁给什么总的……那人你应该知道……"

"叫穆华春，是中外合资公司的总经理。"

"对对，就是这个名字。可是家里的话她哪里能听得进去……真是养了条白眼狼了！"

"于是老夫妻俩气得断绝了和林倩茹的关系？"

"正是！"

"那当初介绍领养林倩茹的二伯还住在市里吗？"余心华突然跳开当前的话题问。老板娘道："在，不过，二伯刚刚去世不足半个月，你问这个干什么？"

"没事，我就是好奇二伯怎么不劝劝林倩茹。"

"劝了，谁又能劝得动？"

"那她的养父母没有劝？"

"还养父母呢，自从那对老外领着倩茹回国后，再也没有来过这里。"

"哦，是这样。"

老板娘还说了许多琐事，俩人耐心地听完。吃过饭出了小吃铺，余心华伸了个长长的懒腰。张影问他下一步是不是要到周贵庭老家查访，离这儿也就七八里路。余心华说："你比我胆子还大，现在哪儿都不去，回去！"

"回去？"余心华不理睬张影的发问，掏出手机摁下了开机键，刚将手机揣进兜里，铃声爆响。

余心华摁下通话键，道："啊，桑局长，我是我是……哦，我忘了开机了……叫一个高中同学拉去吃饭……真的没办法，他是到安城来办事的……有事吗……不急是吧……哦，那我晚点回局里……这么长时间没有见面，人家来一次也不容易，我得尽尽地主之谊送送他……好，谢谢，我一定在五点整赶回……再见。"

余心华道:"局里怀疑了,我们俩要统一好口径,不要露出破绽。"

张影不解道:"那我们查到的情况又有什么意义?"

"到时候你就会明白的。"张影疑惑地跟着余心华走向车站。

他们很顺利地回到了安城,在棚户区取出旅行包恢复了原貌。张影这才道:"搞得神秘兮兮的,这一路上哪里发现有跟踪和盯梢的。你是不是看谍战片看多了才神经兮兮的?"听了张影的话,余心华心里一动,嘴上却露出无可奈何的微笑。

七、声东击西

俩人刚走过值班室,小黄追了出来道:"余心华,钟局长叫你们一回来就去他办公室。"小黄说罢,露出一丝幸灾乐祸的得意。张影听了显然紧张起来,变了脸色,看着余心华很同情的样子。余心华好像早就料定必然如此,回了小黄一个微笑,什么也没有说,和张影直奔钟局长办公室。

余心华喊声报告,和张影进了局长办公室。桑副局长早就等在钟局长的办公室里,见俩人进门,没有出现张影担心的严辞批评,脸上一派平静,好像什么事情都没有发生,倒是钟局长板起脸问:"余心华,是办案重要还是和同学叙旧重要?"

余心华低下头默不作声。钟局长道:"怎么了,现在不好回答了是不是?你心里有没有纪律观念?有没有组织观念?你把公安局当成什么了?把警察当成什么了?唉……你家的花园?你家的自留地?"

"局长,我……"

"我不要听你的客观原因,你昨天在会上信誓旦旦,自信满满,我还以为你真能搞出点名堂……"钟局长喝了口水,缓和了一下道,"你不开手机又是怎么回事?"

"局长,都是我的错……"

"你以为一句轻描淡写的'我的错'就完了?你回去写一份深刻检查

交来等候处理!"余心华听到这里忙扑到钟局长桌子对面焦急地恳求道:"局长,检查我肯定写,一定认识深刻,组织怎么处理我都行,但是请求让我参加这个案子的侦办……"

"我们已经给了你一次机会了,可是你珍惜了吗?我看你是不适合干警察了……"

张影激动地上前插话道:"钟局长,其实我们今天也在办案,我们调查了……"

余心华连忙接上道:"对对,我们今天没有放弃调查,我们查了市政府周边的地方。看看林倩茹平常在什么地方停留或者和什么人接触而有可能导致钥匙被盗。"张影听了这话默不作声。

桑副局长道:"有发现了?"

"还没有。"

钟局长道:"你为什么不顺着市政府这条线查?"

"我是这样考虑的:既然桑局长在市政府里没有发现有价值的线索,我们去了只怕也是徒劳无功……"

"那你不打算查市政府内部了?"桑副局长问。

余心华说:"查还是要查的,等明天再去。"

"为什么要等明天?"钟局长问。

"明天不是星期一吗?"

钟局长听了暗暗点头。

桑副局长向钟局长微笑道:"钟局长,小余的安排是正确的,况且他还算是完成了任务,我看是不是再给他一次机会?年轻人嘛,出点意外是难免的,只要汲取教训就行了。"

钟局长刚要开口,秘书来说李队他们在会议室等着,钟局长马上站起来边走边道:"老桑,我们去开会。"桑副局长推了一把仍然站在原地的余心华小声道:"走吧,站着干吗?"余心华一愣后点头笑呵呵跟在桑副局长后面走向会议室。

待大家坐定，钟局长让李文虎汇报调查情况。李文虎翻开记录本道："我们上午去了后园小区，证实了硫酸公司徐露所说的一切属实，而且从蒋天明老婆那里得知那个神秘的合伙人就是蒋天明。"

在场的人都不觉意外，好像他们早就猜到事情应该是这样的。李文虎见大家对这个发现无动于衷，兴趣一下子降了八度道："我们虽然在他家里没有查到蒋天明和穆华春的协议书之类的物证，但是蒋天明老婆说，他们是口头协议。"

桑副局长插话道："那他就不怕穆华春事后反悔？"李文虎见引起桑副局长的关注，重新提高声音道："是的，我们也问过同样的问题。蒋天明老婆说，那怕什么，穆华春依仗蒋天明的地方多着呢，穆华春绝对不敢赖账。"桑副局长点点头表示同意。

李文虎继续道："下午，我们去了硫酸厂调查经营情况和排查公司内部情况，希望从中找到和穆华春有关的线索。据那个徐露说偶尔来一两趟的副总经理鲁地蒙恰好来公司，可是我们发现，硫酸制品主要出口到东南亚一个岛国，而且利润并不理想。经过我们反复询问，鲁地蒙才不得不道出实情：他们以低价格出口是为了少缴增值税和关税，而代理公司却以回扣的方式返还给公司与市场价平等的利润，这样穆华春的公司是赚了国家的税收。"

听了李文虎的话，会议室里响起轻微的议论声，都道奸商可恨。桑副局长问："就再没有发现什么有价值的头绪？"李文虎道："后来我们反复询问徐露，徐露说这几个星期每到星期五下班以后，穆华春手机就关机了。"

余心华情不自禁地道："这就对了，他关机，肯定是要干极其秘密的事，不想让突然而来的电话分心，好实施他的阴谋。我们可以假定穆华春就是那个谋害林倩茹的凶手，他的关机就足以证明了他关机的必要

性。还有那个零点电话里的声音是男中音，和穆华春声音极其相似，这足以证明穆华春作案的可能性。"

李文虎笑道："到目前为止林倩茹的死到底是自杀还是谋杀都不知道，你凭什么就断定林倩茹死于谋杀？假如就是穆华春做的案，穆华春会傻到自己暴露自己的地步？"

桑副局长道："小余假设得有点理由，只是这中间还有什么秘密没有揭示出来，让我们看起来显得不合理。李队，你这个发现是一个突破，还有没有其他的了？"李文虎合上记录本想了想欲言又止地道："没有了。"这个细微的动作没有逃过余心华的眼睛。

钟局长道："关于硫酸厂的经济问题交给经侦队办理，你们还是集中精力查刑事案。目前可以确定林倩茹、穆华春的死和林倩茹办公室被盗、老吴被杀以及蒋天明的突然失踪，都可以串联在一起形成一个犯罪链，这是一个有组织的犯罪或者叫有组织的掩盖和转移，只是我们还没有深入进去。同志们，我们要抓住现有的线索深入追查下去，绝不放过任何线索，包括我们的假定和推理。好了，下面大家好好研究下一步的行动。"说完看了桑副局长一眼。

桑副局长会意道："好，根据钟局长的指示，大家对下一步行动发表你们的看法。"

余心华突然道："我看极有可能是蒋天明盗走了林倩茹的尸体。"此话一出，就像给平静的池塘里扔了一块大石头，鱼儿四窜波浪翻涌，会议室里议论陡起。

列席会议的钟小华道："你凭什么认定蒋天明盗走了林倩茹的尸体？就凭蒋天明的无故失踪？蒋天明是不是失踪，目前还不能做定论，这才两天时间，假如他今天或者明天回来了呢？"

余心华没有看任何人，自顾自地道："对！蒋天明失不失踪现在是不好定论，但是蒋天明起码有几点值得怀疑。第一，蒋天明和林倩茹同在市政府工作，是熟人。第二，蒋天明和穆华春不仅是熟人，还是暗中的合伙人。第三，林倩茹未婚先孕，又匆匆结婚，而且是蒋天明介绍的。还有，他的家正好住在后园小区，难道这中间没有联系吗？"

"按照你的推理，蒋天明就是暗中致使林倩茹未婚先孕的人，为了某种原因不得不介绍给穆华春。而穆华春后来知道原因折磨侮辱林倩茹，林倩茹在无法忍受之后乘着夜晚找蒋天明想办法解决此事。穆华春乘机做手脚谋杀林倩茹，将嫌疑推给蒋天明。而蒋天明得知此事，抢尸体不成，又乘着夜晚进局里盗走林倩茹的尸体，处理掉林倩茹肚子里的可能导致对自己不利的证据胎儿？是不是这样？"

"很有可能！"

"余大业……"钟小华差点说出局里人私底下对余心华的戏称"余大业余"，钟小华知道过火了，忙咳嗽一声道，"余大侦探，你的想象力也太丰富了吧。蒋天明有那么好的前途，又暗中有那么大财产股份，他至于冒这个触犯刑律的风险自毁前途吗？"

李文虎见僵持不下，打圆场道："好了，你们俩都别斗嘴了。光推理猜测没有实际作用，我们还是用证据说话吧。刚才只有我们这一组汇报了案情，小余那边还没有说。"

桑副局长接上道："小余这边只查了外围，没有什么发现。"

"市政府那边就这样算了？"

"他们明天深入市政府内部，今天不是星期天吗？"

李文虎点点头表示理解，打开记录本道："看来，我们这边只能从穆华春的死因和蒋天明的失踪这两条线索进一步追查下去了，我看再这样正面追查下去收获不大。"

桑副局长道："那你想怎么办？"李文虎合上记录本，看了看在座的各位道："我看是不是从穆华春、蒋天明和林倩茹的身世经历查起，看看他们都有什么样的经历，和这些经历里都有什么样的社会关系，从他

们的经历和社会关系里寻找可能性。"

余心华道："李队说得很对，我也有这样想法，那明天我们就去了解林倩茹的背景。"张影不理解地看了余心华一眼，没有作声。李文虎道："我负责蒋天明的，那穆华春的谁去？"

桑副局长笑笑道："那当然我去了。我看，要是完全放弃目前的线索另搞一套，那是浪费资源也是浪费时间。"说话时，他看着钟局长。钟局长道："老桑，依你看应该如何？"

"我看，现在我们人手紧张，要是有足够的人手当然可以多管齐下。现在是不是先让小余和张影去调查林倩茹的背景，李队和我们进一步查明眼前的线索，等小余这边有了进展，视情况再做决定是不是更周密一些？"

钟局长道："老桑考虑得周全，那好，小余散会你到王主任那里开张外调函，明天出发。"

余心华道："林倩茹的老家在哪里我还不知道，怎么开外调函？"李文虎笑道："要是这样，你干脆就别去了。"钟小华乘机乜了余心华一眼，一脸的不屑和嘲弄。

余心华看到了，却装出若无其事地道："好好，我打电话到市政府去问还不行吗？"大家看到余心华这样，都发出了微笑。

出门时，钟局长道："余心华，检查什么时候交？"

"明早上班，您在办公桌上一定会看到我的检查！"

在走向宿舍的路上，张影道："你这是又要故弄什么玄虚？"余心华看了看周围，见没有人，压低声音道："上次我们没有深入调查，时间不够，有些事没有组织的公函还真办不了，还有……"余心华没有说出来，却马上改口道："我看李文虎今天没有把话说完。"

"我有同感。"

"不要向任何人透露我们去过林倩茹的老家。"

"这个还用你交代？你是怀疑局里？"

"胡说！我是不想猪没杀死，弄得嗷嗷叫，叫人笑话。"

入夜的城市，主街道上灯火通明，小巷里却是灯光朦胧，有点温暖也有点暧昧。

李文虎住在公安局背后的徐家巷里，说是徐家巷，你在徐家巷里根本找不到李文虎家。

张影找到李文虎家时，李文虎正一个人坐在电视机前发愣。张影的到来着实让李文虎吃了一惊，但还是表现出老侦查员的镇定和待人常道。

几句家常话客套之后，李文虎要给张影倒茶。张影拦住，说："我没有喝茶的习惯。"李文虎放下客套，等张影落座道："有什么事就说，你不会说是来唠家常的吧。"张影瞧瞧室内，小声说："李队，这里说话方便吗？"李文虎警觉起来道："方便，老婆上夜班去了，儿子正在房间里做作业，有什么事请说。"

张影还是小心问："李队，下午会上你似乎还有事没有说出，到底是什么事，能不能现在说？"李文虎看了一眼张影道："你问这个干吗？是什么人让你来的？"

张影恍然道："是我自己啊，好奇心驱使我来的，怎么这……"

李文虎站起身子朝门口高声道："进来吧小余，门没插，搞得跟特务似的。"

张影讶然道："李队，真的就我一个人来……"张影话还没有说完，门被推开，余心华笑嘻嘻地进入。张影惊讶之余道："你怎么也来了啊……他来不关我的事……"

"我知道不关你的事，是这小子不安分。说吧，小张刚才说的是不是你小子诡计的一部分？"

张影忙道："真是我自己要来的，我们并没有合计过什么。"

"小张你坐下，我知道你是自己来的，不是他唆使你来的，但是你的到来使我联想到他。你别看他这一年多坐在值班室里，可是一有空就往

我们队里钻,说是来倒水要不就是来借把扫帚之类的糊弄,实际上是来过探案的瘾。你还真别说,小余的脑子还真的好使,有两个案子亏得他的掺和才峰回路转。"

"那他应该早就归入刑警队了,怎么还……"

李文虎一笑道:"这个你就不懂了,我们这里不是你们学校,理想不得。他毕竟一开始就办砸了案子,领导说了话,总得有个过程。"

"那帮你们破了案,也算是证明了他啊,怎么还待在值班室里?"

"你是说我没有及时反映,我自私是吧?甚至还有我在妒忌,是吧?"

"我可没有这么想,也没有这么说。"

"那好,我也不说了。小余,张影刚才问的话是不是你诱使的?"余心华笑着点头。张影恍然道:"原来散会时你跟我说李队还有话没有说出来就是为了……你太阴险了你……那在会上说穆华春有嫌疑谋杀林倩茹还有蒋天明的那些话也是……"余心华再次点头。

张影道:"怪不得你胡乱假定,那你是为了……"

李文虎说:"小张,就不要猜了。小余你的怀疑是对的,我当时确实没有说出一件事,因为一旦说出来必定引起轩然大波,搞不好会影响整个案子的侦查,甚至还波及个人工作岗位或者前途。"

一直没有开口的余心华这才说:"现在能说了吧。"李文虎沉思有顷,看了看张影,还是摇了摇头没有说话。余心华忍不住道:"李队,我你是知道的,张影她刚来没有我们这里的背景,再说这里不是她的工作单位,她的人品……我们是不会泄密的。"

李文虎道:"不是我怕,我也是在保护你们俩。你们一旦知道这个秘密搞不好会陷入其中,搞不好真的可能危及你们个人前途,甚至可能……不说了,权当没有这回事情,你们也不要追问了,时机成熟了我自然会说。"

余心华不依不饶地道:"看在我帮你们出谋划策的分上,再怎么着也该给我一个暗示吧?"李文虎笑道:"吃人家的嘴软,拿人家的手短,不怪那些贪官一旦上了贼船就下不来了。你看,你今天也来了一个挟恩要挟了。"

余心华刚要张口说话,口袋里的手机不停地振动,忙掏出看也没有看一眼号码就不耐烦地道:"我还活着,有话快说。"余心华不得不耐心听手机里面的报告,脸上的浮躁化作笑容道:"桑局啊,我在跟我的瞌睡生气呢……往电影院去呢……劳逸结合啊……啊,哈哈哈……您说您说,我听着呢……哦,真的……在哪里?我马上回局里……电影有什么的啊,那是成人麻醉剂,消磨时间的侩子手……一道一道,要不要让她和您说几句……那好,一会儿见。"

余心华将手机收进口袋,对着俩人道:"林倩茹的尸体出现了。"

"在哪里?"李张俩人同时惊问。

余心华道:"在硫酸厂和后山林场之间的一处山洞里。"

"刚才是桑局打的电话?"

"是啊?"

"你怎么跟他谎报……"

"没什么,习惯了吧。"

李文虎露出觉察不到的微笑。余心华刚动身,李文虎的手机响了。余心华道:"肯定还是那事。"李文虎没有说话,对着手机交谈,对方似乎是重复了刚才和余心华通话的内容。

结束通话,李文虎严肃道:"你余老弟要假戏真唱,我就成全你一回,你们先走,我待会儿再走。"

俩人不再客套,开门走出。

八、入套

女尸身体覆盖着白布单,老邢正在勘验。女尸脸部浮肿变形,而且让利器划了几十道口子,根本看不出本来面目。两只眼球被挖走,留下两个血窟窿,腹部被破开,子宫连同上下端的肠道也被挖走。从脸部情形看属于报复杀人,那几十道划痕和被挖走的眼球就是明证。但是为什么要挖走子宫?

老邢查看了死者肚皮给出了答案:女尸已经怀孕,被挖走的不仅是一只子宫,连带着还有一具五六个月大的胎儿。现场没有打斗挣扎的痕迹,折弯的野草是刚折不久,尸体刚落在此地时间不长。张影见到如此惨景,掉过头去不忍再看。老邢验看完尸体,让助手盖上白布单抬上运尸车。

回到局里,老邢和助手忙着对尸体做各种检测。余心华提出首先拿出林倩茹落在枕头上的毛发和尸体做 DNA 比对,看看是不是林倩茹的尸体。老邢问他为什么怀疑是林倩茹的尸体。

余心华认为女尸身高和林倩茹相似,头发虽然凌乱,但是发型可辨和林倩茹相似,化妆品气味也是林倩茹家里的那种海因斯所发出的,最重要的是此女也有五六个月身孕,林倩茹也是。见余心华提出的理由很充分,桑副局长让老邢首先对女尸进行 DNA 比对。

老邢和助手们继续工作。

大家回到会议室，一边等待结果一边议论这桩突发案件。余心华哈欠连连，对桑副局长道："桑局，我看老邢他们至少要到明天上午才能有结果，我是不是能回去睡觉？"桑副局长心情很好地道："怎么，那些理由不是你提出来的吗，你怎么现在反而当起了甩手掌柜的了？假如尸体真是林倩茹的，就不想想后面的侦查措施？"

李文虎跟着附和道："对，情况有变，我们的侦查思路要跟着改变。"余心华笑笑道："有你们在还用得着我这个余大业余吗，我明天还是去一趟林倩茹老家的好。"说着站起来准备离开。

桑副局长见此道："也好，咱们双管齐下。"

余心华和张影先后离开会议室。

余心华等张影离开，直奔检验科，压低声音和老邢交代几句，才悄无声息地离开。

去卢城的长途汽车上，张影兴趣盎然地谈论对女尸的看法。她认为如果女尸不是林倩茹，那就是一桩恶性强奸杀人案，从死者赤裸的身体可以看出，恶性是指毁容挖眼和破腹。如果是林倩茹，那就是报复，肯定和穆华春、蒋天明中一个有关系。余心华笑笑没有答话，仰靠在椅背上闭目养神，脑袋随着车厢摇晃。

见余心华如此，张影着实气恼，推搡着余心华，不让他睡觉，非要他讨论女尸案。余心华被纠缠不过合着眼睛说："那草地上没有打斗挣扎的痕迹，野草是新折的怎么解释？要说报复，最有资格报复的应该是穆华春，穆华春昨晚还活着吗？挖眼破腹盗走胎儿仅仅是为了报复？"

"那你说是为了什么？难道是为了转移视线，胎儿和眼球里还隐藏着秘密？"张影不服气道。

余心华睁开眼睛看着张影道："问得好！小同志有进步！"张影轻捶了余心华一拳道："瞧你牛的，好像是真的福尔摩斯。"邻座的旅客听到他们在议论案子都凑过来听讲。余心华示意张影噤声，自己先靠到椅背

上睡觉。张影也发现了众人的关注,便不再讨论,转头欣赏起窗外飞逝而过的风景。

他们下车直奔卢城公安局,公安局派了一个内勤女警陪同他们一道去福利院。他们向院长说明来意出示了证件、公函,院长看了一眼证件和公函说:"你们说的那个老外领养的事啊,记得记得,因为那是第一个外国人领养事件,当时在我们院里是头号新闻呢。我那时二十出头,当秘书,兼管档案室工作。"

"那女孩当时在你们这里叫什么名字还记得吗?"余心华问。院长道:"记得,她的编号是Y19830927,我们这里对没有姓名的孤儿一律按照入院的时间编号,这个编号也就是这个孩子的姓名。"

"那前面的Y是什么意思?"张影问。

"那是区别性别的,男孩用X,女孩用Y。"余心华道:"院长,我们能不能现在就去档案室看看?"院长很爽快地领他们走进档案室。二十年前的档案被搁在档案架的高处,院长搬来梯子上去搬下档案。

那些档案袋上应该积满灰尘,可是院长手里的档案袋并没有多少灰尘。眼尖的余心华心里咯噔一沉,忙抢过院长手里的档案袋打开翻查。在一九八三年九月份的档案里根本找不到编号为Y19830927的档案材料,接着余心华飞快地打开其他月份的档案,也是一无所获。余心华问院长道:"院长,你们的档案是不是随着领养人走?"

"那怎么可以,顶多我们出具一份领养同意书给领养人,好办理领养手续。"

"那你们档案里有没有领养时的记录。"

"这个当然。领养人的籍贯、姓名、性别、身份证号码、职业、经济状况等等都要验证填写清楚的。"

"那领养人到民政部门办理手续是否还要填写这些信息?"

"应该是吧,具体的我也不知道。"

"那林目良夫妻领养时应该也有记录对不对？"

院长皱眉道："这个可不一定，如果是陌生人当然要，如果是熟人，就像林老局长那样的人可以不要。"

"那是为什么？"

"领养人如果是有社会地位的人，一般都不希望孩子长大后知道自己的身世。我们也是照顾到这方面的原因所以才免于登记，只在领养人栏目里写上领出，加盖公章就可以了。"

"林目良可是老百姓啊！"

"介绍人是局长啊！"

余心华心道，这个世界怎么了，有一顶官帽子什么事情就变得毫无原则了，可是嘴上没有说出，只道："谢谢，那我们去民政局。"

仨人出了福利院直奔民政局。余心华心里七上八下生怕福利院档案室的一幕在民政局重演，所以在民政局门口下车时趔趄了一下，亏得张影手疾眼快搀扶了一把才没有跌倒。

在民政局，余心华没有查第一次领养手续而是查外国人领养手续。民政局工作人员很顺利地找到当年老外办理领养手续的文件。可是，让他们吃惊的是领养人栏里的签名竟然是林目良那个二伯林嗣家。

问工作人员是怎么回事，工作人员说这也是说得过去的，如果领养人是外地的或者是外国人，由于证件不齐可由当地介绍人充当领养人办理手续，虽然不合法却合理。当然，这个介绍人必须是当地有地位或者是有影响力的人。林嗣家虽然当时已经退休，他可是前任民政局副局长和后来的轻工局局长，由他签字比领养人签字更加保险。

余心华听了这些很有地方特色的"法规"，气得差点摔东西骂娘，好好的一条线索就这样毁在这些官员的不成文的土法规里。

好在他们得知林嗣家遗孀的住址，找到林家。林嗣家遗孀八十多了，当听到余心华问到当年外国人领养林倩茹的事，推托说那是老伴的事，

她根本不清楚。如要再问，给他们来一个说不清道不明的迷糊，余心华拿她彻底没有办法。张影不死心还想问，被余心华拉走。

快到午饭时间了，余心华和张影谢绝了陪同女警到局里吃工作餐的邀请，反邀请女警去饭馆。女警说孩子没有安排，得回家做饭，说下午继续陪同查找线索。余心华道："谢谢，不需要了，我们这就回去复命。"

告别了女警，余心华并没有去车站回安城，而是住进一家名为大上海的、被两旁高楼挤对得窄门窄脸的小旅店。张影问："怎么不走了？你不是说要回安城吗？"

余心华笑笑说："怎么可能呢，事情这么蹊跷。一个档案丢失，一个由介绍人签署领养文件而介绍人又病逝，其家属推说不知情。你相信吗？你不觉得这里面藏有不可告人的秘密？"

"这个我当然怀疑，但是，如果有人故意不让我们知道林倩茹领养经过和领养人姓名，你又能查出什么？这和林倩茹的死又有什么关系呢？林目良老伴不是证明了和林倩茹的关系了吗？在民政局你查的是老外……哦，你是不是用查林倩茹领养档案做幌子暗中调查外国人领养手续？"

"张影同志，你开窍了。你想，林倩茹在国外待了六七年，这段时间里发生了什么事？我们不知道。既然是慈善式的领养，为什么证件不齐全，而要介绍人代签署文件？事后档案丢失得又是这样恰逢其时，连那个外国人的姓名都无从查找？我看从一开始就是一个阴谋。"

"你怀疑林倩茹在国外接受了间谍培训？"

"目前不好说，但是值得怀疑。"

"既然是间谍，为什么就这样轻易地死了？死后挖眼破腹又有什么作用？难道人死了还不放心？"

"你说得对，人死了，她身体里一定还有秘密需要清除，这就足够解释为什么人死了还需要盗走她的尸体。"

"那为什么又将尸体暴露给我们,让我们看到破腹挖眼的可疑,间谍组织有这么弱智吗?肚子里的胎儿也有秘密?"余心华被问得哑口无言,对着张影伸出大拇指道:"问得好,这些正是需要我们去努力破解的。"

"我看你是真的间谍影片看多了,对什么人什么事都用间谍的眼光去衡量,当初你不应该进公安局。"

"依你看应该进什么局?"

"国安局!"

余心华呵呵一笑,手机适时响起,帮助余心华摆脱了暂时的尴尬。电话是桑副局长打来的,询问进展。余心华缩小了成分说毫无进展,说下午继续,明天上午回局里。桑副局长告诉余心华不要心急,细心查,如果需要可以继续查下去,局里他给顶着。

张影问明了电话内容高兴道:"还是桑局长通人意,这不是在支持你吗,干吗这么'秋阴不散霜飞晚'的?"余心华叫张影这句话逗乐了,笑着还了一句:"还'留得枯荷听雨声'呢,什么乱七八糟的!"

"你对当前事情的猜想就是乱七八糟,就像晚秋的荷叶荷枝横七竖八秋阴迷蒙,下一步怎么走?"

"吃饭,睡一大觉。"

"然后呢?去外国办的公司或者合资公司看看?"

"你以为外国人都是傻子啊,留一个靶子让你去瞄准?"

"那你说干什么?"

"打道回府。"

张影白了余心华一眼,气愤地走出余心华的房间。

吃过饭,余心华并没有如他说的睡一大觉,而是和张影直接出门奔塔山村而去。

转过屋角见到"老实人"小吃店,小吃店前面聚集了十几个男女老少,对着对面小楼小声议论着,声音里充满了同情和不安,俩人见到此

情景心里大惊。余心华忙上前询问,老板娘闻声走出,见是余心华在问,悲戚的脸上亮出一丝笑容道:"你们还是来找目良叔的吧?"

"是啊。"聚集着的老少们好奇地看着余心华俩人。老板娘道:"你们来迟了,他这辈子都不能说话了。"

"为什么?"

"他死了!"

俩人同时一惊,余心华道:"什么时候,怎么死的?"

老板娘叹口气道:"昨天夜里小偷进入目良叔家里偷东西,被目良叔婶发现,扭打起来,小偷捅了目良叔两刀。幸亏那时我这里还有人,听到叫喊声冲过去,小偷逃跑了,目良婶才保住了一条老命。"

"那她家里现在还有人在吗?"

"有有,目良婶守在目良叔身边,等着女儿倩茹回来给目良叔送终呢。"

"电话打通了?"

"通了,单位里的人接的,说是倩茹出差了,一时间无法赶回来,村里商量着准备大家先给把丧事办了。"余心华没有再问,和张影直接走进对面一楼林目良家。没有一会儿工夫,突然听到从林目良家里传出一阵撕心裂肺的呼喊声:"来人啦,抓凶手啊抓凶手……"听到呼喊,小吃店前还没有散去的人们朝林目良家奔去。

林目良视力低下的老婆双手死死地抱住余心华的双腿,朝大家道:"他就是昨晚的小偷,他是凶手。"余心华反常地站立,一动也不动,不言不语。张影急得什么似的和来人解释,说我们今天上午刚到,我们是安城市公安局的,来办案。

众人哪里肯相信张影的话,不由分说将俩人擒住。余心华倒是安静得很,不怒不争辩,甚至没有说一句话,任由众人捆绑推搡着走向派出所。

九、暗流

圆山饭店总经理室内室,门上锁,窗户帘幔落地。墙上的电子钟显示是晚上十点,总经理黄俊生登录QQ,里面立刻出现渔夫发给暗影的一句话:鱼已入篓,是清蒸还是红烧。

黄俊生立刻回应道:养着,别让他溜了。

渔夫:知道。似有人在打中间人主意。

黄俊生:知道,你不要掺和,看好自己的鱼。

渔夫下线。黄俊生进入聊天室,查看聊天记录,里面有一个叫"花明"的两分钟前留言:愚蠢,偷东西也不是这个偷法,停止你的想象。

黄俊生立刻输入道:不偷,鱼就进入大海了。

花明:就是进入大海也找不到任何食物,只能盯着食物眼馋吃不进嘴里。

黄俊生:怎么处理这条鱼?

花明:只好让渔夫好生养着。中间人就要上船了,确保他的安全,不要节外生枝。

黄俊生:有人在打中间人的主意。

花明:那不是一回事,放线。那条死老鼠肚子里货弄干净了没有?珠子藏好了吗?

黄俊生:一切干净、安全,下一步到哪里去?

花明：在家里待着，听听音乐吃点美味，等天气暖和了再来拜访。用五号电池充电。

花明下线，黄俊生关闭电脑，拉开窗帘，开门走出。

和圆山饭店隔着两条街有一个黄龙贸易有限公司，黄龙公司其实就是省国家安全局的秘密派出机构。

监控室里，监控员陆范正向匆匆赶到的省国安局局长张开伸和他的几个下属报告今晚监测到的暗影的两组对话内容。听了报告，张局长皱眉不语。二处处长杨四海问："他们的IP地址查了没有？"陆范道："查了，渔夫和花明的在外国，暗影在本市。"

"锁定了？"

"锁定了，这次是在市一中旁边的一家地下网吧。"众人听了无语。

会议室里案情分析会正在进行中。侦查员出身的局长张开伸道："501所的'零点工程'研制计划已经到了验证阶段，配属的360厂将在不久举行产品检测，这可是我们国家继'10号工程'后又一个颠覆性的伟大工程。它的成功将彻底改写世界军事斗争的态势，使我们国家在军事领域处于优势地位。

"国外情报机关早就瞄上了'零点工程'，据部里通报，他们早在工程起步之初，就成立了针对'零点工程'的'零点小组'并制订了'零点行动'计划。一年前501所年轻的女研究员侯明喻失踪对工程局部影响很大，为了防止泄密，不得不对其负责的部分做出重大调整。安全保卫工作也升到一级，这只是内控，外部情况不容乐观。

"最近'零点小组'的活动异常活跃起来，监控室在短短的四天里监控到三次利用互联网联络的情况，再联系到这四天里发生在本市的死亡事件，不难看出他们在频繁活动。所以我们除了加强501所和360厂安保工作，还要主动出击，破获这个'零点小组'在国内的执行机构。下面，由二处杨四海处长作谍情汇报。"

杨四海手里拿着一支红蓝铅笔，笔尖指着面前摊开的纸道："这四天里在本市发生了三起命案、一起失踪案和这四起案子紧密相连的女尸被盗又出现案、死者办公室被盗案，还有死者养父在卢城被杀案。据我们初步分析，这几起案子不是孤立发生的，而是一个连环作案过程，作案动机目前尚不清楚。但有一点是明确的，刑警余心华和他的助手张影在前往卢城调查死者林倩茹家人时，据说是因为前一个夜晚，余心华潜入调查对象养父母家中偷东西而杀死了林倩茹养父林目良，现在被押解回安城公安局……"

张局长立刻问："你们怎么看待这个事件？"

"我们不相信余心华杀了林目良，这是余心华的对手给他设计好了的圈套，目的是阻止他继续调查下去。也就是说余心华的调查触及了对手某些敏感部位，让对手不得不采取手段，冒着不惜暴露自己的风险掐断线索。再结合这四天来'零点小组'的异常联络来看，这次行动是'零点小组'境内机构干的，而境外指挥机构并不认同，这从今晚的联络中可以看出。根据今晚联络的内容看，以暗影为首的境内人员近期可能要蛰伏一段时间。"

侦查员黄冉问："那个'中间人'是怎么回事？"

一直严肃的杨四海处长露出难得的笑容，道："小黄问得好！你看这个'中间人'是怎么一回事？"小黄习惯地双手互握扭动了几下道："我看这个'中间人'肯定有能力或者是有工作之便接触到'零点工程'的机密，或者本来就是'零点工程'的参与者。'上船'可以解释为运输材料，难道这个'中间人'真的搞到'零点工程'的材料了？"

杨处长道："我们不能排除有这个可能，但是'花明'明确指示要确保'中间人'的安全，而他的安全却建立在鱼的不自由上……"

"那这条鱼一定是余心华了。'养着'就是让他待在拘留所里让他办不了案，也不让他消失，如果杀了余心华那就彻底暴露了企图！"黄冉兴

奋地道,可是马上又说,"余心华调查的是死者林倩茹的家人啊,难道她的家人……不可能!"

张局长和杨四海互望了一眼,没有作声。黄冉道:"是不是搞清楚了林倩茹的背景或者是林倩茹家里某个人的背景就能够导出'中间人'的蛛丝马迹?"张局长微笑,看着杨四海道:"强将手下无弱兵啊!推理得还有点水平,杨处长你准备怎么着手进入?"

杨四海提起铅笔朝面前的纸上轻轻顿了几下,抬头道:"第一,抓紧收集情报。第二,加强对现有目标的监控,特别是电讯方面的监控,他们可能启用第五套通信方案。第三,解救余心华,通过他具体了解案件全过程。"

黄冉听到如此决定,高兴地说:"解救余心华的事包在我身上。"

"哦,你怎么这么热心救余心华?"

"不瞒您说,我和余心华在大学是同学,只是我们读的不是一个专业,后来他到了公安局,我进了国安局,为此,我们还闹了点不痛快。"

"为什么?"

"有一次和余心华碰面,他问我在干什么,我说在一家外贸公司干。他骂我钻到钱窟窿里了,不可救药。从此,见面他再也不和我打招呼了。"大家听了释然一笑。张局长问:"你打算怎么解救余心华?解救后余心华不相信你怎么办?"

"这好办,让市政府开一个借调函直接调他到市政府工作,或者以我们局的名义调出,以后的事再说。"

"这绝对不行!"

"这次怎么就不行了,以前不是有这样办的例子吗?"

"以前是以前,现在不行。现在情况复杂,那个'渔夫'在盯着,如果我们贸然这么做,必然会引起对方的猜疑,隐藏得更深,搞不好他们会杀了余心华,以绝后患。"

杨处长看着黄冉和几个侦查员继续道:"这次行动小黄你负责,要搞出一个余心华潜逃的假象。对方一定全力追查他的下落,这样就留给我们机会了。余心华也就失去了依靠,不得不全力配合我们。"黄冉道:"余心华出来后,假如他问起我的身份,能不能告诉他?"

"暂时不能,看情况再说。"

黄冉欣然领命。

十、组网

黄冉以黄龙贸易公司代表身份进入公安局大门时，发现气氛不对。门卫查看证件不但比平常仔细，而且还反复询问来局里的事由以及找什么人，平时，他们只是例行公事地敷衍一下。院门口还加派了岗哨，院内肃然，气氛紧张。

黄冉通过门卫后直奔三楼局长室。楼道里悄无声息，路过会议室时他看见地上还有没来得及处理的血迹。门口派了岗哨，他没有进入，躲在邻近的房间里借着微声放大器倾听会议室里的动静。

昨晚，会议室里至少有五六个人。张影在叙说当时的情况，证明余心华一直和自己在一起，根本没有时间去卢城偷东西杀人。说偷东西干吗要跑到一百多里外的卢城去，林目良家里有什么值得偷的，余心华是偷东西的人吗？时间也不允许！

一个声音道："好了，张影，我们知道你的话是真的，我们也相信余心华没有干过如此丧心病狂的事。可是，小余，你能说得清楚林目良老婆为什么指认你就是偷东西的贼，是杀人凶手吗？"

黄冉熟悉那个问话的声音，是桑副局长。只听余心华道："我想肯定是有人知道我和张影第二天去卢城调查，也知道我们一定要去林目良家，所以才提前化装成我的模样进入林家杀人，还要让林目良老婆看清我的面目，在第二天好一眼就能认出我来。"

桑局呵呵一笑："按照你的推理，就是有人不让你们调查下去，要调查下去肯定能找到对林倩茹不利的证据了。人都死了，为什么还要这样？说不过去嘛。"

"从林倩茹在福利院的档案丢失、民政局的签名和林嗣家老婆说不知道这件事来看，这件事绝不是偶然的，而是一个阴谋，是一个圈套，说不定隐藏着更大的秘密呢！"

"你说，这是什么秘密？"问话的是李文虎。

"秘密就在于林倩茹曾经在国外生活了六年，这六年生活对我们来说是个真空，说不定林倩茹在这六年里的某个时间出了问题。"

"你的意思是林倩茹在这六年的某个时间里接受了间谍培训？"桑副局长问道。余心华坚定地说："很有这个可能！"

钟局长道："你有几成把握这么认定？"余心华没有作答，屋里悄无声息。

片刻之后，桑副局长道："这样，小余，在问题没有完全搞清楚之前，只能委屈你在这里住下。利用这段时间好好想想案情，再写一个详细的事情经过。特别是从前天勘察完林倩茹的尸体回到局里后，到第二天早上和张影会合这段时间里你都在干什么。这段时间很关键，总共有六个多小时空白，说清楚了你就完全解脱了。"

余心华道："这段时间我在睡觉，哪里都没有去。"

"看看，如果这样，就没办法了。好好想想，不急，一定要对你自己负责，我们根本不希望失去你这么能干的人才啊。那，钟局，我看就让小余自己仔细思考吧？"

钟局长道："余心华，不要辜负桑局长和我们对你的关心，好好写，早点摆脱嫌疑。在这之前，不要出会议室。如果真像你所推理的，说不定你已成为人家的猎杀目标了。我们没有将你关进拘留室就是还相信你

没有干那件事，你要好好珍惜。门口的警卫是来保护你的，希望你理解。"说罢，众人离开会议室。

黄冉听到这儿，决定第二天来局里，以谈公司安保问题为由，顺便看看老同学余心华，再想办法营救他。

血迹的出现，说明昨晚这里发生了不可意料的突变，他现在最担心余心华被杀人灭口了。

黄冉疾走几步到了局长室，室内有人在说话，气氛很压抑。黄冉敲门，门内说了声"进来！"。黄冉推门而入。钟局长见是黄冉，平静地说："黄部长，是不是谈你们公司安保的事？"

黄冉改变主意道："不是，我特地来拜访我的老同学余心华，有点私人的事拜托他。"桑副局长讶然道："你也是警校毕业的？"

"哪里，我们是中学同学，我读的是商校。"

"哦，是这样。不巧得很……"桑副局长没有说下去，转向钟局长。

钟局长沉下脸道："余心华昨晚从禁闭室里逃跑了。"

"逃跑了，他犯了什么……就是犯了什么事，为什么要逃跑？抓到没有？"黄冉故作惊讶地问，目的是证明余心华的死活。

桑副局长道："我们正在研究抓捕行动。"

"哦。那我就不打扰了。"说罢，黄冉退出局长室。

黄冉走后，在座的几个人都想不通余心华为什么要逃跑，还要杀死警卫，难道余心华真是这一系列恶性案件的制造者？！对这个假设，所有的人都不认同。那他逃跑又是为什么？没有人能给出答案。最后，钟局长将余心华逃跑的事件通报给了省厅刘处长。

刘处长同意市局对余心华通缉，说要保证余心华安全，我们还要从他嘴里得到事情的来龙去脉。钟局长接着做具体部署。

黄龙贸易公司三楼的一间办公室内，黄冉正向杨处长报告余心华潜逃事件。杨四海双眉紧蹙，睿智的目光严肃得怕人。

桌上的电话铃响了，杨处长拿起电话听了一会儿放下，对着黄冉和朱桦道："是张局长的电话，说省厅刘处长已经将余心华潜逃的事通报给了局里，说余心华潜逃事件背后可能涉及安城市国家重点工程的机密。局长指示我们要不惜一切代价在最短的时间里找到余心华，保护好余心华。"

"那省厅是怎么对待余心华潜逃事件的？"黄冉迫不及待地问。

杨处长道："他们同意。安城市局对余心华省内通缉的请求。"

"他们怎么能这么干呢？"

"这是必要的，是没办法的办法，因为毕竟警卫被杀了，人潜逃了。"

"唉，好你个余心华，你还是高才生呢，怎么就这么糊涂？"

"这么说，你是认定余心华没有杀警卫了？"

"是的，我敢拿人头担保他不会，一定又是中了别人的圈套。"

"打包票是最靠不住的，我们还是用事实说话吧。说说，你们打算怎么查找余心华的下落……"杨处长的话还没有说完，门被紧急敲响。

杨处长道："进来！"门开处，监控员陆范进入，手里拿着张纸道："处长，这是刚刚收到的'渔夫'发给'暗影'的邮件内容。"杨处长接过一看，内容为：鱼已破网而出，是抓是杀？杨处长立刻对陆范道："让监控室四五号机暂停对现有目标的监控，转为对陌生电讯的侦控，一有发现马上报告。"

"是！"陆范转身离去。

杨处长踱步，显得有点烦躁，突然止步看着大家问："你们说说怎么查找余心华。"黄冉道："我想可以从三个方面入手，一是监控市局领导的电话和手机，余心华要是没有杀警卫，肯定要洗脱自己。要洗脱自己最直接有效的办法就是和领导取得联系，说清问题，局里总有他信得过的领导……"

朱桦不同意:"余心华有那么傻吗?一打电话不就暴露自己的行踪了吗?"杨处长抬手示意让黄冉继续。黄冉接着道:"第二,加强对余心华助手张影的监控……"

"这又是为何?"朱桦忍不住还是提出疑问。杨处长笑笑没有出声。

黄冉瞥了朱桦一眼,继续道:"因为昨晚我听到张影为余心华的证明和辩白,发现张影是信任余心华的,余心华在走投无路的情况下一定要依靠张影的帮助来脱困。他一定会联系张影的,而张影也一定会帮助他。第三,在这两种情况都没有发生的前提下,余心华一定会再去卢城查他没有查完的线索,还有林目良老婆诬陷他的原因,我们可以跟踪而进。"

杨处长道:"办法可行,但是还要了解余心华在安城工作期间还和哪些人关系近。朱桦,你面孔生,下午你以省厅联络员的身份进驻市公安局,暗中了解情况。"朱桦兴奋地道:"是,保证完成任务。"

陆范兴冲冲闯入道:"处长,刚刚收到的。"杨处长接过,记录上写着——暗影:鱼已脱网,不知去向。花明:立即宰杀!看完交给黄冉。杨处长问陆范:"暗影的 IP 地址这回在哪里?"

"在市同唱一首歌娱乐城的网吧里。"

"让六号机监控这家网吧,让三号机监控市局领导和张影的电话。黄冉你去具体布置,布置好再出外勤,我带人去那家网吧看看,我们分头行动。"仨人同时答应道:"是!"

水仙大酒店总经理吴仙殊接到一个陌生电话,电话内容让她十分不愉快。陌生电话指责她过分贪心,坏了他们的大事,不该放走余心华。吴仙殊回应道:"谢谢提醒,在安城这块地盘还轮不到你们指手画脚。那条鱼挺滑溜的,很可爱,他能起到我们起不到的作用,我们希望他自由!"

对方换了口气说:"吴总,我们是初次打交道,也怪我们事先没有给您打招呼。这样吧,这次就算了。对这条鱼的处理,您就不要再过问了,由我们处理。我们会给您相应的补偿,您看怎么样?"吴仙殊道:"你们补偿得起吗?你到底是哪个山头的,算哪根葱?"

　　"我们言至于此,不要过分了,你要知道挡了别人的道会有什么样的下场!"对方说完,再也没有回声。吴仙殊气得摔了手机。

十一、潜形

　　昨晚后半夜，趴在会议室桌上睡觉的余心华，突然听到门外一声闷响，疑心自己在做梦。但他不放心，走近门旁，小声问道："小罗，罗志军……"门外没有回声，他感觉大事不好，内心十分惊骇。余心华思之再三，决定不管那么多禁忌，忙拉开门蹿出。眼前的景象让他愤怒激动。他忙蹲下，借着微弱的墙面反光，看到罗志军面向东北楼道窗户侧卧在地，后背插着一把匕首，探鼻息，全无。

　　良好的职业素养告诉他，这是有人给他设计了圈套，让他背负说不清的嫌疑。他想到留下，配合局里查清问题，可是马上否定了，认为自己的想法太过天真。眼前的事实能说得清楚？就是说清楚了，那要等到猴年马月？什么事都给耽误了。目前，只有尽快查找到线索，破了案，揪出凶手，才能为自己洗脱。对手在林家设了局抓自己，现在又设了这个局彻底地坐实自己是杀人凶手，这是要彻底地整死自己啊！可是又不像这么回事，他们杀了罗志军显然让自己不能回头，又为自己制造了逃跑的机会。这究竟是怎么回事？余心华一时间还真的揣测不出对手用心所在。但是，有一点他是清楚的：自己现在不能继续查案了，要想查案并彻底搞清这一切，就只有摆脱目前的束缚和即将到来的审讯。想到此处，他浑身一激灵，感觉自己陷入至少属于两个不同方面的圈套，前面的要将自己陷进来，后面的要放自己出去。出去，也只有出去才能有机会！时间不允许他从容思考，他决定赌一把，先出去再说。

余心华顺着楼道潜行，乘着黎明前的寂静、守卫松弛的时候摸出大楼，翻过院墙，悄无声息地潜出。他知道自己的一举一动被人暗中盯着，反而放心，因为对方费心设局，不会让自己如此消失，至于对方的意图，只能拭目以待了。

余心华没有立即离开，而是乘着黑夜到处寻找他所想要的东西，终于在天光大亮之前准备好了这些必需品。

公安局对面的早点铺刚刚开门，一个头戴鸭舌帽、络腮胡子、鼻梁上架着一副墨镜的看不出具体年龄的人，进入铺子。老板道："师傅，要吃早点还有一会儿呢。"络腮胡子道："不急，开了一夜车，正好休息休息。"

老板笑呵呵地道："那您自便。"转身干自己的事去了。老板娘送上一杯浓茶道："师傅，喝口浓茶解解乏。"

"谢谢！"络腮胡子面向着对面公安局门口坐着，轻轻啜吸着茶水。

不久，只听得公安局院内发出一阵轻微的嘈杂声，如果不注意是听不到的。这些微弱的声音当然逃不过络腮胡子的耳朵。片刻之后，公安局门口增加了岗哨，一派如临大敌的架势。

太阳升起来之后，铺子里的人多了起来。络腮胡子要来一笼汤包，就着面前碟子里的醋慢悠悠地吃着。说他在吃汤包，倒不如说他在"品尝"时间会更准确些，显然他的心思没有集中在吃上。

此时，对面陆陆续续走来几个警察。他们先后聚在一张桌子上，脸色紧张却又神秘地边吃早点边小声谈论着。络腮胡子支棱着耳朵倾听着他们的谈话内容，隐隐听得余心华、罗志军、杀人、潜逃几个似有还无的词语。忽然，络腮胡子感受到身边有响动，眼角余光一扫，是一个女警。

女警是张影。张影一脸严肃,低头沉思,好像不是来吃早点的。等到老板娘来招呼,张影才茫然地抬头道:"随便。"老板娘笑呵呵地问:"这叫我给你上什么啊?"

"那就来和这个师傅一样的吧。"

"好嘞,汤包一笼。"

张影说完,仍然低头沉思不语。

络腮胡子刚刚结束对汤包的研究型吃法,也无理由继续坐下去。其实,他对那些神秘的词语并不感兴趣,感兴趣是用吃来调整疲乏。

结了账,走过张影身边时,他似乎于无意中撞了张影一下,桌子上醋碟里的醋泼到张影衣袖上,他自己则差点摔倒。络腮胡子顾不得自己,双手扶住桌面,连声操着外地口音道:"对不起,对不起,我给您擦擦。"说着掏出手帕,抓住张影衣袖擦着。张影一抖手抽回衣袖冷冷地道:"没关系,我自己擦就可以了。"络腮胡子只好尴尬地笑笑走出店铺。

郊外,一处三面环山的山坳里,由下而上坐落着大大小小的别墅。开口的那一面筑了一道高大的围墙,围墙正中开口处正好落在进别墅区的水泥路上。夜色里,一辆白色别克慢速通过缓缓打开的电动门,进入门内猛地一个加速,车子滑入别墅区里不见了踪影。

别克进入二十四号别墅的车库里,车门开处,从里面下来一个戴墨镜的四十岁左右中年人,中等身材,身着浅褐色外套。他目不斜视,但两眼冷峻,余光早已将别墅周围的情况扫进眼内。中年人健步走上台阶,手里的钥匙快速准确地插进锁眼,轻轻一旋一推,别墅大门洞开。回身关门,直上二楼。走进会客室,虽然没有开灯,可室内让外面散射进来的灯光泛滥得犹如黄昏。中年人将外套脱下丢在沙发上,仰靠到沙发里,这时才露出满脸的倦怠,合上双眼放松自己。

突然,从侧室里传来一个阴冷的声音道:"鲁总,辛苦了。"被叫鲁总的人浑身一紧，就势一个翻滚，手里同时多了把手枪，机警地轻声呵斥道："谁？"那个阴冷的声音道："鲁总不要紧张，小心走火。我是不速之客，但是，我们是朋友，不是敌人，用不着舞枪弄棒的吧，这样不好谈心。哈哈哈……"鲁总摸索着往墙边靠，准备开灯。

阴冷的声音道："鲁总，用不着开灯，那样的话，我们俩有一个要在这里消失了，假如是你，你愿意吗？哦，不不，我知道你的功夫不错，枪法也好。可是，我既然来了，又了解你，你想你能占多大便宜？"

鲁总真的惊惧了，聪明人遇到这样的情况，唯一选择就是什么也不做，顺其自然。鲁总当然是聪明人，所以他选择了让手枪归入它本来的位置，老实地坐在沙发里，头却朝着侧室门口。侧室里传来几声轻巧的掌声，阴冷的声音再次响起："这就对了，这才是待客之道。"

"你究竟是什么人？"

"知道了有用吗？我说过，我们是朋友。哦，不是那种酒肉朋友，是精神上的朋友。"

"来此有什么目的？"

"好，好，爽快，那我也就不绕弯子了。我来此，想证明一件事情，鲁总能满足我吗？"

"我可是守法公民，违法的事情我是不会做的。"

阴冷的声音哈哈一笑道："知道，知道，全中国再也没有人比你鲁地蒙副总经理守法了，穆华春总经理一走你就要扶正了，哪里还用得着做违法的事啊。哦，要不要称你官号大名啊……"

"你、你到底是什么人？"他又将手悄悄摸向腰间的手枪。阴冷的声音道："鲁总，你那手最好老实地待着，此地此时不需要那只手发挥功能。如果，呵呵。"鲁地蒙再次暗惊，手再次离开手枪。

"哎，这样最好，我这个人有个缺点，就是喜欢提醒人家。鲁总你干得真不错，既忠于你的老主子，又很会出卖你的新主子。你在两个主子

之间走钢丝,还都得到了高度信任,你的权谋和手腕实在太高明了。你把警察玩得团团转,这一个隐形就让老主子不得不乖乖听话,叫新主子刮目相看。"

秘密被揭破了也就不是秘密了,没有了秘密,人也就无所畏惧了。鲁地蒙彻底镇定下来,沉声问道:"什么事,你说吧,你不要跟我说你费了这么大劲儿只是和我表现你的不凡。"

"好!痛快,那个小警察余心华是不是你弄走的?"

"是的。"

"为什么?"

"因为那个人不肯合作,所以老板让他继续追查下去,给那个人施加压力。"

"你们也太小看那个人了,以为给他安上鸡毛蒜皮的事就能逼他就范,不行又要帮他清道,你们这是、这是,我说你们什么好呢?哦,我们不说这些,说了徒增心火,那个小警察的下落知道吗?"

"不知道。"

"不是你放的吗?你怎么不知道他的行踪?"

"老板只交代放他,也没有叫我跟着他,跟着他他反而不好办事了。"

"哦,是这么回事。告诉你的那个老板,不要揣着明白装糊涂,问他是谁在接受他的产品,给他利润。那些产业可是得来不易啊,不要轻易毁了它们。那个人不能逼得过急,坏了我们的事,可不是好玩的。"

"你们、你们到底是谁?"

"我要告诉你多少遍你才有记性呢,你还是不要打听,我是为你们好,想让你和你的靠山活得长久一点。那好吧,再见!"说罢,侧室再也没有声音传出。室内只剩下空气、微光和带喘息的鲁地蒙,时间仿佛回到上古的混沌和荒疏。

鲁地蒙自信自己是高手中的高手,自小跟着武当道人学真传,自信在安城除了老板就算他的功夫强了。可是，刚才被那个不明就里的人戏耍得就如乡下艺人手里的皮猴，他丝毫没有反抗的能力，超强的反应能力在那个人面前丝毫显示不出优势。

他心里怄气，离开沙发，打开窗户，一个横跃落到地面。四处查看，哪里还有人影。他立刻箭步朝别墅后山飙出，想要追上那个叫他受辱的幽灵。他认定那人是个幽灵。

山林黑魆魆的，夜风吹得林间草木呜呜作响，不知名的鸟儿偶然叫一声，平添了几分神秘、几分恐惧。鲁地蒙不在乎这些，这些对他而言是司空见惯的小菜，鸟叫而不是鸟飞让他获得安全感。他在林子里轻快奔行，双目在黑暗里扫描。

十二、追踪

罗志军被杀,余心华逃跑……张影一直在心里掂量这件事。凭她这些天对余心华的了解,怎么也不相信余心华会干出这样丧心病狂的举动。余心华是那样机智和幽默,对自己从事的职业又是那样热爱,他怎么可能呢?从刑侦的角度看,余心华有逃跑的动机却没有杀人的必要。她没有把这个想法说出来,心里一直惦记着余心华的安危,琢磨着余心华现在的处境。所以络腮胡子的举动没有引起她的警觉,那边桌子上几个刑警队的人怎么走的竟也全然不知。

张影吃了几只汤包,实在培养不出来好胃口,叫服务员拿来塑料袋打包了余下的汤包,拎着出了门。

街道上车流人流交织,张影好不容易等到空隙跑着穿过街道,差点叫一辆摩托车剐着,惊出一身冷汗,赶紧收束了心猿意马。

她刚进楼道迎面就遇到李文虎。李文虎看到张影,急忙朝前后左右看了一圈,见没有第三个人,悄声道:"随我来。"张影二话没说,跟随着李文虎进了楼梯尽头的检验室。

检验室里,罗志军的尸体在检验台上侧卧着,老邢正在进一步检验伤口。李文虎道:"怎么样,是余心华干的吗?"老邢道:"看似像,其实是不可能的。"

"为什么?"

"罗志军是背门而立，如果是余心华干的，他必然要开门才行。开门必然有响动，罗志军一定会转身，那样，匕首必定是从前胸刺入，根本没有可能罗志军傻站着让余心华的匕首绕到他背后刺入。"

"那要不是呢？"

"那必定有两个人配合作案。会议室南边紧靠着楼梯，如果是一人作案，他必然事先隐藏在楼梯和会议室转角处等待时机。纵然罗志军在门口走动，如果走向楼梯，那也只能前胸中匕首。如果背朝楼梯往北面的楼道走去，凶手从后面出击，三四米的距离不可能没有一点响声。有响动罗志军起码要回头转身，凶手不可能这样从容地从背后一击毙命。你李队应该对罗志军是了解的，他的听觉和反应能力那可是我们局里顶尖的，要不也不会把夜间看押的任务交给他。"

李文虎点点头表示同意。老邢继续道："从现场的勘验来看，罗志军的尸体没有被移动过或是翻动过的痕迹，如果是两个人配合作案就好解释了。一个人在楼道北头开窗户弄出响动，或者根本就不需开窗进入，只要站在楼下朝三楼北窗户打手电筒就可以了。罗志军发现北窗户有异常必然转身观看，此时罗志军的注意力全在北面，疏于背后，于是给楼梯口的歹徒以机会。"

李文虎听完叹了口气，说："我也是这么认为，此事，局里怎么说？"

"钟局和马局没有表态，桑局说小余立功心切，更不肯受冤枉，出逃是有可能的，说不定还心生了对局里的怨恨，一时想不开有可能走极端。"李文虎双眉紧蹙，没有说话。

张影急促道："小余绝不会这么干的，你们要相信他，他……"李文虎道："小张，别着急，我们也不相信他小余会这么干。可是，桑局长说的也是有可能的。"

"不，绝对没有可能。"

"你怎么这样肯定？"

"从我俩接手这个案子开始,他就是全力而为的。他的目的只有一个:以破案的成果来证明自己。可能我们查案触及到某些人的痛处了,所以才生出这些事端,目的是为了搅乱我们视线,让小余不能继续追踪觅线。这个我在昨晚的会上说了的啊,李队长,别看小余和你意见有些不合,他在背后可是十分佩服您的。"

李文虎轻笑道:"你小张用不着替他给我戴高帽子,我还不是那种落井下石的人,你用不着担心。我和邢老这不是在为他寻找反证吗?可是,小余千不该万不该,不该就这么一走了之,这一下就是天大的理由也没法证明他的清白了。哎,小张,他有没有和你联系过?"

"没有!有了那就好了,起码还能说说……"

"那这么长时间有没有遇到异常的蛛丝马迹?"

"没有!哎——"

"怎么了?"李文虎和老邢同时问。张影左手不由自主插进左边上衣口袋里,停住,朝俩人微笑道:"我在吃早点时发现坐在我对面一个络腮胡子的人,很是特别。"

"他的身材和余心华差不多吗?"李文虎追问。张影摇头道:"不像,一点也不像,那人起码比余心华高出半个头,不像!"李文虎道:"我叫你到这里来,就是要想办法帮助余心华,老邢也是。你要有什么消息一定要告诉我和老邢。"

"一定的!"此时,有人在楼道里喊了一嗓子:"请有关人员到会议室开会!"仨人匆匆说了几句话,离开了检验室。

散会后,张影对李文虎说回寝室里拿手机,便匆匆走开。寝室里的同伴都在班上,她合上门,从口袋里掏出在检验室偶然发现却没有当着李文虎和老邢面打开的纸团。上面的字她是熟悉的,不是余心华的还能是谁的。张影神情一振,急忙看内容——张影,我没有杀人。请带些钱给我,我的卡号可能被封了。其他的事见面谈,到市政府广场花园来。

张影心里激动,从信的内容看余心华只相信自己,也没有离开安城,有这两点就足够了。她突然醒悟,自己为什么对这个才认识不到一个星期的人这样信任,这样牵肠挂肚?莫非自己……她释然一笑,自言自语地小声道:"怎么可能呢?这么短的时间,又这么匆忙。"

张影掐断不切实际的念头,打开衣物柜,拿出皮箱解锁,从家里给的三千元生活费里拿出两千元,揣进裤子口袋里,锁箱关柜。刚出门,老邢堵在门口,张影吓了一跳,以为老邢发现了她在寝室里的一切,忙支吾道:"邢老,我、我是回来拿手机的。"

老邢瞧瞧身后,回头小声道:"告诉小余,他交代我的事有结果了,那具尸体确实是林倩茹的。但是,检测不出被挖走的胎儿信息,那姐妹俩的事我在找适合的检测源。"张影听了摸不着头脑,傻愣愣地站着说不出话。老邢冲张影点点头,转身走开。张影看着老邢下楼,脑子依然糨糊堵塞。

张影走过楼侧,看到李文虎在门口的车子里冲她招手。张影小跑着上车后对李文虎道:"李队,我到工行门口下车,家里汇来生活费了。"李文虎对廖师傅道:"老廖,在市政府左边的工行停车。"廖师傅没有说话,松开离合器,车子驶出大门。

一路上谁也没有说话,但是都在想着自己的心事,车子很快到了工行门口停住。

张影下车后,对李文虎道:"李队,不用等了,我取完钱打车过去,走也行啊。反正才里吧路。"李文虎朝她一笑,笑得有点诡秘,示意开车。

张影进入工行,从玻璃门里看着车子开走,立即出门穿过道路,走入市政府花园。

花园南边草坪上,老年舞蹈队还在热火朝天地扭着舞,独特的音乐飘荡在草坪和树林之间,张影加快了脚步。

南边树林边长椅上坐着几个休息的老头老太太,临近的椅子上坐着一个络腮胡子戴着墨镜的人。那人看到走向草坪这边的张影,忙起身迎接过去。络腮胡子和张影擦身而过时说了句:"不要四处张望,跟在身后。"头也不回走进树林,张影虽然吃惊,可还是按着络腮胡子的话做,紧张让张影脚步有些变形,好在平时的训练帮她稳定了不少。

络腮胡子领着张影左转右拐,进入一片没有完全拆尽的墙垛里。络腮胡子回身站定,张影在他面前几步处立定,警惕地道:"你是……"络腮胡子摘下墨镜,卸去络腮胡子,露出一张熟悉的脸庞。张影惊讶地道:"余……"连忙噤声四顾,压低声音急切地问:"这到底是怎么回事?"去掉了伪装的余心华苦笑道:"其实,我也想知道答案。"

"那,罗志军……"

"不是我杀的,我怎么可能呢!"

"我想也是,你没有理由。"

"钱带来了吗?"

"带来了,只能给你两千,不够我再想办法……你就真的这么走下去,要不暗里找找桑局长想办法,桑……"

"千万不能,现在情况复杂,我现在除了你,谁也不敢相信。"

"你打算怎么办?"

"我还没有彻底想好。前前后后想来,整个事件不像是某个单一方面的阴谋,这里面的关系错综复杂。但有一点是明确的,就是我们追查林倩茹这条线索是正确的,触及到他们的痛处了,所以他们才不惜杀人栽赃!"

"那后来在局里刺杀罗志军是不是为了放走你?"

"是这样。"

"这不是矛盾了吗?"

"不矛盾,如果我没有猜错的话,应该有两拨人牵扯到这个案子里。"

张影震惊，说："两拨人？你，你不是在推脱责任吧？如果是，他们到底是些什么人？林倩茹到底有什么不可告人的秘密要隐瞒？"

"这个现在不好说，局里怎么安排的？"

"对你进行通缉。"

"这个我早就料到了，我是问他们怎么安排破林倩茹等人的案子？"

"桑局长还是总管案子并负责你的事，李队放下原先手里的案子，正式接手林倩茹的案子，我现在跟着李队办案。"

"李队有什么具体安排？"

"他打算先进入市政府再查查林倩茹的情况，刚才开车去了市政府，我得赶过去和他会合，时间长了会引起怀疑的。"说着欲走。余心华拦住道："让李队查查林倩茹尸体被盗那天凌晨打进来的骚扰电话，看看是否真的有电话打进。"

"那个电话不是桑……记录的吗，怎么你怀疑桑局？"

"查查，好放心。我思来想去，老吴被杀显然是他非常相信的人干的。在公安局里要让他一点不怀疑又能叫他很信服地开门查看尸体的就只有公安局内部人，而且这个人很可能是领导层的人，否则老吴不会那么松懈，而这时，正是那个骚扰电话打进来的时间……"

"不可能，这怎么可能呢……那么，那天在会上说查林倩茹而不查老吴的死是为了迷惑……"

"是的，也是没有办法。如果我要求查打电话的事，必须要局里发函电信局才给查的。如果那样做不是明摆着没有人支持我，如果桑……真的干了，那就会打草惊蛇，搞不好会生出不可想象的变故。我也是试试，不是确定怀疑，如果没有我也放心，我们的侦查范围可以缩小。"

"当时为什么不让李队悄悄地查，李队有随时侦查的权力！"

"李队当时态度不明朗，加上桑局是他的直接领导……"

"你现在怎么又想到李队，李队能按你的想法去做？"

"那天,他在会上不是有话没有说出吗?这表明他是有怀疑、有顾虑的,我们俩到他家问的时候他不是还是没有说吗?"

"那怎么知道他现在就会改变想法?"

"情况变了,他不能不将他的怀疑付诸实践。"

"好,我试试,以后怎么联系?"

"你不要找我,我会联系你的。要注意,你很有可能被监视了,如果有特殊的事可到步行街去。"张影听了不由自主地四处查看,面前除了断墙残垣就是砖头瓦屑。

张影忽然道:"我出门之前邢老让我告诉你,那具尸体确实是林倩茹的,但是检测不出挖走的胎儿信息。还有什么姐妹俩的事,他说他要找合适的检测源,这是什么事啊?你什么时候交代过老邢?"

余心华微笑道:"昨天在回寝室的路上和邢老说的,当时你已经走了,我不是故意要瞒你。"

"都到这个时候了,还说这样的话,看来邢老还是相信你的。"余心华点头。张影问:"你还有什么打算?"

"暂时走一步看一步,也没有好的打算。你不能久留,就此分别。"余心华转身东去,张影站立原地好像还有话要说,却没有说出口,看着余心华消失了身影,心里涌上担心和惦记,不得已走开。

张影走进树林沿着原路返回,在她身后十来米处,余心华的身影一闪没入树林里,而在余心华身后面六七米处,一双眼睛将这一切全收在眼中。待余心华消失,那双眼睛充满了冷笑,掉头朝余心华的方向追出。

十三、惊心

桑副局长从刑警队抽出干探钟小华，再将一年前和余心华办案时丢了女尸的小黄调出值班室，组成了调查班子。钟小华倒没有什么特别表示，小黄却是感激涕零。通缉令已经由小黄拟好发出，等待上阵前的号令。

仨人在会议室里讨论下一步行动。

钟小华认为余心华逃跑有两种可能：一是确实被冤枉，逃走便于寻找证据或者继续秘密调查；二是确实和当前的案子有牵扯，不得不逃跑。如果是前者我们不必担心，总有一天他会主动和我们联系；如果是后者，我们不能等闲视之，必须对他可能去的地方以及要依靠的熟人加强监控，以防他再次作案，还要积极寻找他以前作案时留下的蛛丝马迹，寻求突破。

桑副局长听了对钟小华大加赞赏，说他不愧是钟局长的公子，头脑也遗传得这样精明。小黄也讨好似的恭维，说比余大业余强太多了。钟小华听了没有飘飘然，而是有意无意看了小黄一眼。小黄也意识到自己的失言，低头躲避钟小华的目光。按照钟小华的建议，他们动身到余心华宿舍里搜查。

小黄对搜查余心华宿舍的行动似乎有不同意见，但是她没有说出口。桑副局长觉察到小黄的神色，问："小黄，你有话就说，说错了没关系，我们这不是在寻找突破口吗？"

小黄认真地道："如果余心华真是凶手，他的房间里肯定不会留下任何证据，他一定会提前清理干净……"钟小华冷笑道："他都敢杀害罗志军，可见他的胆大妄为和不择手段。这样的人只有一种可能，为钱而不顾一切，他的卡号我们已经封了，那里面也没有异常的数目，那他肯定接受了现金或者贵重实物。"

"如果这样，难道他还会留在房间里等着作证据？他就不能将它们转移？"

"你说得是，我本来就没有指望能在他宿舍里搜出什么证据来。"

桑副局长问："那你是为什么？"

"寻找与此有关的异常。"

小黄道："我看，可能什么也搜查不到。"桑副局长道；"好了，我们不要坐而论道了。几步路的事，我们去查查不就一切都明白了。"

小黄听了没有再说，随后，俩人一同走向余心华的宿舍。

钟小华打开余心华宿舍的门，站在门口很仔细地按顺序扫视着室内每一个角落。屋里除了一张单人床、一把局里配的皮椅、折叠桌子，就是门对角的一架立柜了。墙壁晾竿上晾着三条毛巾，桌子上放着几本书、茶缸、水杯，水杯里插着牙膏牙刷，床底下放着几双半新不旧的鞋子。没有年轻人应该拥有的一切，好像走进一个清心寡欲的中年男人房间，里面一目了然得像个真正的无产者。

仨人很小心地走进屋子，沿着墙壁敲击找寻。挪动书本用具，掀起被子，抖动，摸捏，全无收获。屋顶上没有天花板，用不着费力，仨人将眼光和希望寄托在屋角的立柜上。

钟小华将两根钢丝插进锁孔，很容易就打开了立柜。

里面挂着有数的几件衣服，下面的柜板上堆着一些乱糟糟的衣物，衣物堆里露出一只褐色皮箱。钟小华戴上手套，很小心地握住皮箱两端，轻轻地将皮箱从衣物堆里取出。箱子好像挺有分量，以致钟小华双臂有些颤抖。皮箱落到床铺上,钟小华拿出随身带着的工具提取了锁孔、锁簧处的指纹收好,这才开锁。

锁开了,掀起箱盖。在场的仨人齐声惊呼。里面装着满满一箱人民币,还有四根金条,在触目惊心的事实面前谁都说不出话来。少顷,桑副局长道:"看来,他是不止一次接受了对方的好处。"

钟小军此时反而没有说话,也没有表现出因为自己的精明发现了重大突破时那种兴奋,双眉紧锁。桑副局长问:"你是不是觉得有人给余心华栽了赃?"

"有这个可能。"

"你不是主张来搜查的吗?"小黄反问。

"正如你事先说的,哪有这样巧的事,这也太拙劣了吧,你们看看这屋里的摆设,哪一件够得上奢侈?连我的房间都不如。他留着这些钱不花,又不处理,难道他等着我们来拿证据?"仨人都没有很好的解释,只得将箱子抬进局里。

李文虎和张影回到局里,听到从余心华宿舍里取出赃款赃物,心里比谁都震惊。李文虎压抑着内心的激动去汇报今天到市政府调查的结果,他的汇报让所有的人失望。最后他提议,明天从调查穆华春和蒋天明的社会关系入手。

钟局长表示同意,让张影到桑副局长这一组,调查林倩茹的背景和余心华杀害林目良的案子,张影只得同意。对从余心华屋里起获的赃款赃物,钟局长和桑副局长没有提出讨论,好像压根儿没有发生过。

会后,张影在院子里拦住李文虎,央求李文虎去电讯局查那个凌晨的骚扰电话。李文虎还是一口回绝,头也不回地走出大门,好似谁挖了他家的祖坟。

入夜,徐家巷里路灯发出昏昧的光晕,将道路和偶尔经过的行人印染成陈年旧画。李文虎家的小巷里如水墨铺就,子夜之后,更是巷

深声远。

突然有一道黑色闪电猫步鼠窜直奔巷底李文虎家,黑影贴身靠定门旁,细看,原来是余心华。余心华抬手敲门,敲击声在寂静的深夜里显得那么清亮刺耳。三声过后,里面传来一个压抑的声音喝道:"谁!"门外:"我,小余!"门轻轻开了一条缝,余心华泥鳅一般钻进屋里,门重新合上,好像从来没有开过。

屋里没有开灯,暗中,李文虎道:"我知道,你非来不可。"

"没办法,你是我唯一的希望。"

"张影呢?你不是第一个找了她?"

"我就知道瞒不过你,但是,她只能传递信息,干不了大事。"

"说吧,有什么想法?"

"托张影让你查那个号码,你怎么不查?"

"早就查过,张影面前我能露吗?"

"怎么样?"

"没有那个电话……"

"就是说,桑在撒谎?"

"是的!"

"那老吴的死是他做的?"

"不能肯定,但至少和他有关!"余心华站在黑暗里沉默,好长时间没有说一句话。兴许是他的猜想得到证实而激动,也许是证实了桑副局长的嫌疑而惊心,头脑没有足够的反应时间。李文虎道:"那天在会上没有说出的话,就是考虑到桑的可疑才没有说。"

"那是什么?和桑有关系?"

"目前还不清楚他们到底有没有关系,但至少不能现在公开,我在后园小区发现周贵庭在那里有一处房子。"

"啊!他可是当红的副市长,不,马上就是市长了。他,他怎么可能……他，不是要结婚吗，有房子也正常啊？"

"所以，我拿不准。但是，像周贵庭这样年轻有为的副市长，而且还没有成家，他怎么可能将自己未来的家，安在一个连省会城市都算不上的地方？他的前途远大着呢，他将来的家起码安在省会城市。……还有，他的房子和蒋天明在同一栋楼上，还和蒋天明一个单元门对着门，你说这里面有没有不正常？"

"有道理，是很巧合。是不是有人故意给他设的局，哦，你是不是怀疑林倩茹和他有关系？是的，林倩茹和他订过婚。"

"什么，你怎么不早说？"

"我有时间说吗？"

"和林倩茹订婚是什么时候的事？"

"林倩茹上大学那会子，周贵庭已经毕业了，在安城当秘书。"

"不对，我怎么没有听说过呢？他这样的人物，只要有芝麻大的一点儿事情，似乎全世界都会知道的，何况像婚姻这样的大事哪里还能瞒得住？"

"那，那个林家本家女老板在欺骗我？"

"也有这样一种可能，就是双方父母给包办的，而他们两个不好违抗父母的意愿，其实他们俩心里并不同意，只好口头上说同意来应付双方父母。要不周贵庭将近四十岁了还没有结婚，而马上就要娶的不是林倩茹而是老厅长的女儿，而且还是个离过婚的女人。"

"你说得有道理。可是，他们也是很般配的啊，何况他们毕竟还有那层关系，怎么可能一点联系都没有呢？"

李文虎呵呵一笑道："这个，你就不懂了。大凡像周贵庭这样的人，他们对自己的婚姻选择不同于普通人。他们宁可舍弃合适的婚姻伴侣，也要以政治的标准选择对象，这样他的政治前途会通畅得多！"

余心华默然无语，良久，问："那房子的事和钟局说了？"

"透露过。"

"钟局什么反应?"

"没有表态,还说,不要神经过敏。"

"什、什么?那这……他、他们……"

"不要乱猜疑,我相信钟局。"

"那我们下一步怎么办?"

"林倩茹那边你是查不下去了,他们肯定还在等着你,你去暗查穆华春和蒋天明的关系。"

余心华想了想道:"看来,只能这样了。"

"昨晚的事,你估计是什么人干的?"

"从昨晚的结果看,他们那么干是要放我,又让我回不了头。和林倩茹家里那伙人肯定不是一伙的,这事和姓桑的不沾边。"

"你知道吗?姓桑的带人在你房间搜到八十万和四根金条……"

"张影告诉我了,你也怀疑我?"

"要怀疑,就不会告诉你这些了。"

"谢谢!"

"男人,永远不要说这两个字!"

突然,屋外发出一阵低沉的打斗声。俩人忙猫腰冲向门口,开门时听到一声低低的惨叫。

俩人出门,李文虎的手电筒照到巷底院墙根处留有血迹。李文虎道:"我们被监视了,有两拨人。他们不是同路的,一方有人负伤了。我们追!"余心华道:"好!"手攀墙头一个鹞子翻身,轻巧地越过。

李文虎暗暗赞道:好身手!

十四、疤面人

墙外是卧牛公园的竹园。

余心华和李文虎一前一后搜索前行,竹园里静悄悄的,静得好像回到了原始的蒙昧,哪里还有夜行人的踪迹。他们脚下踩着的枯草发出的声响格外清晰,连呼吸也显得急促粗重。俩人不得不放慢脚步,用眼睛打探。

竹园边缘是条水泥路,路对面是条不规则的水道,水道逼仄处架着一座小巧的拱桥,拱桥连接着用土和石块堆就的小山。山上生长着数十棵高大的松树,小山上坐落着一座八角亭子。

亭子方向突然传来低沉的打斗声,俩人野兔般从竹园里蹿出,飞一样越过拱桥。正在打斗中的俩人发现有第三者来袭,立即停止打斗。其中一个像离弦的箭越过凉亭,没入松林里不见了踪迹。另一个显然是受了不轻的伤,看到迅速接近的余心华和李文虎,强撑着朝北奔跑,一眨眼也没入了松林里隐没了身形。

余心华朝凉亭奔去,李文虎沉声道:"回来,追这个受伤的。"余心华折身没入松林追后离开的那个受伤者。

余心华紧紧咬住那个黑衣人,随着他蹿高越低,虽然只隔十几米,可是很难在短时间缩短双方的距离。余心华不禁在心里暗暗佩服对手,要是他没有受伤,能不能追上还真是个问号。自己这个警校里的三千米障碍跑

冠军要让这个受伤的人从自己的眼前溜掉,那自己就不要吃这碗饭了。

余心华脚下加劲,距离在一寸寸缩短。他们已经来到一处废弃的厂房边沿,再过去几十米就上二环路了。余心华已经追到黑衣人背后,黑衣人的喘息声非常粗重。

就在余心华伸手抓捕的瞬间,黑衣人向右逸出,手里匕首随之刺向余心华胸部。余心华忙矮身避过,向左移步和黑衣人保持着两三步距离相持着。余心华手里没有可供使用的武器,哪怕手里有一条绳索也好,只得赤手和人相搏。黑衣人虽然有匕首,但是他已经受伤,又和先前的人搏斗多时,再加上跑了这么长时间,已是强弩之末。

黑衣人知道这样对峙着对自己是个巨大危险,因为还有一个李文虎马上就到。黑衣人大喝一声,朝余心华当胸直刺。余心华本能地侧身躲避,黑衣人顺势前冲逃出。等余心华回身起步,黑衣人已经跃出十几米远。

黑衣人越过厂房,二十来米远的二环路边正停着一辆小车。黑衣人边跑边呼喊道:"发动车子,快……"他话音未落,只听得"砰"的一声,从车里射出一颗子弹,击中黑衣人的胸膛。黑衣人向前扑倒在坡下,小车随之驶离,箭一样射向远方的黑暗里。

余心华只差一步没能赶上,忙蹲下身体收起黑衣人的匕首,准备检查尸体。猛然间一辆小车疾驰而过,看样子好像在追赶离去的那辆车子。等李文虎气喘吁吁地赶到,余心华已经揭开了黑衣人的面巾,李文虎蹲下身子一看,惊讶道:"怎么回事?"

"被他的同伴枪杀了。"

"那,他的同伴呢?"

"在一辆小车里,根本没有下车,开完枪溜了。"

"是不是刚才那辆车?"

"不是,你看到的这辆车好像是追前面的。"

"这不是我们要找的疤面人吗?"

余心华道:"是的,就是他杀害了穆华春,你要是看过他的身手就知道了。"

"谢天谢地,穆华春的死终于有了头绪。"

"好什么,他死了。"

"我知道,但是总比没有头绪好吧。我们可以根据他的尸体追查他的背景情况,后面的事不是就有了头绪了。"

"你打算怎么处理他?"

"现在情况复杂,赶快把他藏起来,我们也要尽快离开此地。"俩人动手将疤面人抬走。

他们刚把疤面人的尸体藏好,还没有来得及干别的事,那辆追击的车子返回。车子停在疤面人倒下的路旁,从车里下来两个人在附近寻找。余心华要上前抓捕,被李文虎摁住,低声道:"保护尸体要紧!情况不明!"余心华知其意,屏息和李文虎蛰伏在草丛里。搜寻的人向废弃的厂房搜去,余心华猫起腰,李文虎低声道:"你干吗?"

"我去看看车号。"

"小心了,或许车里还有人。"余心华朝李文虎做了个知道的手势,隐没在暗影里。

一顿饭时间,那两个搜寻者回到公路上,车子开走了。

一会儿工夫,余心华转回,将手里的一张纸条交给李文虎,道:"这是刚才那辆车的车号,你回去查查,看是哪里的车。"李文虎将纸条揣进口袋里,掏出手机准备打电话。

余心华慌忙抓住李文虎的手道:"你不能给桑打电话!"李文虎道:"当然不会,我只是给钟局打。你也不要见风就是雨,太过敏感了,目前我们只是怀疑,还没有真凭实据。就算他真的是那样的人,我们还要摸清他的真实身份以及他接受什么人的指使,和哪些人来往,目的是什么。"

余心华听了松了口气道:"如果落实了他就是盗走林倩茹尸体的人,那派人到卢城构陷我就是他主使的,起码也是他通报了消息,他们要掩藏什么?"李文虎没有和他讨论,正在给钟局长打电话。

余心华自言自语道:"要是这样,今晚的疤面人是来杀我的,只不过被另一方人发现了企图……也不对啊,另一方的目的是……他们又是什么人?"李文虎打完电话,听了他毫无头绪的自白,问:"你现在不要想得太多,否则会陷入诸多矛盾里面不能自拔,这也可能是对手摆的一个局……"

"你是说对手故意把事情复杂化,让我们摸不着头绪,在忙乱中疲于奔命?"

"有这个可能!"

"不会的,他们的企图很明显,就是要对我灭口……那后来的人是为什么?"

"我说,你又陷进去了吧。你现在处于危险中是肯定的,要保护好自己就应该远离林倩茹那个案子……"

"所以,你让我去暗查穆华春和蒋天明?"

"是也不是,查蒋天明和穆华春在暗处,不易引起注意,而查林倩茹就不同了。你专心去查他们,他们俩的资料我整理了一些,藏在我家台灯座里,你去取出。"

"你打算怎么办?"

"验明疤面人是不是杀害穆华春的凶手,循迹追查,再查林倩茹那段隐秘的历史。"

"那这个车号就不查了?"

"你怎么那么急啊,这个要暗查……"

"对,这个事情不能告诉任何人。"他们的谈兴正浓,忽然听到警笛鸣叫,李文虎道:"钟局他们来了,你还是不要露面的好。"

"我知道。"

"手里有钱吗?"

"张影借给我了。"

"不够,开口,张影还在用家里的钱。"

"知道……"声音已经隐没在远处。

尸体被抬进检验室里,聚光灯下,李文虎看清了。疤面人脸上的疤痕原来是陈年旧伤,根本不是发生在两三天里的新伤痕。用不着进行DNA比对,疤面人不是杀死穆华春的凶手。

在检验中发现疤面人右臂有一个水仙花的刺青图案,李文虎马上联想到水仙大酒店,那里的男服务员似乎都在右臂上刺着这么一朵水仙花的图案。李文虎忍不住激动起来,忙将这个发现汇报了钟局长,正好桑副局长赶到。

李文虎建议立即对水仙大酒店采取监控和暗中排查。

桑副局长没有表态。钟局长道:"你有几成把握认定水仙大酒店有问题,还有,这个疤面人就一定是水仙大酒店的人?"李文虎道:"没有把握,但是一模一样的刺青出现至少说明有问题。"

钟局长在思考。桑副局长道:"钟局,我看李队的提议可行。"钟局长道:"我是说,现在警力有限,如果没有把握就上人监控是不是得不偿失?"

"那你说怎么办?"

钟局长道:"我只能给你三个人,人选你自己定,再加上一个张影。"

"够了!"

两位局长离开,李文虎马上组织人员,安排监控事宜。

余心华重新潜入李文虎家,悄悄取走台灯座里的资料,揣进口袋里,悄无声息潜入黑夜里。

十五、二十四号别墅

余心华从李文虎留给他的资料上得知,穆华春和蒋天明原来是一个县里出来的。

六年前穆华春主动攀上同乡蒋天明,那时,蒋天明还在秘书科当着一个籍籍无名的小秘书。但是,他的活跃和能力非一般人能比,穆华春把他当成一支潜力股看待。当时,穆华春在安城开一家饭店,大钱没有,小钱不缺,为蒋天明的升迁使了不少银子。后来,蒋天明当上了副市长的秘书,运用手里的权力使穆华春成功地买断了这家硫酸厂,又是蒋天明牵线,穆华春才和M国投资人成立了现在的合资公司。

看了资料,余心华打消了调查他们家庭背景的念头,决定还是从硫酸厂入手,他乘着天色未明赶往硫酸厂。

余心华在夜店里买了足够一天吃的方便食品和矿泉水,正要回头离开时看到侧面墙上贴着印有他半身像的通缉令。老板看到他对通缉令注意,好心地道:"师傅,行夜路要小心了,这是个杀人犯。听说他原来是个警察,凶恶着呢!"化了装的余心华冲老板一笑,走出店门。

二十四号别墅卧室里,暗淡的灯光散发出满室暧昧,暧昧催化出男女间的冲动和热烈。床上,一对赤身裸体的男女,正在忘我地发泄着火一样的热情。突然床头柜上电话厉鬼索命似的爆响。俩人好像一下子暴露在光天化日的街心公园空旷之处,身体僵硬地横陈着,塑造成卧地合欢的雕塑。

电话铃声赶着投胎似的催索着，身下回过神来的女人恼怒地道："找死也不挑日子！不理他，来，继续……"男的头就势前伸，看了一眼来电号码，本想掐断电话，伸出的手停住。一愣之下，忙抽身下床。

激情中的女人双手搂住男人的脖子，娇声嗲气地道："什么大不了，正在兴头上呢……"男的立刻嘘了一声，满脸呈现惊慌，抄起话筒放出尽可能的柔声道："喂，老板吗，这么晚了，有什么事……不敢不敢……您说您说……哦，电话里说不方便……是是……什么？您就在门外……"男的脸上煞白，忙朝还腻在身边的女人使眼色，女人忙放开男的，浑身颤抖着穿衣服。

男的对着话筒道："我刚睡下，我马上来开门，您稍等！"男的合上电话，压低声音惶急地道："快走，不，来不及了……"双眼惶急地在室内乱瞅，看到壁橱，忙道："你就躲进壁橱里，千万不能发出声音，要是让她发现了，我们俩都没命了。"

男的急忙走出房门，旋又返回严厉地道："记住，一会儿你不管听到什么看到什么都不能出声……不行。这样，我带你下楼，瞅机会从后门走。"被吓得手脚哆嗦的女人原来是徐露，上身的衣服还没有穿，男的一把抓住徐露的胳膊往外面拉，徐露惊惶地颤声道："我、我的上、上衣……"男的一把抓起床下的衣服堆，一手拉着徐露往外走，嘴里道："姑奶奶，丢人总比丢命好吧！"不由分说拉着徐露走出房间。

别墅的大门开了，男的要开灯。来人发出女人娇柔的声音道："不用开灯！这样岂不更有情味，我的乖乖。"男的依言，走过来挽住女人的腰肢走向楼梯。俩人上楼后，躲在楼梯后面的徐露仓皇开门逃出。

二楼会客室里亮着灯，窗帘落下。进屋的女人慵懒地靠在沙发的靠背上，长而圆的脸上美得炫目，保养得法的脸皮粉嫩白皙吹弹得破，眼角稍翘风骚撩人，眼睛眯缝着，盯着忙着给她泡茶的男人，那男人原来

103

是鲁地蒙。

鲁地蒙将泡好的茶水放到女人面前的茶几上，微笑地道："老板，您尝尝。"女人跷起二郎腿，微微一笑道："我来不是为了喝茶。"

"那您是……"鲁地蒙小心地问。女人道："你把事情处理好了？"

"一切妥当！万无一失！"

"去年你不是也说万无一失？结果怎样？还不是白费了心机，白白让他占了便宜，我们还得给他清扫！"

"这回不同了，他要攀附高枝往上爬，他不得不顾及，否则，他就得完蛋了。"

"证据保险吗？"

"保险！我这回在他的屋里安装了摄像头，把他操作的全部过程全都录了下来。还把资金、房产都列了清单，注明来源。他玩弄女人的事实也都写清了。这些全都做好了几套备用。第一套我已经寄给他，并说明如果不给我们那个工程和那块地就将这些寄给他的未婚妻，他要再不开眼，就将此寄给省纪委和公安局。在这样的高压下，他能不乖乖就范？"

"不错，你做得很好，事成之后，我亏待不了你。但不要把他逼急了，找到这么一个人顶着不容易，要掌握好火候。这套别墅太落后了，你要不要挪挪窝？"

"老板，这个就非常好了，我想我……"

"想什么就说，吞吞吐吐的做什么？你要原子弹、航母那些东西我给不了你，除此之外，只要我能办到的你尽管开口！"

"不是不是，您别误会。我是说，那边，那边出面干涉不要打他的主意！"女人一惊坐起道："怎么又是他们？你们见过面了？"鲁地蒙点头，却又道："接触过，但是没有照面。"

"怎么回事？"

"就在这里，昨天夜里，那个人在卧室门里说的，说不准我们插手，否则我们就要遭到报复。"

"他们敢！"

"他们好像有 M 国间谍机关的背景，目的可能是情报。"

"你怕了？"

"我，这……"

"用不着怕他们，量他们躲在暗处的东西也不敢怎么着我们，那样他们不就完不成他们的任务了？话说回来，我们的腰也粗壮得很，不比他们差！你尽管放胆去做。"

"老板，你，我们也是……"

"这个，你不用操心，你还有什么顾虑吗？"

"没有了，我一定按照你的部署办！"

女人朝鲁地蒙发出一个很暧昧的微笑，鲁地蒙看了哪儿有不知道的意思，可是他此刻真的没有那份心情。女人见此道："还有什么不放心的事？"鲁地蒙瞥了一眼女人道："那个小警察如果再追查下去，会有什么结果？"女人闭上眼睛没有说话。

鲁地蒙继续道："如果，他真的把林倩茹的事查明，那岂不是……"

女人截断鲁地蒙的话道："我就是要让警察嗅到一点他玩弄女人的骚味，制造似是而非的影响，好让他那个官家小姐怀疑他……娶不了她，他的政治前途就不会通畅，他只有坐下来专心捞银子，那样，我们就会财源滚滚……他欠老娘的都得加倍偿还，老娘的身子不是什么人想沾就能沾的！"鲁地蒙听了，身体不由自主地一颤，眼神有些慌乱。

女人端起茶杯一口气喝干了茶，鲁地蒙连忙给她续水，小心地放到女人面前的茶几上，垂手躬立，大气不敢出。

女人似乎还不解恨，又加上一句道："到他走投无路时自然会来乞求，那时他就真正成了老娘手里的玩物和看门狗了。老娘什么时候唤他，他敢不摇尾乞怜，……哈，哈哈哈……"

鲁地蒙听了又是一个寒战,硬着头皮笑着说:"我是担心玩过火了,会不会彻底失去他,要知道养着他对我们可是有大用呢!"女人从容地道:"你放心,我自然会掌握好火候,非猛药是治不了他的。"

"到那时,很可能会出事!那边的担心是有道理的。"

"要让公检法都把注意力集中到他身上,他就会来求我的,到时候再把那个叫什么来着的?"

"余心华。"

"对,再把余心华做了不就死无对证了?那个货肚子里的东西不是被他们掏干净了?"

"是的。"

"那你还担心什么?做了余心华对他们也是个交代。"

鲁地蒙觉得这是非常冒险的事,但是他相信女人的聪明、狡诈和狠毒,他只能说到此处。鲁地蒙装出茅塞顿开的样子,笑容满面地道:"还是老板能审时度势,洞若观火。"

女人展颜微笑道:"怎么样,现在有好心情了?!"鲁地蒙忙眉目生春地走近女人身边双手插进女人的腋窝抱起女人,女人就势倾伏到鲁地蒙肩上,任由鲁地蒙抱着走进身侧的卧室里。

门在鲁地蒙身后合上,卧室里传来放浪的欢笑和嗲声淫语……

车库里侧,一个黑衣蒙面人蜷缩在一棵球形黄杨树后面,耳朵里塞着耳塞,手里拿着一只手机大小的仪器对着别墅二楼。听到耳塞里面的嗲声淫语,嘴角发出轻蔑的嘲笑,拔出耳塞收起手里的机器,几个纵跃消失在楼后面的黑暗里。

十六、狩猎

硫酸制品公司的车间里灯火通明,夜班生产正在进行中。

余心华刚潜伏不久,看到一辆轿车从对面的公路驶入硫酸制品公司大门。门卫或许是睡着了,车子发出好一阵喇叭声,电动门才徐徐打开。车子滑进院内,停在楼前。

从车里下来一个衣衫不整的女人,那女人匆匆进入楼内。不久,三楼中间偏右的一个房间亮起了灯光,女人披头散发地坐在沙发里,疯了般捶打着沙发扶手,看样子女人受了天大的委屈。

余心华所在的位置离窗口很近,对女人的一举一动看得十分清楚,他知道正在发泄的女人是徐露,心里一喜:猎物不但来了,而且有事。人的心理这时候最脆弱,乘着此时突击会大有收获。他悄悄溜下山坡,毫无声息地翻墙而入。

徐露正沉浸在醋海恨意里不能自拔,想不到外表刚强、果断,很有智慧的鲁地蒙原来是这样的草包,竟然叫一个女人吓得魂不附体!我成了什么?一块抹布,一盆洗脚水?想怎么扔就怎么扔!想怎么泼就怎么泼!不行,我得找他说说清楚!

徐露刚站起来,却又犹豫了。因为那个女人还在鲁地蒙那里,他们说不定正在……徐露咬牙切齿,脸因愤怒而扭曲。但她一想到那个女人,心里惊颤,万般愤怒和仇恨只能埋藏到心底,不敢有丝毫的表露。

　　那个女人太不寻常了,在安城这方天地里没有她摆不平的事,没有她干不成的事,而且貌美如花心比蛇蝎还毒。这样的女人她是无论如何也不敢得罪的,不但她这个弱女子不敢,就是鲁地蒙这样的人听到她的声音还不一样吓得魂不附体?徐露毫无火气地瘫软在沙发里,在心里冲鲁地蒙发火,又为自己的软弱自怨自艾,搞得自己神思昏昏。

　　突然,门被敲响。徐露怵然一惊,现在天还没亮,谁黑夜里来到公司里?她头脑里立刻惊觉:她知道了我和鲁地蒙的事,找上门来算账?门又连着敲了三声。徐露战战兢兢地问:"谁?"门外一个好似熟悉的声音,低沉却是清晰地道:"我!"

　　"你,你是谁?我休息了,有事天亮上班再来!"

　　"徐小姐,这事紧急,迟了误事你担着啊!那我走了。"

　　"你等等,什么大不了的事……"门锁刚扭开,门被强力推开,余心华闪身进入随手关门。

　　徐露惊讶地道:"你是……"嘴被余心华捂住。余心华迅速关掉灯将她拖进沙发,低沉恶狠狠地道:"要想活命,就不要呼喊,否则……"一只冰凉的东西贴上她的面颊,冷飕飕的直让她灵魂出窍。

　　徐露忙点头,眼睛里充满恐惧。余心华这才松开捂住她的嘴的手,低声道:"对,就这样最好,生命只有一次。我问你话,你要老实回答。"徐露喘息着道:"我可没有得罪你!啊,你不是那个叫余心华的警察?你不是……"

　　余心华恶狠狠地冷笑道:"对,我就是那个警察,还是一个杀人犯,又是一个潜逃犯。现在,我不在乎多杀一个人的。懂吗?我亲爱的徐露小姐!"

　　"哦,懂,我懂,我保证不喊叫。"

　　"很好!那我问你,你这是从哪里来,为什么生气不回家?"徐露低头不说话。余心华道:"怎么刚才还答应得好好的,现在就想……"

"这纯粹是我的私事，不说行吗？"

"是不是私事，我说了算。我问你你就得老实回答，如果有半点假话，让我查到，那以后这个地球上，有没有你这个叫徐露的存在那就只能问你自己了，这个道理大概你比我更清楚，说！"徐露愣了愣极不情愿地说："从鲁地蒙那里来。"

"鲁地蒙家在哪里？"

"潜龙山庄二十四号。"

"你为什么半夜离开，那里发生了什么事？"

"没、没什么事……"

"没什么事，你为何半夜离开，你分明说谎！"将手里的匕首在徐露眼前晃了晃。徐露道："我、我说，你把那东西拿开。"余心华收起匕首等待着。徐露道："我们正在睡觉，突然来了电话，他女老板来了……"

"女老板？多大年纪？长什么样？叫什么名字？"

"三十开外，叫叫……还是不叫她的名字吧？"

"说！"

"连她你都敢……好，我说，她叫吴仙殊，是市里水仙大酒店的老板。"

"她是水仙大酒店的老板，怎么成了鲁地蒙的老板了？"

"吴仙殊名义上只是一个酒店的老板，实际上她控制了多家企业。"

"都有哪些企业？"

"这个我真的不知道，只知道这个公司她占了很大的股份，到底是多少，只有鲁地蒙清楚。"

"你真的不知道？"

"这些事，鲁地蒙从来不让我知道。"

"前次，你不是说自己是穆华春的人吗，怎么一下子又成了鲁地蒙的了？"徐露叹息了一声凄然地道："我是成心要跟穆华春的，可是，穆华春不是……"

"怎么这么快就……"

"我能有什么办法，都是这张脸惹的祸……哎……"

"你对他们的事还知道多少？"

"就这些了。"

"如果以后查出来，你怎么说？"

"任你怎么处置。"余心华沉思了一会儿，道："今天的谈话内容不要向任何人透露，否则就是我不杀你，你也会没命的。"徐露点头。余心华开门，骤然消失了身影。

天快要破晓时，纵使是夜生活常客，到这时也应该是精疲力竭钻进被窝里蓄养积聚支撑第二天的能量了。可是，水仙大酒店内部娱乐城里依旧热闹。在这里好像从来就没有白天和夜晚之分，唱歌的、跳舞的、赌钱的、喝酒的，都好像把这个夜晚当作自己最后的日子，拼命地表现，拼命地发泄。

张影坐在半明不暗的沙发里，眼前旋转的光束不断变幻着色彩从眼前流过。灯光好像也转累了，毫无生气地踏着慢三步。前半夜那种猛烈震撼的快节奏在时间里拖疲了，漫生出轻柔的舒缓。舞池里一对对舞伴好像叫这曼妙粘在一起形成一只只大企鹅，慢慢地扭动着臃肿的身躯，又像用自己的身体孵化着对方。

张影老早就坐不住了，几次向坐在身畔的李文虎暗示要离开。李文虎根本不理睬张影的躁动，嘴巴微张着眯着眼睛望着舞池里的动静，一副色迷迷的贪婪相，手里的红酒杯不时贴上嘴唇。

张影气得恨不得再加上两只鼻孔来出气，乘着李文虎神迷心醉时，悄悄站起欲离开。还没等张影迈步，她的左手突然被抓住猛地往下一扯，屁股不由自主地落回沙发里。回头一看，原来是李文虎拉回了自己。

李文虎快速收回拉张影的手，好像什么事情都没有发生，还是色迷迷地瞧着舞池。张影这才明白，李文虎并没有被舞池里的龌龊吸引，那副色迷迷的样子完全是装出来的。张影心里感到一阵愧疚，很老实地待着，目光射向舞池，手提起酒杯。

侍者第三次过来，问有没有什么需要的。李文虎除了要了第三次香槟，还说："我约了一个朋友，他还没有到。不急，我等着。"他们的静和这里的气氛格格不入，时间久了引起了侍者的注意。有两个侍者凑在一起耳语，李文虎见状起身带着张影欲走。

侍者一招手，不知从哪里涌出四五个大汉截住李文虎他们的去路。见此情景张影自然全身戒备，浑身绷得紧紧的。李文虎轻松地对着走来的侍者道："怎么，你们还要强留客人？"侍者冷笑道："本店从无此例。"

"那你们这是……"

"我们想问问，你都在我们这里待了快两个小时了。我看你是别有目的，是朋友我们竭诚欢迎，要是……嘿嘿……"李文虎一脸的怯弱，谄媚地笑着说："先生，我们真是约了朋友来此的，可是他说来不了了，我们这才走，不信你问问我的这位秘书小姐就知道了。"

听得此话，张影哭笑不得，只能顺着李文虎的话说："是的，我们老总……"

"别扯淡了，哪有后半夜等人的？你们分明就是爪子！"

"什么爪子？我们真的不知道啊！"李文虎一脸无辜。侍者道："说白也没关系，我们这里不欢迎警察。你们既然来了就得给你们长一点记性，要不然我们这里变成了敲诈勒索的场所了，兄弟们上！"那几个大汉作势出击。

忽然，听到门口传来一声娇嫩而清亮的声音，声音不大，却足以让几个彪形大汉和侍者大吃一惊，几人立刻住手退过一边垂手而立，发声的那边正袅袅婷婷走来一个绝色美人。

美人朝李文虎两人微笑着站住道："对不起，两位。是我们莽撞了，

请别见怪。我们这里常有人冒充警察来闹事，所以才神经过敏了。我叫吴仙姝，是这里的总经理，下回来我保证不会再发生这样不愉快的事了！请过来喝一杯，算我给两位赔礼！"说着，笑容可掬地做了一个请的手势。

李文虎哈哈一笑道："还是吴总通情达理，您的情我们领了。朋友爽约，天也快亮了，我们就不打扰了。"说着和张影走出大门。

门关上了，吴仙姝换上满脸的暴戾，扇了那个侍者两耳光。手快得如闪电，似乎她没有出过手，但是侍者脸上分明响起两声清脆的掌声。旁边站着的几个人都没有看清她是如何出手的，都呆呆地看着她，心里生出无限畏惧。吴仙姝这才开声道："以后发生这样的事，谁敢擅作主张他就是例子。"说完笔直踮着猫步上楼。

李文虎俩人出门，外面已是天光大亮了。早起的行人络绎不绝地匆匆而行，干他们该干的事。俩人穿过街道，隐没在对面的楼群里。

眨眼工夫，俩人走进一座楼房五层的一个房间。里面有三个人，窗前的窗帘缝里架着一架高倍望远镜，侧面摆着一台监视器。李文虎问："有什么发现没有？"监视人道："只有一个女人将车停在门口进去，你们不就出来了。"

"继续监控，不要放过任何细节……"

"虎头，有情况！"李文虎扑到望远镜前，站到监视员的位置观看。水仙大酒店门里，三三两两走出熬夜的红男绿女，一个个哈欠连天。李文虎将望远镜交给监视员，和张影走出。

俩人驾车驶出巷子，片刻，巷子深处驶出另一辆黑色桑塔纳尾随李文虎的警车而去。

李文虎的车停在车辆管理所院里，黑色桑塔纳在对面的路边稍停，便驶离。

十七、人外人

这几天里，林倩茹的死、办公室被盗和蒋天明的无故失踪，在安城权力中心引起了超级地震。头头脑脑们的惊惧和担心可想而知，普通的工作人员看到警察进进出出都避着走，生怕自己沾上边，将自己牵连进去说不清楚。

一向精明刚毅的周贵庭副市长虽然表面上仍然一如既往地办着公事，但是内心压力空前。特别是蒋天明的无故失踪给他的打击太大了，因为他的许多重要大事和几件关键的私事都是由蒋天明经手的，蒋天明对他可谓知根知底熟之又熟。

他早想换掉蒋天明，让蒋天明高升一步，这样自己就保险了。可是一直没有找到合适的机会提拔他，因为蒋天明现在已经是正科了，要安抚好他，怎么着也得给他一个副处的职位，而且还要是一个不错的部门才可以。可是那些位子上不但有人，还有许多人暗中跃跃欲试望眼欲穿，他毕竟才是个副市长，又无用人大权。即使有，他正处于上台阶的关键时刻，老市长下个月就要到点了，他向省委组织部推荐了周贵庭，组织部门也完成了对周贵庭的相应提拔程序，现在只剩下老市长的谢幕和周贵庭的登台，此时，如何能多事？

他准备等到自己当上市长后，首先要安排好蒋天明。

周贵庭不担心蒋天明死亡或者失踪，相反他在心里期望蒋天明就这

样永远消失,如果他还活着,那将是自己无休止的噩梦,自己的仕途、美人、靠山都将发生多米诺效应,他决定从组织上和蒋天明彻底摘除关系。想到此,他拿起桌上的电话拨了三个号码,将听筒放到耳朵上。

片刻,他满面笑容地对着话筒道:"高书记吗……您好,我是小周,周贵庭啊……是这样的高书记,蒋天明是我的秘书,对他的无故失踪我感到责任重大……哦,哦……是这样的,蒋天明一直担任我的秘书,他能接触到不少市政府机密……就是……我啊,我想将相关的事向您汇报,做好善后……我看我先向您汇报,您认为事情能够让组织部纪委介入您再做决定如何……当然,后面的事肯定要由纪委和组织部来办,必要时还要请司法机关介入……那好,我一切听您的……呵呵,您看我摊上了这样的事哪里还有奢望啊……好,我听您的,一如既往……好好,我这就过去!一会儿见!"

周贵庭放下电话,嘴角露出少许微笑。他并没有马上离开办公室到高书记那里汇报,而是坐回椅子里想了一会儿,拿起电话又放下,掏出手机拨了个号又立刻关上。他扑到电脑前刚打了一组字又将它们删掉,刚要伸手关掉电脑,突然传来QQ画面的闪动和鸣叫。

他随手点击闪动图标,倏然出现的对话窗口"暖心人"发来了留言。他猛然一震,急忙走到门口,从里面锁上门闩,匆匆走回。

对话窗口里的内容是:恭喜你了,马上要当市长了。遗憾的是,我们手里有你那晚十一点多做的事情的录像,有你的银行账号,还有腹中货物,我们不再像一年前那样傻了,替你把痕迹抹得干干净净,留给你一个死不认账的机会!哈,这也是跟你学的。我们不想挡你的道,可你要帮帮我们,给一碗饭吃吃就可以!不要翻脸无情哦,我们要心情不好,管不好我们的嘴和手哦,干了什么傻事让纪委或者是检察院知道了,那就不好了。再见,祝你好运!

周贵庭看了,真想一拳砸了电脑,可他并没有动手,而是将满腔的恼怒化作微微一笑，随手摁下显示屏的开关，显示屏应声黑屏。桌上的电话响起，他看了看号码，没有接。着手整了整衣服，这才离开桌子，走向门口。

周贵庭从高书记的办公室出来时，脸上没有异样，只是他的脚步不像来时的虚浮，像是踩在湿地里一步一个脚印。从市委到市政府有百来米远近，路上遇到几个熟人，他心情很好地和他人打招呼，好像什么事情也没有发生过。

走到市政府门口，他抬腕看表，是下班的时候了。听到楼内响起了脚步声，周贵庭走向侧面的卫生间，等人走得差不多了才从卫生间里出来，出大门右拐，来到一个林荫覆盖的公用电话亭前，塞进一枚硬币，拨号，话筒挨上耳朵，回身瞭望四周，才压着声音道："喂，我愿意接受你们的邀请，你们要排除掉障碍才行……好的，再见。"挂上话筒，他面含微笑走进巷口。

钟局长刚从市委回来，脸上阴云密布。连续不断的案件搞得安城老百姓人心惶惶，谣言满天飞。案子仍然如一团乱麻，他从来没有遇到这样多头绪却又摸不着头绪的案子。他匆匆召集中层以上的干部和相关人员开会，在座的没有人发言，气氛沉闷到了极点。

钟局长很严肃地传达了市委主要领导的指示后，说："从目前的情况看，昨晚的杀人案是前面一系列案子的继续，其目的是进一步消灭证据，可是性质是穷凶极恶的。到底是谁杀了那个疤面人，疤面人到李队的巷子里干什么，疤面人在巷子里被谁所伤？这些可能都和余心华联系在一起……"听了钟局长这样分析，会场里起了小小的骚动。

钟局长继续道："我们现在不定性余心华究竟是什么人，犯没犯过罪，余心华肯定成了这个漩涡里的关键人物。我们只有找到余心华才能解开其中的谜团，防止犯罪进一步扩大化！"

钟小华道："我想疤面人到李队的巷子里是为了追击他所要追击的

人。那么这个人是谁呢？我看极有可能是余心华。"张影道："不是从余心华寝室里起出赃款，证明了余心华是他们一伙的吗？他们之间莫非发生了什么矛盾？"钟小华瞧着李文虎道："这就要问李队了。"

李文虎愕然道："问我什么？不是都对你们说了吗，我只听得外面突然有响动。开门看到黑影翻墙而出，我才随后追出。等到路边时，疤面人给枪杀了。我为了怕节外生枝，才将疤面人转移到离公路稍远的草丛里。"

"那疤面人为什么出现在你家的巷子里？"

"有可能是为了追查某个人。是不是余心华我不敢确定，也许是，我看把握不大。余心华到我这里干什么？找我？杀我？我看都不像！我和余心华只是泛泛之交，在这个案子里我也没有掌握什么有价值的线索，不会对他构成威胁。他若真来找我，就不怕我乘机抓住他？"

"你家住得那么偏僻，这件事为什么恰恰发生在那里？"钟小华的怀疑再明白不过了，死咬着李文虎不放。李文虎再怎么有涵养，也耐不住这样明目张胆的怀疑。满脸涨红却不失身份地反驳道："你的意思是余心华一定到过我那里，或者说余心华和我有勾结？我是余心华一伙的，余心华干的所谓的那些事我也有份儿，或者干脆说我是主谋？"会场的火药味非常浓厚，桑副局长忙道："李队，别激动，小华也就是怀疑过分了点，可是，他是从破案的角度出发，你千万不要放到心里去！"

"有这么怀疑的吗？那还不如干脆把我押上审判台好了！"钟局长不得不说话："钟小华，你也是工作了两年多的刑警了，凡事都要讲证据，你怎么可以这样乱怀疑？尤其是像李队这样公安战线的标兵，没有证据就不要乱说话！"钟局长似乎是在发火。

钟小华这才没有继续问下去，低头不语。桑副局长看看钟局长岔开话题道："目前的形势复杂，我们压力都很大。我完全赞成钟局的决定，集中所有力量务必在最短的时间里抓捕余心华，只有余心华到案才有可

116

能拨云见日。"众人似乎对两位局长的决定没有异议。

钟局长请桑副局长做具体的任务安排。

根据桑副局长的部署,张影重新回到李文虎这一组,重点盯住水仙大酒店。钟局长带着老邢和检察院派来的人会合,同到市政府参加对周贵庭办公室机密文件的鉴定。桑副局长负责对余心华的抓捕工作。

一出大门,张影迫不及待地上车,对正要亲自开车的李文虎道:"李队,钟小华的怀疑肯定有背景。"李文虎的手离开方向盘问:"什么背景?"

"肯定有两位局长的意图,他们不好问,指使钟小华来问。"

"你是说他们在演双簧,敲山震虎?"

"难道不是吗?"李文虎听了莞尔一笑,左手把握方向盘,右手握住操纵杆一推一带,警车徐徐驶出大门。张影并不放弃地道:"李队,难道你们在演双簧?给谁看?是不是……"

李文虎一打方向盘,车子猛地拐弯,将张影还没有说出的话噎进嘴里。车子平稳之后,张影仍然纠缠道:"李队,余心华真的没有去你那里?"李文虎用专注地开车代替了回答。张影还是问:"李队,难道你真的相信余心华和黑恶势力勾结?仅仅依据从他房间起出的那个箱子和他的逃跑?"李文虎依然不答话,专注地开车。

张影没有停下她为余心华辩解的话,可是李文虎依然目不斜视。等车开到步行街的弯道里,突然停车。李文虎从内衣里掏出一张写着车牌号码的纸条递给张影,一脸严肃地道:"下车,把这个交给他,是黄龙贸易公司的车号。我们不好直接进入,叫他要小心,不要找我,我可能被列入怀疑对象了,危险!"

"我们不是要到监视点?"

"有那么多人盯着,不缺我们两个。"

"那你去哪里?"

"我哪里也不能去,守着!"

张影下车,车子转过弯一溜烟开走。

步行街上人头攒动,张影毫无目的地走在人流里。摊贩的叫卖声此起彼伏,充满着诱惑。她在步行街走了三个来回,没有一点发现。心里急得不行,腿也有点酸了,她坐到路灯下边的长椅上想休息一会儿。

张影刚刚坐下,一个衣着邋遢的十一二岁的孩子撞了她一下,还将脏兮兮的手抹了一把她的衣袖,顿时淡蓝色的运动衫衣袖上出现了黄乎乎的不规则的五爪金龙。张影虽然很生气,但是她的注意力完全被心里的焦灼代替,并没有追赶那个弄脏了她衣袖的孩子。

那个跑进人群里的孩子见张影没有追赶他,又踅了回来,站在她面前五六步远的地方朝她做着鬼脸嘲笑她。张影看了心里一动,忙起身扑向那孩子。孩子看到张影扑过来,突然道:"没用,追不到我。"撒腿朝步行街后面的小巷里跑。张影紧追不舍,看看要追上,张影放慢了脚步,随着孩子穿街越巷。

张影身后三十来米远的地方,一个看不出年龄的戴着遮阳帽的男人尾随着他们。

他们跑跑走走,一路朝北郊而去。

十八、身后有人

西郊垃圾场里，一群戴着口罩的男女老少，手里拎着蛇皮袋围着垃圾山翻捡搜寻。一辆垃圾车开来，那些拾垃圾的一窝蜂地朝垃圾车奔去。没等垃圾车将垃圾卸完，那里已经开始争抢有价值的垃圾大战了，战场的激烈程度绝不亚于一次真正的战斗。

那个十一二岁的孩子，一跑进垃圾场看到眼前的战斗，也不管身后跟着的张影，立即加入抢夺垃圾的战斗里。垃圾场发出阵阵恶臭，张影不得不捂住鼻子，站到上风口朝垃圾场里瞭望。那里的战斗正进行得如火如荼，哪里还有她想看到的目标。

正当张影败兴往回走的时候，突然那个正在战斗中的孩子放弃战斗，直朝她跑来，后面一个戴着大口罩的衣衫褴褛的人追着这个孩子，边追边骂道："好你个小兔崽子，敢偷老子的垃圾，老子非剥了你的皮不可。"

那个小孩和张影擦身而过，差点用脏兮兮的身体撞到张影。张影退后一步让开，旋又上前一步抓住那孩子的后领道："看你还往哪里跑。"孩子杀猪般地大叫大喊起来。

后面那个戴口罩的赶到，一把拽住孩子的头发大声道："小兔崽子，喊什么喊，老子的东西你也敢偷！"张影松手，大喝道："你这是干什么，他还是个孩子！"

戴口罩的冲张影道："大姐，亏得你帮忙。"又急速小声道："别看

他处,到南三环潜龙山庄外面的树林里等着,有事!"

在张影错愕的瞬间,戴口罩的大声骂那个孩子道:"小兔崽子,看你以后还敢不敢偷老子的东西了!"说着一巴掌打向孩子,孩子往下一蹲躲过扇来的巴掌,并大声号叫道;"大人欺负小孩子了!"戴口罩的一愣,孩子乘机摆脱了控制,跑向依旧热火朝天的垃圾战场里,戴口罩的叫骂着追去。

张影整理了一下衣服,大声道:"什么人呢,一个大人欺负一个孩子。"说话间眼光四下里搜寻了一圈,没有发现什么异常,从容走出垃圾场。

在路边,张影打了辆摩的回到市里。下车后,穿行了几条街巷又拐了几个胡同,在确信身后没有跟踪后,快速闪进路边一家服装商店里。

走出商店时,张影上身穿着一件米黄色外套,鼻子上添了副遮阳镜,头戴一顶淡紫色遮阳帽,完全变成另外一个人。张影站着等了一会儿,来了辆摩的,伸手拦下朝司机道:"南三环。"司机答应一声,驶离商店。到了南三环路口,张影下车换乘了拉客的摩托车直奔潜龙山庄。

张影在进入潜龙山庄的路口下车,她没有走进入山庄的道路,而是沿着通向山庄右边树林的小路进入树林。

张影进入树林不久,鲁地蒙的别克驶进山庄。鲁地蒙进入片刻,又驶来一辆皮卡,停在离路口五六十米的路边,司机下来掀起前车盖,拿着工具检查了一遍,像没有发现问题,上车,将车开进潜龙山庄。

片刻,来了一辆凯迪拉克,下来一个人。这个人戴着宽大的遮阳帽,帽檐压得很低,看不清面目。这人四下里扫视了周围的环境后,稍停,朝车里点头示意。车子笔直开走,戴遮阳帽的直趋右边树林。

树林一隅,张影见到那个衣衫褴褛追赶小孩并向她传话的拾垃圾者,正坐在一棵树下打盹。张影轻微的脚步声,让拾垃圾的怵然惊醒,自然戒备,当看清是张影时才散去全身的紧张。

张影见到此人也是一声轻呼,拾垃圾的这才摘下口罩露出本来的面貌，原来又是余心华乔装的。张影刚要招呼，被余心华的手势制止。

余心华领着张影迅速藏身于一处灌木丛里，将他审问徐露的事告诉了张影。说他准备探查二十四号别墅，搞清别墅和鲁地蒙的情况，说吴仙殊既是鲁地蒙的老板又是鲁地蒙的情人，请李队暗中摸清吴仙殊的情况，再做下一步打算。

张影告诉他，吴仙殊那里已经布置了监控点，日夜有人守着，她和李队去过水仙大酒店，感到吴仙殊那个女人十分不一般，还说了局里分工侦办的情况。张影说："两位局长明显不完全相信你勾结了什么人，可是目前只有找到你，才是唯一能够说明一切的关键。"余心华听了没有说话。张影道："你好像一点也不惊讶？"

余心华笑笑说："现在不是惊讶的时候，桑局对在我房间起到款子的事是什么态度？"

"桑局和钟局明显不相信，可是既然出现了那么多款子，总不是空穴来风……"余心华抬手止住张影的话道："你就说桑局长的原话是怎样说的吧。"

"他的原话我也记不清楚了，大概意思是，他既没有肯定也没有否定，而是将重点放在对你的抓捕上，说抓到你才能搞清楚一切。"余心华沉思着。张影忽然说："我追那个小孩时，发现有人跟踪我。"

"我感受到了，要不我也不和山猫演那场追打的戏了，现在后面……"

"放心，不安全我是不会来的。"余心华还是扒开灌木仔细观察了一会儿，回头道："你还是赶快回去，不要叫桑……哦，我说错了，要是叫局里发现那就糟糕了。"

张影听了点头，从口袋里掏出那张记录着车号的纸条递给余心华道："李队查过了，这辆车子是黄龙贸易公司的车？"

"黄龙贸……怎么可能呢……莫非……哦，你告诉李队，我会安排时间查的，叫他不要插手，以免惊动了对手。"张影欲言又止。余心华道：

"有什么话你就说。"

张影将局里会议上,钟小华怀疑李文虎的事说了一遍。余心华没有说话,低头沉思。张影道:"你说,这是不是他们在演双簧?"

"你是指局长和钟小华?"

"还有李队和钟局、钟小华之间的双簧。"

"李队怎么说?"

"我把怀疑提出来,李队只是一笑,什么态度也没有。"

"这就是态度!"

"这就是态度?我怎么越听越糊涂?"余心华也是一笑,没有说出自己的看法。张影似乎很生气,却又不好再问,道:"哦,我差点忘了,李队给我这个号码后,要我转告你,他可能被怀疑了,叫你不要去找他。"

"知道。"

"你,怎么就知道了?李队提前和你说了?"

"没有,从你刚才说的怀疑里得知的。哦,张影你快点走,时间久了恐生变故。"张影没有问出心中的怀疑,匆匆嘱咐了一句保重的话,机警地走出。

半个小时后,张影从树林里出来,站到路口的公交站点上等车。公交车像和张影约定好了似的,她刚站住,公交车就进站了,张影上车离开。

张影离开有一段时间,余心华才从灌木丛里探出头,小心谨慎地查看周围,突然,他猛地蹲下,迅速隐身脱离灌木丛,在树林里东蹿西拐,最后蛰伏在潜龙山庄围墙跟处灌木掩盖着的岩石缝里。在他藏身处二十几米外,传来几声极其轻微的声音,细听,声音消失了。

余心华一直等到黑夜来临,乘着夜色掩护,无声无息地一个纵身双手攀住墙头,扭腰跃入山庄,隐没在夜色里。

122

此时的潜龙山庄里已是华灯齐放,有几处别墅里传出音乐声和歌唱声,演绎着它们各自故事的秘密。

余心华无心窥伺他人隐秘,掏出一块黑色布巾围住面孔,只露出两只眼睛,借着地形地物掩护,在灯光和夜色的交织里时行时隐,很快摸到二十四号别墅背后由黄杨树围就的墙边。他从两棵黄杨树缝里钻入,沿着树的围墙悄无声息地摸到楼侧,隐身于花丛里。

他刚伏下,楼前就亮起了车灯。一辆的士停在楼前,下来一个女人。灯光下,余心华看得十分清楚,来人是徐露。徐露付过车费,的士开走。徐露匆匆走向楼门,掏出钥匙开门进入。

时间不长,楼里传来低沉的怒骂声:"臭婊子,你把我卖了,还敢到这儿来,你去死吧!"随着一声女人的惊呼,随即归于平静。

余心华心道:不好,鲁地蒙杀了徐露。他刚想起身进入,突然看到从楼前的车库里蹿出一条黑影,直扑楼门。黑影手法娴熟地打开楼门,悄然进入。余心华立刻猫身摸向楼前,闪身进入半掩着的楼门里。

还没等他上楼梯,就听到楼上发生剧烈的打斗之声。他忙一个箭步蹿上楼梯,等他扑进二层正在打斗的客厅里,两个打斗的人一前一后跃窗而出。

灯光下,地上躺着两把匕首,像是两个人棋逢对手,两把匕首相击同时落地,来不及拾起匕首便穿窗而出。徐露则仰面倒在沙发上,脖子上印着一道极细的刀口,几滴血溢出细缝,手里还抓住一件皮样的东西。余心华蹿上一步将徐露手里的东西扯下,是张人皮面具,随即揣进腰里。余心华冲到窗口,俩人已经离开楼前,他急忙从窗口跃下。刚一落地,打斗声从楼侧传来,他马上朝打斗处奔去。

那个黑影一身黑色,蒙着面巾,出拳凶狠刁钻,招招致命。鲁地蒙左手拎着一只包,只有右手应战,险象环生。要是双手应敌,说不准谁更强些。余心华看得心惊,怎么自己这几天尽遇到高手!

他这么略一迟疑，鲁地蒙卖了一个破绽掉头鼠窜，左肩中了黑衣人一拳。一个翻滚，手里的包脱手落地。包滚了几滚，从里面散落出几盘磁带和一只小包。鲁地蒙见状，翻身跃起，双拳直击黑衣人面门、下阴，黑衣人倒退避让。鲁地蒙借着这电光石火的缝隙，欲迅速抓起散落在地上的几盘磁带。没容他够得着磁带，黑衣蒙面人拳脚齐至，鲁地蒙只得放弃将要到手的磁带，连着几个翻滚避开黑衣蒙面人。

黑衣蒙面人乘机拾起磁带迅疾揣进胸前口袋里，没容他捡拾布包，鲁地蒙疯了般冲上来。蒙面人顾不得地上的布包，匆匆回了一腿，鲁地蒙一闪。这时，余心华赶到，朝黑衣人就是一拳，黑衣人本能地就地一个翻滚避开余心华的来拳。

鲁地蒙和黑衣人看到余心华突然出现都是一惊，四目相对，双双扑向余心华。余心华双拳戒备，忘不了将脚下的布包用脚后跟踢到身后。就在这生死立判之间，黄杨树边又蹿出一条黑影，手里亮着匕首直扑仨人，黑影身后随着又蹿出另一条黑影，手里也拿着匕首冲向他们仨人。

俩人见状立刻放弃攻击余心华和抢夺地下的布包，掉头分东西鼠窜。余心华虽然也觉察到来人，但是，来人近在身侧，他刚要撤身，来人的匕首刺到。余心华仰身后撤，左胳膊同时上抬挡住了刺向他心脏的匕首，肱二头肌被刺穿。

来人正想刺第二次，却叫身后随他而来的黑衣人刺中右膀，匕首随之落地，号叫一声掉头就跑。

后来的黑衣人顾不得倒地的余心华，立即追出。

十九、补网待张

圆山饭店地下室仓库,堆满了纸箱。黄俊生朝墙右边纸箱先敲击两下后再敲击三下,最后敲击一下,收手抬头看着天花板,天花板凹槽处闪亮着两短一长淡淡的绿光,黄俊生马上又向纸箱重复了刚才的敲击动作。十几秒后,靠墙的纸箱后退,出现一个长方形门框。黄俊生闪身进入,门重新合上。

里面是一间隔音效果非常好的内室,墙壁上安装着各种仪器,红绿指示灯不停闪烁。长而宽的台子上放满玻璃器皿和各种五花八门的仪器,台子中央玻璃底座上放着一对经过防腐处理的眼球。开门人戴着一副眼镜,穿白布大褂,年龄在四十岁左右。黄俊生问:"珠子虹膜信息提取了没有?"白大褂单指推了推眼镜架道:"还是分辨率太低,读取不了。"

"你就没用基因拆卸法试试?"

"因为它是加密了的,使用这种方法很可能毁了整个信息内容,这只有在掌握了密钥的前提下才可以做。尽管这样,使用的分解液必须对症,否则也会毁于一旦。"

"这么说就完全没有办法了?"

"有!只有送回总部,那里才具备这种条件。"

黄俊生听了闭口不言,坐到台侧一张皮转椅里发愣。忽然,身边墙壁上一个指示灯闪烁红光,随之蜂鸣器嘀嘀地鸣响三个单音。黄俊生看

了白大褂一眼，白大褂知趣地转身开内门，隐入门里。黄俊生看着门合上，回头朝指示灯下面号码盘上飞快地输入一组号码，随即指示灯上面的屏幕里出现一个戴着魔鬼面具的黑衣人半身像。黑衣人向他报告道："老鼠钻进老鼠洞。"黄俊生猛地站起，怒道："没用的猫，连只老鼠都逮不到。"

"那老鼠受过特殊训练，功夫不在我之下，加上发生意外……"

"什么意外？说！"

"我刚要得手时来了三个不速之客，搅了局。"

"东西拿到了没有？"

"磁带拿到了，布包落到地上来不及拿。"

黄俊生想了想道："你继续寻找清除老鼠，磁带交到三号地点。要更加小心，这回要看准了一击成功，不要引起公安的注意！还要做好善后，不留尾巴！"

"遵命！"对方的画面消失。黄俊生站起来准备离开，指示灯又亮起。黄俊生再度打开屏幕。屏幕上出现一个蒙面黑衣人。黄俊生问："处理掉响尾蛇了没有？"

"没有！"

"怎么回事？"

"刚要得手时，身后被人袭击。"

"亏得你还接受过情报局的特训，警觉性怎么这么差，连一个普通的小警察都拿不下？来的是什么人？"

"不清楚！不过响尾蛇受了伤，我刺中了他一刀。"

黄俊生思考了一会儿道："公安正在追捕他，量他在这段时间里不会有多大作为，你可以咬着公安这条线寻找，务必在公安找到他之前除了他。"

"是！"

"到时候要不惜代价，一击永绝后患！"

"明白！"画面消失。黄俊生拍了拍手掌，白大褂开门出现。黄俊生道："他们即将来考察'零号项目'，东西准备好了没有？"白大褂道："准备好了。"转身拿来一只手表、一片透明薄膜和一粒米大小的东西交给黄俊生道："手表用来拍照，薄膜贴到相关位置就可以接受五十米内所有的电磁波，这个米粒大小的东西放在薄膜四十至五十米处能够将薄膜收集的电磁波转发到这儿。如果被发现了，就单个而言，他们查不到任何问题。"黄俊生很高兴地夸奖白大褂几句道："你这里做好准备，随时接收信息并解码。哦，什么时候启用接收装置我会通知你。"

杨四海神情专注地听着陆范的监控报告。陆范说十分钟前一号目标前后进行了三次联络，时间共三分二十三秒。说对话采用了新的音频加密技术，一时间还不能够破解。杨四海问破解需要多长时间，陆范说最快也要二十四个小时，需要大型机辅助破译，局里已经紧急向国家计算机中心提出申请，如果能够特事特办时间会缩短。杨四海沉思片刻道："除了一号目标之外，那三个通话地标锁定了没有？"

"锁定了，前两个在近郊，具体分别在新时代网吧和南华大道中部一家旅社里，都属于流动性质。他们随身可能携带着临时插入的通话装置，通完话拔除就可以了。"

"那第三个呢？"

"还是那个国外的 IP 地址。"

"跟中间人有没有联系？"

"自从上次那个电话后再也没有联系过。"杨四海朝陆范挥挥手，陆范悄然退出。

杨四海点燃一根香烟狠狠地吸了一口，乳白色的烟雾徐徐从他的嘴唇流出，烟雾迷蒙了他整个面部。烟雾散去，杨四海脸上像涂满了蜡，内心的焦灼可想而知。突然他将大半支香烟摁灭在烟灰缸里，拿起红色

话筒,将今天的行动和监控结果报告给了张局长。张局长指示他进一步加强对501所和360厂的安保和对重点目标的监控,对手的中心和重点在这些地方,其他的事要静观,他们的目的是要把水搅浑好浑水摸鱼,还有一个目的是消除隐患。说大型机申请受阻,只能派音频解码专家来主持音频破译。强调余心华的作用非常突出,他牵制了对方一定的注意力,要找到他保护好他。杨四海说,朱桦一直盯在公安局,一有余心华的消息立刻保护,另外黄冉一直在寻找余心华,一个小时前他报告说盯上一个可疑人。

杨四海刚关上话筒,一个黑衣人推门而入。杨四海矮身掏枪,来人忙道:"杨处,是我,黄冉。"杨四海扣扳机的手松开,毫发之间杨四海的子弹就出枪膛了。杨四海收枪,斥责卸掉头套的黄冉道:"下次能不能别玩这一套,刚才你的小命差点报销了知道吗?"黄冉笑着说:"报销了好啊,我可以当烈士了!"杨四海严厉道:"你当了烈士,我成什么了?说吧,情况怎样,要不你也不会这样明火执仗!"黄冉露出半忧半喜的神色道:"有一个好消息和一个坏消息,你想先听哪一个?"

"我没有心情听你贫嘴,这是工作!"

黄冉正色说:"下午,我跟踪了张影,同时我发现还有人盯上了张影,我以为是公安局的,我就跟在那人后面一直来到城北垃圾场外。张影进了垃圾场,那个人伏在路边草丛里。我藏在那人百米处的农舍里,后来张影好像有了警觉,费了很大的劲,差点被她甩掉。"

"那个人被甩掉了?"

"当然没有,但是张影以为甩掉了。做了乔装,又换乘了不同的车辆,最后到了潜龙山庄西边树林里。那个人跟了进去,我等了片刻进入树林。"

"那你为什么不早点进去?假如那人不是公安局的怎么办?"

"杨头,您还真的说对了,后来我才发现那人不是公安局的……"

"是什么人?"黄冉将进入树林潜伏跟踪和进入潜龙山庄在危急时出手救了余心华的过程说了一遍。杨四海听了,好像在听惊险影片情节,问:"那后来,你追到了那个行刺的人没有?"

"没有!那小子逃命本领实在一流。"

"余心华呢,你不是说他被刺中了吗?"

"你放心,那家伙命长着呢。那一下我看得清清楚楚,没有刺中要害,刺在胳膊上。我回来搜查时没有发现他的踪影,在楼上也就找到这两把匕首。这时已经惊动山庄巡夜的,我没有停留。赶着回来报告情况,就撞在你的枪口上了。"黄冉坐进身旁的沙发里,将两把匕首放到茶几上,自己提起水瓶倒水喝。杨四海一直在思考,右手的红蓝铅笔不停地点击着桌面。黄冉喝了一口水,见杨四海神情专注,没有打扰。

杨四海停止敲击,问:"你说先前有俩人打斗?"

"是的,好像在争夺什么重要的东西,又好像那个抢夺的人志在杀人。"

"那东西呢?"

"掉到地上的好像是几盘磁带,还有一个布包。磁带被那个蒙面人捡起,布包落在地上,估计是余心华最后得到了,那包里东西肯定是什么证据。"

"按照你的说法,这里就出现了五个方面的人了。"

"我也是这么想的,但是,那三个方面里肯定有我们需要找的人。"

"你能肯定你所跟踪的不是公安局的人?"

"正是。要是公安局的顶多是抓捕余心华,不会要置他于死地。"

"那先前的俩人又是什么人呢?"

"我想,肯定有一个是余心华要找的人。那个人和潜龙山庄这座别墅有关,可能是这座别墅的主人,这个通过公安局一查就明白了。"杨四海沉思良久后道:"这样,潜龙山庄的事肯定会惊动公安局,你让朱桦留心。那两个如果我的猜想没有错的话是同一伙人,只不过他们分别执行

着不同任务。是因为余心华的出现，应该说是张影的引导让你们恰好遇上，他们任务没有完成，会继续的。你现在的任务还是找到余心华保护好他，拿到他掌握到的关键信息，另外，那座别墅的主人也很重要，也要加以保护。我给你加派两个人，你看怎么样？"黄冉起立道："是！"

"通过这次巨变，余心华肯定不会再联系张影，但是他肯定还要联系其他他认为可靠的人。这个人也可能是公安局内部的人，你要注意发现。"杨四海交代完任务让黄冉休息，他自己仍然坐在椅子里冥思苦想。

吴仙殊对鲁地蒙鲁莽杀了徐露很是不满，电话里严厉斥责。鲁地蒙乖孙子样唯唯诺诺，等吴仙殊的火气发够了，他才战战兢兢地说："磁带和日记丢了。"说完，连忙屏声息气地等待着暴风骤雨的倾泻。可这回，吴仙殊不但没有发火，反而一点声音都没有了，好像吴仙殊关机了。鲁地蒙不得不问："喂，吴总，您在吗？吴总……"突然，鲁地蒙浑身一震，耳朵里炸响吴仙殊的声音："我还没死，嚎什么嚎！"鲁地蒙自动站得笔直，一动也不敢动，好像吴仙殊就在他面前。稍停，吴仙殊放缓了语气说："磁带的事你不用管了，一定是落到那边的手里，他们的目的就是阻止我们揭发那个人。也好，反正我们也不是真要置他于死地。你全力对付那条鱼，将他手里的日记拿到，不能让日记落到公安手里。宰了那条鱼，免得麻烦。"

二十、打草惊蛇

现在,整个安城市公安局谈余色变。为了稳定安城局势,省厅派刘处长坐镇安城市公安局协作工作。说是协作工作,按照市政法委肖书记话里的意思,就是主持"零点"系列杀人案全盘工作,钟局长只能表态支持。

刘处长也没有过多客套,详细询问了"零点"案件侦办全部过程,并没有马上布置工作,而是让勘察二十四号别墅的桑副局长、钟小华和监视水仙大酒店的李文虎谈他们各自负责的工作和看法。

桑副局长让钟小华说情况。钟小华很有条理地汇报了勘察过程,说在楼外地上发现了血迹,可以断定,昨晚在那里一定发生了一场激烈的搏杀。受伤者是谁目前不清楚,邢老已经对血迹样本做分析,并让他和余心华的DNA做比对,相信明天会有结果。

结论是:一、作案杀人者可能是余心华。理由是死者徐露曾经被余心华询问过,徐露可能有话没有说出,余心华前去再次追问,遇到徐露不配合,恼怒之下杀了徐露,也可能在问话过程中出现了意外情况不得不杀人灭口。还有就是余心华是单纯为了杀人灭口,在他房间里起获的赃款很可能就是由徐露经手的,起码徐露是知情人。二、杀害徐露的是鲁地蒙。那栋别墅是鲁地蒙的,而鲁地蒙却消失了踪迹。鲁地蒙目的是清除隐患,但是,这种可能性很小。鲁地蒙不可能愚蠢到在自己家里杀

人潜逃,他要处理徐露有的是合适的地点和时间。第三种可能是鲁地蒙被不明身份的人追杀,徐露正好出现,遭池鱼之殃。

刘处长突然问:"你认为这个第三方是什么人?"钟小华愣了,想不到会问这个问题。但他毕竟年轻,反应够快的,道:"从目前掌握的情况看,最有可能是来自水仙大酒店。因为那晚死的杀手疤脸人就和水仙大酒店有关系,李队不是带着人在监视吗,那应该有所发现。"

李文虎见钟小华点了自己的名,说:"两天来,没有发现任何异常情况。"

"那就怪了,那是空降下来的……"

"是不是应该将鲁地蒙的失踪、徐露的死、穆华春的死、蒋天明的失踪,还有林倩茹的死串联起来考虑?"李文虎建议道。桑副局长说:"还要加上余心华杀人潜逃。我想从这一连串案件来看,他们之间肯定有着千丝万缕的联系,只不过我们还没有深入进去,一旦突破了某一点就会拨云见日。"

刘处长点头称是。桑副局长接着道:"在没有头绪的时候,我们不妨来个打草惊蛇,扰乱他们,虽然我们不一定抓到蛇,但有可能惊吓到邻近的兔子什么的。"钟小华道:"那样,有可能让对手警觉,或是消灭证据,或是更加疯狂。对象呢,要打哪儿?"

"你担心得是,但就目前这个被动局面,来个乱棒惊风是没有办法的办法,刘处、钟局你们看呢?"桑副局长如此建议,看着钟局和刘处长。钟局长没有说话,刘处长也没有表态。李文虎暗中审视,见冷场接上道:"我赞成桑局的看法。按照常理,绝对不能够这样做。现在不是非常时期吗,乱棒或许真能打下枣子什么的。"

钟小华惊讶李文虎和桑副局长的说法,但是不好公开反对,说:"我看继续加紧追捕余心华和对林倩茹背景的调查才是正途。"刘处长突然道:"林倩茹背景的调查,张影同志不是汇报了吗,虽然可疑,但是查无实据,还查下去有必要吗?"

"那申请调查她国外六年的生活情况一定有必要!"钟小华不放弃地说。刘处长道:"你道调查她国外情况那么容易啊。理由呢,林倩茹是贩毒的还是什么的?理由不充分外国同行能接受吗?好了,我看桑局的提法很有可行性,钟局你看呢?"

一直没有说话的钟局长道:"老刘说得是,老桑的办法虽然冒险了点,但此时确实可行。调查林倩茹国外情况确实没有理由,也很难办到。除非她涉及了国家安全的机密,才可能由国安局秘密调查,我们根本没有权力办理。我看这一系列案子还扯不到国安上,这就是属于利益集团之间的狗咬狗窝里斗。"

钟小华气得直翻白眼,却是无可奈何。李文虎冷静地审视着眼前的形势,觉得有点暗流涌动的迹象,所以没有再开口说话。

桑副局长道:"既然这样,我建议对水仙大酒店实施大搜查,理由是接到举报,里面有违法违规的行为,你们看如何?"钟局没有表态,刘处长说:"好,那就这么定了。老桑,这次大搜查就由你挂帅,李队协作。对余心华的抓捕行动重点要放到医院、诊所这一类地方。余心华受没受伤现在还不能确定,但肯定有人受伤是明确的,只要我们抓住这个人就有了转机。大家还有什么意见,请说。"

会议室里没有人再有异议。

桑副局长说:"我看,钟小华担心得有道理,我们要防止狗急了要咬人。通过一系列杀人案来看,他们似乎没有停手的迹象。好像与林倩茹有关的人一个个都遭到了不幸,下一个该轮到谁呢?"

钟小华张口道:"张影、李队还有桑局,因为你们三个都参加了对林倩茹案子的调查,哦,还有邢老。"桑副局长笑着点头道:"有道理,我和李队注意点就行了,不给他们机会。邢老是搞鉴证的,对他们威胁不大,也不常出现场。至于张影,你是新手,可要千万注意,不要一个

人乱闯,免得出事。"

张影马上道:"没关系,我应付得了。"刘处长道:"桑局关心得对,你不是本局的人,我们要对你的安全负责。我看你还是不要单独行动,和李队或者桑局在一起,彼此好照应。"俩人意思再明显不过了,就是叫张影失去自由。张影刚要申辩,暗中叫李文虎扯了一下衣角,张影止住了要说的话。

钟小华忍不住还是开口道:"林倩茹仍然是整个案子的中心和关键所在,只有搞清楚林倩茹的背景以及如何死的,案子才能最终水落石出。"李文虎目光灼灼地看着眼前这个年轻人,心里不由得暗暗叫好,可是嘴上马上反驳道:"我看林倩茹的死也许只是个意外,或者是情杀,或者是不堪受到穆华春侮辱而自杀,我看情杀的可能性比较大……"

"为什么你有这样一个先入为主的想法?那天夜里欲抢夺尸体的行为怎么解释?尸体为什么无故失踪,老吴为什么被杀?后来林倩茹的尸体为什么再现等情况你能用情杀来解释?我看林倩茹一定身负着某种特殊使命……"

钟局长打断了钟小华的话道:"说来说去,你还是把这个案子往间谍案上扯。林倩茹假如就是间谍,她只不过是个秘书科科长,只能掌握安城市政府日常工作情报,而这些情报还用得着派一个间谍来办?"

刘处长适时打断他父子俩的话,让桑副局长布置行动方案。桑副局长布置好了行动方案,刘处长宣布散会。会后,刘处长和钟局长留在会议室里继续讨论案情。

张影在楼道里扯了扯李文虎的后襟,李文虎好像没有觉察到继续大步下楼。楼梯转弯处,李文虎回头给了张影一个眼神。张影会意,随着李文虎走进老邢的检验室。

老邢恰好不在,李文虎刚合上门,张影急切地说:"李队,桑局那是什么意思?"李文虎不疾不徐地问:"你说呢?"

"我看那是限制我的人身自由！是对我怀疑了？"

"你去和余心华接头是不是叫人跟踪了？"

"我不是说了吗，没有！我是不是被跟踪和桑局的话有关系吗？"李文虎没有回答，而是按着他的思路道："那发生在二十四号别墅里的事情就怪了，早不出事晚不出事，偏偏在你和余心华接头后，哦，应该是余心华盯上二十四号别墅就出事了，显然对手早就瞄上你们俩人中的一个。"

"不可能啊，我来去什么也没有发现，莫不是小余……那小余肯定有危险！"

"危险是肯定的，但是不要急，急也没有用的。从钟小华的汇报来看，没有发现他的踪影。钟小华说的那些话都是在推测，缺乏事实根据。"

"那我们赶快和余心华取得联系……"

"哎，你看这样好不好，我们也来个打草惊蛇。"

"你是针对……"

"这个你不要想，你照着做就是了，你昨天在哪里和余心华联系上的？"张影沉默着不说话。李文虎道："看来你连我都要保密，警惕性够高的。"

"没有什么不能说的，连你都不相信还能相信谁？在步行街，是那个叫山猫的孩子领我去的。"

"那好，你再去步行街，但你不是去和余心华见面或联系，就是余心华在那儿你也不要和他接头。你的目的是察看到底是哪路神仙跟踪你，或者说是哪几路人在跟踪你。"

"你、你这不是明确地说我被人跟踪了？"张影感到自尊心受到莫大伤害，原来李文虎一直不相信自己的能力。李文虎笑笑说："我不是对你不放心，凡事要往坏里想没有错。要是没有，权当验证一下总是好的吧！"

"我在前面走，后面的事……莫不是你跟在我的后面？"

"是的。你在步行街多绕几个弯子，装着在寻找和你接头的人，然后绕过步行街上南华大道再转到公安局门口。你放心，这些地方都是闹市，他们不敢对你怎么样。何况要是有人跟踪你，他们的目标肯定不是你。"

张影这才彻底放下心里的负担，微笑着说："你这不叫打草惊蛇，而是引蛇出洞。"李文虎笑笑说："只要达到目的，这都不重要。"

"你是说局里有人……"

"嘘——我没有这么说，不要瞎猜！你这就和局里说你要到街上买点日用品，然后就去监控点，我在门口等着。"李文虎开门让张影先出去，等了一会儿自己才开门离开。

刘处长和钟局长关在办公室里说了好一会子话，俩人似乎达成了某些共识，随后，开门让秘书叫来朱桦。

二十一、惊魂

被黑衣人刺中左臂的瞬间，余心华身体后仰失去重心，心里第一个反应就是这下完了，但是良好的训练本能地让他在倒地刹那间踢出右腿，制止了黑衣人的第二刀。倒地后蜷身翻滚，同时右拳击出，却并没有击中来人，立刻起身，现场只剩下他一人。

余心华脑子沉浸在刚才的紧张激烈里，此刻的寂静倒使他脑子形成短暂的空白，以致呆立原地三四秒钟。今晚的事让他太触目惊心了，他根本没有想到有这些突然变故。自己糊里糊涂地成了别人的猎物，差点送了命。

这些人到底是些什么人，一个个身手敏捷凶狠，连鲁地蒙也是。他们的目的是什么，鲁地蒙怎么突然杀了徐露，他们之间到底有什么秘密和关联，徐露还有哪些秘密没有说出来，徐露说出的话里到底泄露了鲁地蒙什么秘密，以致鲁地蒙不惜痛下杀手，这张人皮面具是谁的？但目前的情势容不得他从容不迫，似乎危险仍然潜伏在左右，多一秒耽搁就多一分危险，必须立刻离开。

余心华急速四顾，伸手抓起布包，没入无边的黑暗里。

余心华藏进山猫在垃圾场边住的一座临时搭建的窝棚里，山猫睡在草铺上，身上盖着一条看不出花色的被子，睡得正香。

余心华悄悄坐到山猫身边的草铺上，将布包搁在身旁，这时感觉

到左臂火辣辣疼痛。他脱下上衣，查看伤口。见是一个贯穿伤，心里放下了紧张，撕了条内衣包扎伤口。撕布声惊醒了山猫，见是余心华，翻身坐起，看到余心华的伤口和手里的布条，知道出了事，忙抓过布条替余心华包扎好。

余心华穿回衣服问："山猫，昨天你去步行街有没有看到什么不寻常的人？"山猫摇摇头道："没有啊。"

"那你睡吧。"

"不睡了，你睡。"余心华笑着按住往起爬的山猫道："你睡，我还有事要办。"山猫躺回被窝，担心地瞧着余心华。余心华起身到处寻找，山猫问他找什么。余心华说找能写字的东西。山猫从身下草铺里翻出一沓拆卸了的香烟盒纸道："这个行吗？"余心华接过说："行，行，太好了！"山猫又拿出半支铅笔和小手电筒道："还有它们呢，我服务到底了。"俩人都乐了。

余心华就着小手电的光亮急匆匆地在香烟纸上写道：将面具秘密交给李队，提取里面的DNA和穆华春手里的皮肤比对。你不要来，也不要让山猫传递。

写好后，交给山猫道："天亮到公安局门口等待，瞅个机会交给那天那个追你来的大姐姐。"山猫接过纸条，包裹好面具放好，道："你要到哪里去，我怎么找你？"

"你不要找我，有事我找你，还跟以前一样。你要注意，一定要乘别人不注意的时候交东西。叫她不要来！记住没有！"

"放心，误不了事的。"余心华笑着和山猫击掌，拎起布包走出草棚。

余心华摸黑走到距离垃圾场一公里远的山林里，选好了一个地方落脚，这里面向垃圾场，背后是一块巨大的岩石，周围松树掩蔽。他背靠岩石，将布包塞进胸前的上衣里，双手环抱着睡觉。他实在太累了，伤口也流了不少血，头一挨上岩壁，片刻进入了梦乡。

鸟悠闲的鸣叫声将余心华从梦乡里唤醒，天早已亮了。他豁然一惊，忙坐起，猫腰四顾。周围静悄悄的，只有微风掠过树梢发出轻鸣和鸟聚会时发出的鸣叫声。他再次审视周围环境，见无异状，离开岩石走进一处更安全隐秘的地方。掏出口袋里方便食品咀嚼着安慰肚子，遗憾的是没有水。解决好了肚子，将身边布包打开。

里面还包裹着一层棉布，解开棉布，呈现在眼前的竟然是一摞似曾相识的浅绿色笔记本。余心华心里狂跳不止，手哆哆嗦嗦地拿起笔记本，轻轻掀开封面，赫然出现了娟秀又十分熟悉的字迹：林倩茹忠实录。二〇〇九年四月启用。这是林倩茹在办公室里丢失的日记本？

他数了数一共十五本，正是那个残本的前身。余心华没有顾得上马上查看内容，连忙将所有的本子摆开，将封面全部打开。最早一本是二〇〇一年九月启用，就是说是她刚刚走上工作岗位开始写的日记。

余心华将日记本按着时间编号由远到近的顺序排列。拿起二〇〇一年九月那本翻开，看着里面的字，他突然一愣，这字和那个残本内容的字好像有些差异，可又拿不准，毕竟那页日记在局里的证物袋里。

余心华将自己的怀疑暂且放到一边，专心看起日记。

开始的日记记录着她工作经历里的琐事和感受，从这些经历和感受里，可以看到林倩茹是一个热爱生活、充满自信、非常阳光的年轻人。爱是这个阶段的主题，当然不包括情爱。中期涉及了情爱内容，可是写得不仅羞涩还令人费解，好像她是个没有权利自由恋爱的人，类似中国古典女人那种不可道出口的怜爱，亦像单相思，这种爱发展到二〇〇九年秋终于有了转机。

她在日记里这样写道：上终于同意了我的请求，我可以毫无羁绊地和他接触了。上规定这种接触必须在没有人知道的前提下进行。哈！真难为上了，这种事情当然要在背后进行，难道还要搞现场直播？何况我们都是有身份的人，哪能像小青年那般外露和肆无忌惮！我们的爱在悄

悄地温柔着。我看得出来，他是非常在意我的，已经向我发出了邀请！

林倩茹在这篇日记后面画了夸张的惊叹号，可见她当时心情是何等兴奋与满足。

余心华看着，好像自己也跟着林倩茹进入了这美好时光，闭上眼睛体味着构想中的自己和另一半的幸福交往。余心华脑子里的另一半印出张影微笑着的朦胧脸庞，这个脸庞是张影第一次报到时留给局里所有人的印象。那天余心华心情不好，因为刚刚受到小黄的嘲讽，所以那天张影的脸庞在余心华脑海是朦朦胧胧的。镜头慢慢拉近，随之脸庞由朦胧变得越来越清晰，竟然是林倩茹的脸庞。不，也是张影的脸庞，她们俩的脸庞太相似了。他咧嘴苦笑，又摇摇头自言自语地道："痴心妄想，自己是什么人，一个彻头彻尾的倒霉蛋，一个在逃的杀人嫌疑犯，一个被人追捕追杀的丧家犬……也不知道今后如何……"理智战胜了幻想，心情在苦涩里潜行。

林倩茹接下来一个多月的日记里，充满了爱的延续和发展。余心华随着林倩茹恋情的发展而心潮起伏，似乎忘记了身处危险之中。左臂上伤口痛楚难忍，他感受到了细菌正在伤口里加紧工作，浑身有些酸麻的感觉。他伸出右手贴在额头上，感到火烫火烫。抬头看了一眼天气，太阳刚刚正顶，距离天黑起码还有六七个小时。

余心华决定先忍着，等到黑夜降临再到附近医院想办法。

余心华吃了几口方便面，感到口渴难熬。昨晚买的矿泉水早在潜龙山庄丢了，只得用舌头舔了舔嘴唇继续看日记。

突然，他看到林倩茹写她怀孕了，她终于收获了爱的结晶，也有了理直气壮向男友提出结婚的理由。她称男友为"达旺"，余心华脑子里随着林倩茹日记里的信息映现出当时的画面。

林倩茹是这样写的：当我幸福地告诉达旺这件事后，准备好了接受达旺的微笑和拥抱，那是多么激动人心的时刻啊。可是，我等来的却是达旺的冷若冰霜和不经意的轻蔑。我的微笑慢慢僵硬了,消失了,这是我万万没有想到的事啊。他的热烈、激情和万般呵护哪里去了?难道现在的他情感被恶魔掳走了,光剩下了一个躯壳?我不知道这个变化是怎么来的,以致我一点准备都没有。唉,女人啊,你怎么就这么傻啊!

这篇日记在自怨自艾中结束,接下来的日记记录了林倩茹和达旺发生冲突的过程,其中,有一篇是这样写的——

我渐渐发现,达旺不仅仅只有我这一个女人,我简直要发疯了。但是厄运还不仅仅就此止步,达旺毫不脸红地告诉我,他已经有了未婚妻,未婚妻是那个厅长的女儿。话说得那样理直气壮旁若无人,我绝望到了极点。我想到和他同归于尽,一了百了。可是,上派人干涉,他们以我的养父母作为威胁。我死了就死了,可我的养父母他们可是没有得到我一点好处啊。他们都老了,我要是真有个三长两短的他们肯定是不能活了。要是他们为了我而遭到不测,我还是个人吗?我只得接受这个寡廉鲜耻的安排。

余心华看到此处,深深地为林倩茹的痴情所感染,又为林倩茹的不幸而愤愤不平。更不解林倩茹为什么这样惧怕那个所谓的上,上究竟是什么人?余心华想到那个神秘领养林倩茹的老外,疑团陡增。顺着这条线思考下去,余心华惊恐不已,头皮绷紧,呼吸急迫。

林倩茹最近一年的日记里除记录了她和达旺的交往,还三次提到她陪同领导到501所和360厂视察的情况,点明是达旺安排她去陪同,有时达旺也在陪同者的行列里。还特别提到:每当自己走进这两个地方时两只眼睛突然发涨,出了这两个地方就什么事情也没有了。林倩茹在日记里还提到,她在国外曾经因不明原因被养父母送进一家挺神秘的医院,医生非说她的眼睛必须开刀,结果不得不接受手术。

林倩茹怀疑眼睛发胀是那次手术造成的后遗症,事后到市医院检查,证明自己的眼睛被植入了人工晶体,除此什么毛病也检查不出来。林倩

茹有了第一次的经历，不想再次陪同。可是上派人传话，不准她不去，而且让她多看看图纸资料。

余心华确信，上就是林倩茹国外的养父母，可是他们的人不在这里，为什么有这么大能量控制林倩茹？达旺为什么……余心华联系到林倩茹在国外生活的六年和上的所为、她进入那个地方眼睛会忽然发胀，上要她多看看图纸资料，那两个地方的敏感性以及林倩茹死后双眼被挖走，终于，他想明白了其中的原因。

这个想法让余心华魂飞魄散，额头浸出豆大的汗珠，紧张地四顾。周围依然安静，安静得如同进入了虚无。

余心华强忍内心躁动，继续看着。日记里记录着林倩茹如何在蒋天明的撮合下和原本就没有见过面的穆华春结婚，和她在这场婚姻里度日如年的经历。写了和穆华春的冷战、猜疑，穆华春对她的种种侮辱。最后一本日记写到林倩茹死亡的前一个星期，最重要的那一个星期内容应该在第十六本上。

余心华内心焦急，加上伤口导致的高烧使他陷入了昏迷之中。

此时，一个遮掩着面部的人，正朝余心华藏身的树林里走来。

二十二、措手不及

张影依照李文虎的安排，在步行街下车。李文虎将车开进附近胡同里停住，返回胡同口盯着步行街的动静。步行街的人群似乎一如既往地快乐不知疲倦，用笑容和惬意装扮着步行街本来的色彩。

步行街人头攒动，看不到张影身在何处。李文虎警惕地审视街面，佯装悠闲地散步，渐渐靠近步行街。

步行街里，张影挨个儿店铺问这问那，好像对这里每一样货物都感兴趣，其实她是用眼睛余光扫视着周围的一切。令她失望的是自己并没有发现可疑的人和事，一条街快要走到尽头了，还是什么异常情况也没有。

她只得走到对面，再不经意地转身往回走。虽然行动慢，滞留时间长，可步行街的长度是有限的。一条街很快就走完了，只得拐入大道转到另一条街上，可是仍然没有发现可疑，因为不敢多停留，只得走上回公安局的道路。

这条街早晨行人多，现在是人少车辆多，张影靠右走在人行道上。她本想进路边一家早点铺子里，肚子有点闹意见了。

忽然，看到远处公安局大门对面那家早点铺外站着一个衣衫邋遢的孩子，那孩子分明是余心华所说的山猫。山猫盯着公安局大门看，好像有什么急事显得躁动不安。张影心里一动，急忙朝山猫走去。

山猫毕竟年少，身上有事沉稳不来，显得十分不耐烦，在早点铺前

面来来回回地走着。当他转身面向张影，偶然一抬头看到张影远远地向他走来，心里兴奋，抬起手朝张影示意，疾步走向张影。

突然，迎面一辆皮卡嘎吱一声猛地停在山猫身边。山猫被刺耳的嘎吱声镇住，略一愣神，从车里迅速冲出一个汉子抓住山猫胳臂拎小鸡一样将山猫拎到车门边，里面伸出一只手将山猫拖进车里。车门合处，皮卡蹿出，留下大油门燃烧后的一股青烟。

张影连喊带跑还是没有追上那辆皮卡，皮卡转眼之间没入车流之间。正在张影捶胸顿足时，身后停住一辆车。张影回头见是李文虎的警车，忙上车道："快，追上前面那辆皮卡。"李文虎二话没说，一踩油门直追而去。

追车并不像小说里、影视作品里那样写意刺激，在这个人口密集的都市里一两分钟耽搁就足成败局。李文虎的车最终还是失去了目标，和张影败兴而回。

张影在车里自怨自艾，李文虎忍不住说："小张，这是常有的事，你也别太自责了，我们赶紧到监控点上去。"张影道："山猫肯定有什么重要的事要告诉我，余心华……山猫还是个孩子……"

"你放心，他们不会对孩子下手，他们一定要从他嘴里撬出小余的下落。"

"那余心华不是太危险了？那还不快点去垃圾场？"

"镇定，小余不会那么傻。他叫山猫出来，早就安排好了退路，我们这会子去也是无济于事。何况，我们一动必然引起几个方面注意，他们会跟踪而来，那就更麻烦了。"

"真的这样危险？还有好几个方面？你怎么没有说？余心华他知道吗？"

"小余比我知道得多。"

"我怎么就这么迟钝呢？那孩子来找我会是什么事呢？"

"这个不好说，可能是他发现了什么，所以才让山猫来找我们。"

"现在怎么办?"

"哪里也不要去,按计划行事,先端掉水仙大酒店再说,那里肯定有大鱼。"

"虽然有大鱼,也不是这样逮法。仅凭那个死了的刺客臂上的刺青?我看钟小华的话有道理。你和桑局还有钟局、刘处长怎么就……"李文虎瞧了张影一眼笑而不答,专心开车子。

对水仙大酒店的搜查在晚十点进行,武警包围住外围,特警和刑警队冲进里面,李文虎朝前来问询的大堂经理出示了搜查令。

大堂经理说要通知吴总经理,李文虎截住去路道:"不必了!我们是奉命清查不法经营行为,请你们留在原地不得干扰!"说罢,命令各组按着事先计划行动。

特警和刑警队混合编组的各个小组迅速出击,李文虎、钟小华和张影几个人留在大堂,大堂两边和里面的房间传来嘈杂声和尖叫声。

下面的动静惊动了楼上的总经理吴仙殊。吴仙殊怒气冲冲走下楼梯,身后跟着两个猿臂蜂腰打手,见到大堂里的情况,知道事情不一般,初来时的骄狂骤然间换上了满脸笑容,对李文虎道:"哎呀,我道是什么贵客这么山摇地动的,原来是公安同志啊。"张影立刻回应道:"谁跟你是同志?"

吴仙殊依然灿烂地道:"好好,不叫同志,叫警官总可以了吧。"张影将脸别到一边不理睬吴仙殊。李文虎则不怒不威迎着吴仙殊道:"吴总经理,我们是奉命扫黄打非,我想你应该理解和配合。"

吴仙殊笑着走近李文虎道:"知道,理解。哦,这不是那天晚上的客人吗,你们还真是公安啊?怪我手下员工瞎了眼,那晚让你们受委屈了,我再次向你们赔礼了。"说罢弯腰鞠躬,他身后那两个打手也退到一边垂手而立,失去下来时的嚣张气焰。

李文虎微笑着说:"吴总,你扯远了吧,我们不是来报复的。就那

145

么点事，我能调动这么多人来报复？"

"是是是，我们这里可是守法经营的，从不干违规违法的事。"

"是不是像你说的，我们要看事实。你耐心等待，一会儿就有结果了。"

"好的，我们所有的人都听您的，我们等！"吴仙殊退过一边等待。

时间不长，各组先后来报告说没有发现违禁活动。李文虎眉头稍皱，向着吴仙殊微笑着问："吴总，上面几层楼是干什么的？"吴仙殊笑着说："开饭店搞娱乐嘛，不可能那么干净，客人吃了饭来了兴趣要唱歌跳舞或者打打麻将什么的，我们还真的不好阻拦。"

李文虎笑笑道："要是这样还真的不好拒绝，也算是正常，真没有其他的什么活动？"

"没有没有！绝对没有！我们哪能那样干呢，那不是自拆招牌吗？"

"那我们能不能上去看看？"

"您请！青花，你上去跟客人们打个招呼，让他们不要惊慌，这是公安局的例行检查。"打手之一叫青花的忙答应着要上楼，钟小华立刻伸手拦住道："不必了，我们知道怎么做。"领着他那组人抢先奔上楼梯。

吴仙殊朝青花摆摆手道："既然警官们不用，你就不要上去了。"青花退下，张影和李文虎随后上楼。

二楼正如吴仙殊说的，除了吃饭的，有几个房间里摆着麻将桌还有两张台球桌。这些桌子还没有开张，也许是正在打牌的人听到楼下动静停止了一切。三楼有一个五间屋合成的大通间，可是里面什么也没有。

随着上来的吴仙殊解释说："这里曾经是个会议室，专门提供给集体活动用的。这些年来，这样的活动少了，就废弃了。"张影和钟小华不相信她的鬼话，在四周墙壁和地面寻找蛛丝马迹。张影在中央门对面偏里的地面上仔细查看，地面上确实残留着长期摆放重物遗留下来的痕迹。看痕迹的情状可能是大型桌柜留下的，可是屋子既没有桌也没有柜，她没有说出怀疑。

他们上到四楼。

在一个叫水仙阁的包间里，李文虎看到周贵庭副市长在座，正和客人把酒言欢。他们的闯入让所有人大感惊讶，李文虎的惊讶程度比他们更甚。因为，他根本没有想到周副市长在这儿吃饭，监控点上怎么把这样的大情况漏掉了呢?!

短暂的尴尬之后，周贵庭主动站起来，笑着问李文虎道："李队长，什么事啊？"李文虎这才缓过劲儿来道："是这样的，这是局里安排的行动，专门清查重点娱乐场所有没有违规经营行为。"

"哦，那你们忙吧，这里没有你说的那种行为。"

李文虎连连说了几个对不起，退出房间，悄悄地抹了把冷汗。他惊诧的不是冲撞了周贵庭，而是惊讶他们监控哨，还有周贵庭和酒店的关系，显然，周副市长对这家酒店并不陌生，他李文虎中了吴仙殊的暗招。李文虎正在发愣，楼外响起了几声吆喝，随着响起几声枪响，李文虎忙冲下楼。

刚到大堂，慌忙赶来的武警中队长向他报告，说在楼侧面发现有人从楼顶顺着绳索滑下，战士们喝止他，他没有停止反而开枪拒捕。李文虎问："抓到人没有？"中队长说："没有，那家伙动作太快了。可是，他也被打伤了，地上留有血迹。"

"是什么人看清楚了吗？"

"落地时那人的面罩被树枝挂掉了，我们二排长说好像是市政府的秘书蒋天明。"

"什么，蒋天明？"在场的人听到这个名字都惊呆了。李文虎道："你确定没有看错？"

"不会！蒋天明曾经来过我们队，还和二排长对练过格斗和拳击，二排长哪里会看错？"

"是这样，练的结果呢？"

"二排长输了。"

"输了？那你没有上？"

"二排长的身手和我差不多，而且，二排长输得很惨，三次过招都没有能够走满三招……"

这一发现让李文虎既惊又喜，惊的是蒋天明原来是个深藏不露的高手，喜的是蒋天明终于有了明确的下落，他并没有真正失踪，只是换了一个方式存在。随之而来的是感到极度危机，蒋天明失踪和前几件案子可能有关系，如果余心华遇到这样的对手可真是糟糕。还有，蒋天明失踪的目的是什么，他为什么出现在水仙大酒店，他们是有关系还是没有关系？他以后还要干什么？

钟局长、刘处长听到这个消息更加震惊，桑副局长震惊之余出现明显的不安，只是他的镇定让他人不能轻易觉察，而这一细小的变化没有逃出李文虎眼睛余光的捕捉。

听说蒋天明在大酒店出现，还有，公安局这么大行动他竟然事先一点消息都不知道，周贵庭的震惊比任何人都深重。他仿佛感到后脖子凉飕飕的，他无心应付客人，匆匆交代几句离去。

二十三、困厄

局里连夜召开有关人员参加的案情分析会。会上，大家对蒋天明的出现和水仙大酒店是否干净意见不一致。

没想到事情竟然是这个样子，黄赌毒的一个没有抓到，倒跳出一个蒋天明，还有一个大领导，蒋天明的出现确实是意外惊喜。

让大家不解的是蒋天明失踪之前并没有出现重大嫌疑，不仅没有重大嫌疑，连一个小小的嫌疑也没有，仅仅只是一条了解穆华春和林倩茹之间的线索。就是在穆华春和林倩茹婚姻之中隐藏着蒋天明什么秘密，也不至于让他丢掉很有前途的工作而亡命天涯。这一潜逃和拒捕说明蒋天明一定有事，而且是不得不跑的大事，失踪不是无缘无故的。

大家马上由蒋天明联想到周贵庭，因为蒋天明是他的秘书，而且他们俩今晚同在一个酒店出现，难道是巧合？如果不是巧合，难道他们俩之间真的存在着某种不可告人的秘密？可能吗？因为在座的没有人相信周贵庭牵涉其中，周贵庭可是政治翘楚，年轻、能干、业绩突出，深得领导器重，是不久之后新市长不二人选，前途光明远大着呢！而且，听说五一节要和老厅长千金完婚，他怎么可能自毁大好前途？

可是，眼前的事实摆在这里，不得不让人联想猜疑。

只有李文虎揣摩出一点端倪，他联想到周贵庭的新房和蒋天明是对门，蒋天明是林倩茹和穆华春的婚姻介绍人，又是穆华春的同乡，帮助

过穆华春取得现在的公司,他认定蒋天明和周贵庭、林倩茹、穆华春之间一定存在着某种密切联系。

但他也不相信周贵庭会做出出格的事,理由和大家心里的想法一致。他一直没有向局里汇报这件事,主要基于这种考虑,另外还有对桑副局长的顾虑。他现在心里想的是:桑副局长是不是和周贵庭、蒋天明有瓜葛,如果有,那周贵庭确实有问题。可是,对桑副局长现在也只是在怀疑阶段,也没有更多可靠证据能够证明……李文虎也陷入了困厄之中,所以也没有开口说话。

大家谁也没有说话,谁也说不出话。沉默中桑副局长开腔说:"我看,待蒋天明的血液和穆华春手里残留的DNA比对出来,就可以确定蒋天明是不是杀害穆华春的凶手。如果是,那蒋天明是在掩盖自己的某种罪行,如果不是就要另当别论了。"

钟小华道:"即使是蒋天明杀了穆华春,在这之前蒋天明并没有受到怀疑啊,他为什么要潜逃呢?而在潜逃后再杀害穆华春,他有这么蠢吗?"

"那你说蒋天明为什么要无故潜逃,又无故出现在水仙大酒店还拒捕逃逸?"钟小华答不上来。刘处长插话问:"那要是蒋天明不是凶手呢?"

桑副局长笑笑说:"这个我也说不出为什么。总之,蒋天明潜逃和再现不是无缘无故的。他再次出现,说明他并没有死。事实证明他是一个深藏不露的高手,这就说明他的潜逃和没有离开安城肯定是有事没有完成。我想,他和后来几桩杀人案及二十四号别墅的案子肯定有某种联系,说不定他和余心华共同杀害了罗志军,致使余心华潜逃。"

此话一出,大家立即兴奋起来。钟局长插话道:"那他们的目的是什么?"

"这只是我个人的想法,供大家参考。"

钟小华道:"那是不是蒋天明受到市政府某个领导安排……"

钟小华的话还没有说完，立即遭到钟局长喝止："胡说！"钟小华知道自己说话太过直露冒险，赶紧收住话。经钟局长这么一声呵斥，没有人再敢提出疑问。

桑副局长道："要不这样，我们先将吴仙殊传来，询问有关情况，反正蒋天明是从她的酒店里出逃的，怎么说她也脱不了干系。"刘处长道："桑局说得在理，我们不能这样坐等着。吴仙殊是个突破口，关于询问嘛，我看就在水仙大酒店里进行，桑局这事就由你主持怎么样？"

"可以。"

刘处长对李文虎道："李队，你那个监控点要继续下去，留两个人轮换就可以了，你将精力放到抓捕余心华上来。早晨，二十四号别墅地上的血液，经过DNA测序和对比，确认是余心华留下的，说明余心华不但受伤了，还是重大嫌疑者，找到余心华不仅是重点，而且是迫在眉睫的事。至于那个在公安局门口对面被劫持的孩子，一定和余心华有关系，只有等余心华到案才能搞清楚，二十四号别墅里的案子必定和余心华有牵连。"

刘处长看了看钟、桑俩人，俩人点头表示同意。刘处长让大家各司其职，单单留下朱桦。

不大一会儿工夫，刘处长和朱桦出门。刘处长径直走向钟局长办公室，朱桦看着刘处长进入才离开楼道。

眼下的局势让李文虎很担心，很显然，蒋天明只是一方，还有另外情况不明的对手。他感到威胁余心华的一定是这个至今情况不明的对手，而这个对手千方百计要置余心华于死地，一定是余心华的调查触动了对手的敏感神经。

那么，问题就出现在余心华对林倩茹背景的调查上。可是，张影也是调查人之一，对手为什么要死咬着余心华不放，单单放过张影呢？不管李文虎怎么想，也想不出里面的原因。

　　他在楼道无人处叫住张影，提出自己的怀疑。张影和他一样，也是一头雾水，想了好一会儿才说："可能在调查时是以余心华为主的，还有就是余心华主动提出要调查林倩茹家庭背景的。"

　　李文虎听了自言自语地道："这么说，难道真是我们……"他看了张影一眼没有继续说下去，随即急忙上楼，可是上到一半还是退了回来，李文虎的反常叫张影更加摸不着头脑。

　　李文虎招呼张影道："上车。"张影迷惘地问："到哪里去？"李文虎一声不发直奔警车，张影随即上了车。

　　车子驶出大院，张影还是忍不住迷惑地问："李队，这是要到哪里去？"

　　"你忘了，我们的任务不是找余心华吗？"

　　"那山猫……"

　　"山猫一时半会儿没有危险，倒是余心华有危险。你说上次山猫带你去了哪座垃圾场？"

　　"垃圾场还有几个啊？"

　　"有两个，城南和城西。"

　　"城西。"

　　"你确定？"

　　"错不了！"

　　李文虎掉转方向，朝城南开去。张影讶然道："这是去城南的……"李文虎一边开着车子一边用眼睛瞄着车外反光镜，突然，他猛地一打方向盘转入一个胡同里。张影看着觉得奇怪，仿佛也想起了什么，紧紧盯着车窗外的反光镜。果然，在胡同口外刚刚停住一辆越野摩托车，车上还骑着一个戴头盔穿紧身衣的人。

　　李文虎将警车刹住，下车直奔胡同口，那个骑摩托的看到李文虎朝自己跑来，一紧油门，越野摩托轰然一声驶离。等李文虎俩人赶到胡同口，那辆摩托早就没有了踪影。

张影回头瞧着李文虎道："我们被盯上了，他们是什么人？我那天和余心华见面之前也遭到了跟踪。"

"什么，你怎么到现在才说？那你肯定没有甩掉跟踪！那小余……余心华说不定已经……哎——"

"没有，我绕了许多胡同，又换了装，还换了两次车，后面没有可疑的人我才去了潜龙山庄。"

李文虎缓缓了语气说："我不是泼你的冷水，蒋天明你知道吧，他那样的身手我们一直都不知道。天知道在安城这个地方还隐藏着多少个蒋天明那样的人？那样的人一旦盯上了你，你能摆脱？老邢的检测不是证明了余心华起码受伤了吗？"

张影心里挺不服气，但余心华受伤确实是事实，只好闭口不言。

李文虎突然道："小张，你会开车吗？"

"在警校，这是必修课。"

"那好，你开着车子在城里满大街转转。"张影明白了李文虎的意思，和李文虎走回。车子掉头后，李文虎看到两头巷口无人，迅速下车，钻入一家古玩店里。

张影坐到驾驶位置上发动车子开向胡同口。

二十四、紧缩的金箍

吴仙殊刚刚接了一个电话后,脸色阴沉十分难看,窝在高背皮转椅里化作雕像。

那个电话的内容叫她震惊、恼怒还带着一点点惊惧。她不是惧怕恼怒电话里那个阴惨如地狱里魔鬼发出的声音,她知道那个声音是对方加了特殊软件发出的,以改变通话者真实声音来隐藏自己吓唬别人的。她什么阵仗没有见过,还怕这点小儿科似的恫吓?她震惊对方对她的底细知道得比自己还清楚,还知道她们这一阵子的所作所为,特别是这些所作所为所要达到的目的。恼怒的是对方竟然出面干涉她的行动,让她收手。这是她无论如何不能接受的,向来只有她命令别人,哪里能够容忍别人指使自己?尤其是对方试图阻挠她的最大利益,更是不能容忍。但是,她没有在电话里表露出来,而是运用这么多年练就的应付各种人的本领与对方虚与委蛇。

对方开出的条件是:在一个星期内,停止一切针对她那个要捕获对象的活动,让她的手下全力截杀余心华,她的所有损失事后由对方补偿。还说送给她一件礼物,并告诉了礼物存放的地点,如若不然后果由她自己掂量。她所惊惧的是如若不按照对方的要求做,自己苦心经营这么多年得来的财富将化为乌有。

吴仙殊隐隐知道对方是什么人,却不知道对方这样做的目的是什么。

她明白对方这不是恫吓，而是有实实在在的实力做保证的。不仅财富化为乌有，就连自己也可能和眼下那个警察余心华的遭遇一样。

吴仙殊思之再三，坐起身子抄起电话拨号，似乎又想起什么，拨号的手停下。

她想，既然公安局对她来个突然袭击，连自己在公安局的内线都没有机会给她提前通报，说明公安局这次行动不仅仅是搜查她的违法经营，而是带着其他目的。是敲山震虎呢，还是有什么其他企图？亏得自己有先见之明，在那两个明显是公安局派来的暗探进来的当天，就赶紧清除了那些违法经营项目。既然是这样，自己的通讯很有可能被公安局监听了。

她马上拉开抽屉，取出一张新卡装进手机。

信号接通，她说："影子，你去城北水泥厂后山腰一处岩石下面找一个十一二岁的孩子，那孩子身上有东西，你取下……那个孩子你看着办……不，还是不要血腥，这样无故让公安局注意划不来……还是放了他，但是要保证你自己不被认出……还有，你不能直接来这里，我会派人联系你。哦不，你跟着那孩子，可能会找到余心华，找到后杀了他……以前是以前，现在是现在！"随后，她恶狠狠地关闭手机，快速换掉卡。

通过电话后，吴仙殊的心情似乎好了很多，起身走到窗前拉开落地窗幔，室内顿时充满了上午的阳光。吴仙殊站立窗前沉思有顷，抬头外视。窗口对面不远处坐落着一幢壮美的大楼，那里是市政府。吴仙殊想象着里面有个比自己还要难熬的人，嘴角浮上不易觉察的微笑。然而，笑容很快从她脸上消失，因为她忽然想到那个人此刻可能获得其主子的安慰，正在自鸣得意呢。想到这里，吴仙殊心底怨恨一齐涌上心头。吴仙殊双眉紧锁，美丽的面庞满是暴戾。她恨恨地揪住窗帘猛地一拉，窗帘随手垂落。吴仙殊看着乖孙子样的窗帘，不由得露出微笑，好像窗帘就是那个人。

吴仙殊快步走到宽大的写字台前，拉开抽屉取出另一张卡飞快装进

手机，拨号，贴耳，轻声却是阴森地道："听完话马上扔掉卡，换四号卡。不要问为什么，听着，你和外界断绝一切联系，执行六号行动……对，要在关键时候，最好是大庭广众之下，但不要伤到他的性命，他对我们还有价值……三天后行动……到时候你就知道了。"啪嗒一声合上手机，换卡。

吴仙殊刚理顺了心情，坐到椅子里准备办公，门被敲响。"进来！"吴仙殊看着报表头也没抬地道。

门开了，传来几个宽体皮鞋落地发出的沉闷的声音。吴仙殊讶然地抬头，脸上掠过一丝愕然，但立刻换上了满脸春花般的笑容，同时起身走出伸手向来人道："哎呀，是桑局长大驾光临呀！快请坐！小王快去拿香烟……"桑副局长脸色平静地拦住小王道："不用。"没有和吴仙殊握手，同钟小华直接坐到门侧的沙发里。

吴仙殊忙道："那，小王干你的事去吧。"小王点头退出将门轻轻带上。

吴仙殊满脸笑容亲自倒茶，桑副局长微露笑容道："不用，我们不是水客。你坐下，我们要问你几个问题。"吴仙殊放下水瓶和茶杯，坐到对面的沙发里，脸上笑容依旧，问："桑局长大驾光临肯定有重要的事，我就主随客便了。"

桑副局长朝钟小华示意，钟小华从包里拿出本子和笔准备记录。桑副局长道："听说你有好几处产业？"此话一出不仅吴仙殊感到突然，就是钟小华也感到意外。吴仙殊顺着桑副局长的话道："是的。"

"具体点，到底有几处？"

吴仙殊收住了笑容，小心地道："总有十八九家吧……"

"到底有几家，都叫什么名字？"

吴仙殊沉下脸道："桑局长，这好像该是工商局问的话吧？"

桑副局长笑笑道："是的，这个话是不该由我来问，但是……"桑副局长看着吴仙殊的眼神一字一顿地说:"昨、晚、蒋、天、明、在、你、这、里、逃跑、拒捕,可以问吧?!"

吴仙殊勃然变色道;"桑副局长,你这是什么话?他蒋天明来不来我这里,我管得着吗?他为什么逃跑拒捕我哪里知道。蒋天明不是周副市长的秘书吗?怎么他成了罪犯了?要是罪犯你们应该早通知我啊?"

啪,钟小华猛地一拍沙发道:"吴仙殊,这是局长在和你说话,你什么态度?"桑副局长抬手示意,钟小华才没有继续说话。吴仙殊轻蔑地瞧着俩人,并不急于说话。桑副局长微笑地说:"蒋天明是不是从你这里逃走的?"

"好像是。"

"蒋天明为什么在你这里出现?"

"我哪里知道,腿长在他身上。"

"你看到蒋天明来你这里了吗?"

吴仙殊猛地一愣,但马上道:"没有!"

"你的员工看到了吗?"

"这个要问我的员工。"吴仙殊提起电话。

桑副局长道:"不必了,我们调查了你的员工,都说没有看见过。只看见过前天半夜里,一个戴礼帽、用帽檐遮住半边脸的人上了楼,拦都拦不住。请问他是什么人,他上楼后又到哪里去了?"

吴仙殊稍微低下头,愣了愣道:"是的,蒋天明确实来过,也在我们这里待着。可他是大秘书啊,他要来要待我有什么办法,我哪里知道他是你们要追查的人?"

"是的,你是不知道,但是,你肯定见到过他。"

"是的,这么大的人物来,我是要见见,我毕竟在安城做生意嘛。"

"那你知道蒋天明为什么遮着脸?"

"这个我哪里知道,那是人家的自由。"

"你和周副市长的关系一定不错?"

"你什么意思?"

"没什么,随便问问……"

"做生意,得迎八方宾客,只要来我这里都是客,也包括你们。"

"是的,你回答得很好。但是,你是十八家企业的所有人,这……份财产来得不容易吧……"

"你什么意思?难道我……"

"别激动,我的吴总。吴总,这个姓配上这个总很是让人产生联想啊?吴总,总吴。十八家企业的老总啊,要是我有这十八家企业,我一定安分守己,决不心生贪欲啊。"

"你是说我……"

"我是打个比方说我自己,如果你愿意听就算我送给你的忠告吧!"说完站起来招呼钟小华回去。

钟小华道:"就这样走啊?"

"吴总不愿意和我们配合,有什么办法?吴总,我的话会记住吧?"

吴仙殊坐在沙发里没有说话,感觉到头上"金箍"在缩紧。

二十五、明枪暗箭

余心华醒来时,眼前一片漆黑,远处山坡豁口,宣泄出城市里繁密的灯火。

昏迷,帮助余心华躲过白天里曾经发生的危机,他将日记本塞进身后的岩缝里。手,攀扶岩壁撑起身体,头脑里感觉到一阵晕眩,身体晃动几下还是顽强站住。适应片刻后,猫下腰悄悄走出藏身处。

余心华摸索着小心接近山猫住的棚子。离棚子三十来米时,一阵晕眩袭来,余心华只得趴伏到面前的土坡上休息。恰在此时,一个矮小黑影跌跌撞撞地奔向棚子。余心华心里一动,额头上冷汗齐下。他看得分明,那个矮小黑影就是山猫,看样子肯定受到惊吓要不就是受伤了。他想过去问个明白,还没等他站起,棚子左边靠近垃圾场边沿闪出一条黑影,黑影猫着腰轻快地接近棚子。

余心华大惊,立刻蜷身蹲立,全神贯注地戒备,准备必要时拼尽全身力气出击,保护山猫。黑影没有继续向山猫住的棚子接近,而是伏身等待。看样子此人的目标不是山猫,而是将山猫作为钓饵,诱使鱼儿上钩。余心华心里明白,这条鱼不是别人,恰恰正是自己。明白了这点,余心华心里释然了。山猫暂时不会有危险,可是马上又将心提到嗓子眼。山猫被跟踪了,那么,山猫的任务完成了没有?接收东西的张影是不是也遇到了麻烦?心里烦躁,想立刻前去问问山猫,可眼下他是动也不能

动。一动，暴露了目标不说，自己将遇到灭顶之灾。看样子那个黑影是个高手，自己现在绝对不是他的对手。他更担心的是自己一旦被对方灭了，山猫那就没有什么利用价值了，很可能山猫成为自己的第二。他不能冒这个险，决定耐心等待看看情况再说。

时间不长，从右边垃圾场里又走来一个黑影。来人尽管十分小心，但还是将自己的一举一动暴露给了棚外两人。来人悄悄摸到棚子前面，压着嗓子喊道："山猫、山猫——"

"是哪个？"山猫嗓音明显发颤。外面的人刚要回话，突然，棚左的黑影拔起，箭一般直射来人。直到近身，来人才发现刺来的匕首，情急之下，来人仰面后跃，同时右拳左脚齐出。黑影的匕首刚刚贴着来人胸口刺过，将衣服撕开一道裂纹。来人幸运地躲过了致命一击，右拳走空，左脚却结结实实地踢中了黑影的腹部。黑影闷哼了一声，收住脚步回身向倒在地上来不及爬起的来人猛刺过去，来人只得用不断翻滚，躲避雨点般刺来的匕首，只有招架之功毫无还手之力，眼看着命在旦夕。

余心华看出来了，后来的人是来和山猫联络的，但不知道是什么人，只能确定他没有加害山猫的意思。黑影将来人当成自己了，必须一击而杀。来人的身手不像普通老百姓，普通老百姓也不会在黑夜里来找一个无家可归的捡拾垃圾的孩子，更不会有这样的反应和身手。来人虽然狼狈，却没有受伤。

不知道是不是公安局来通过控制山猫抓捕他。不管怎么说，来人不是歹徒，不是歹徒就绝不能让凶手得逞。自己虽然杀不了黑影，但是，可以影响黑影使其分神，只要地上的人缓过来就不比黑影差多少，局面会马上转变，而黑影是不敢久留的，即使自己叫局里抓回去，那也只能听天由命了。

余心华刚要站起来。忽然，棚门大开，冲出一人。冲出来的不是山猫，而是一个扎着面巾的人。面巾人猛然大喝一声："住手！"场中相搏的俩人一愣，面巾人朝黑影出击。黑影跃退一步。倒地的来人此时已经站起，立在一旁观战。他好像要观察分辨，好选定出击的对象。相斗的俩人看到旁边站着的来人，打斗的激烈程度减轻了许多。因为他们都要戒备站在一旁的来人，面巾人没有出声提示，仿佛面巾人并不想让来人知道自己是谁。而黑影此时无心恋战，瞅了一个空子，刀刃划过逼退面前的面巾人，斜跃而出，飞鸟一般冲进黑夜里的垃圾场。

面巾人后退，复又追出，不忘朝随后追出的来人道："李队，孩子要紧，这个人交给我。"来人确实是李文虎。听了面巾人的话也是一惊，但还是站住了。李文虎略顿，走向棚子。这时，余心华松弛了紧张的神经，在昏倒之前使劲喊出一句："李——"半蹲的身体栽倒在地面。

余心华的声音虽然微弱，但还是惊动了高度警觉的李文虎，李文虎忙转身朝向声音发出地戒备搜寻。山猫突然从李文虎身后蹿出，李文虎大吃一惊，因为山猫行动的隐蔽性和灵活性太过匪夷所思，连他这个警队高手也是等山猫蹿到身前目光所触之处才发现。亏得山猫不是敌人，这要是敌人他此刻哪里还有命在？

李文虎不敢多想，紧随山猫前行搜寻。山猫忽然蹲下失声惊呼："大猫大猫，你怎么了……啊，大猫大……你是谁，站住，再往前走我和你拼了！"李文虎停下脚步，尽量传递出微笑和友好，说："别激动，山猫。我是地上大猫的朋友，我是来解救他的。"

"你骗人，你和他们是一伙的。你走……你怎么知道他叫大猫的，这只有我们两个人知道……"

"我当然知道，这个名字是我和他两个人早就约定好了的。我叫老虎，他没有告诉你？"山猫在黑暗里闪动着眼睛似乎有些把握不准，迟疑着没有说话。李文虎试着向前靠近，山猫马上警觉，举起手里一件在暗夜里依然闪着微弱寒光的东西。

李文虎知道那一定不是泥巴玩具，而是足以让自己殒命的利器，所

以李文虎很守山猫的警告止步，站立原地，道："山猫，我真是来救他的，他受了很重的伤，是他让人传话让我来这里找他。你要不相信，你就现在问大猫。"

"你站在那里不要动，我问问大猫。大猫大猫，你醒醒……啊，你怎么了……"

"我……没事……"

"啊，你醒了……"

"你，在和谁说话？"余心华有气无力地问。

山猫说："他说他叫老虎……"

"啊，李队……快让李队来来……"余心华似乎是用尽全身力气说完这半句话，又晕了过去。山猫明白那没有说出口的内容，见余心华同意才收起半片剪刀，道："老虎，还不快点儿过来。"

李文虎立即上前，看到余心华双眼紧闭，连忙唤道："小余小余，余心华。"右手掐住余心华人中。山猫这才对李文虎彻底解除了警觉，专心伏身盯着余心华的变化。余心华在李文虎大拇指强力刺激下，慢悠悠地转醒，半睁着惺忪的双眼问："是李队？"

"是的，你不要说话，我带你去治疗。"

余心华微弱地道："山猫……"山猫赶紧将耳朵贴在余心华嘴唇边。余心华声音微弱地说："听、听李队的……"山猫连连点头，双手托起余心华的脑袋，抬眼望着李文虎。

李文虎蹲下将余心华抄起驮在背上疾走几步，忽然站住，回头看着呆立原地的山猫道："山猫，这里你不能待了，危险。跟我走。"山猫雀跃般跑到李文虎身边道："你——带我走？"

"是啊！"

"你等着，我拿点东西就走。两分钟的事……"话还没有落音，山猫已经快要进棚子了。李文虎看着，觉得喜欢上了这个叫山猫的无家可归

162

的孩子，李文虎背着余心华大步走向垃圾场出口。山猫没等李文虎走出垃圾场就赶了上来，手里多了一只小小的包袱。山猫提醒李文虎说："不能这样走！"

"为什么？"

"刚才那两个人……"

"放心，那两个人暂时不会回来的。"李文虎嘴上这么说，可是行动上却显得机警万分，遇到有什么不对劲的地方总是立即隐藏，观察没有危险了才走出。

他们来到最近的郊区医院。李文虎将余心华驮进急诊室，放到手推车上，忙招呼护士道："快，护士，快给病人抢救！"被惊醒的护士慢腾腾地站起来问："什么病啊？"

李文虎瞪着恶狠狠的眼睛吼道："我要知道什么病还来找你们干什么？"护士叫李文虎的凶相吓住了，忙上前推车，走向一楼偏北的诊疗室。

门厅墙壁上贴着通缉余心华的布告，布告上有余心华半身照片。推车的护士瞄了一眼布告上照片，低头一看躺在推车上双眼紧闭的余心华，神色大变。李文虎见状忙用手握住护士胳臂肘，护士疼得差点叫出声音来。李文虎朝她使眼色，护士忍疼点头，脸上已经煞白。李文虎松开手，护士推车继续行走。

值班医生听到急诊室里的吼声，从药房跑出来，看到推车刚刚进入诊疗室，撵到李文虎背后朝李文虎也吼了一句道："干什么的？这里是医院，容不得你放肆！"李文虎回身，怒目以对，闪电般钳住身材比自己高出半个头的医生左手腕，疼得高大的医生蜷身下蹲。李文虎这才放开医生，低声道："这样不放肆了吧？"医生右手握住左手腕，龇着牙连声道："不不，我听你的。"

李文虎道："关上门。"医生听话地关上门。李文虎让到一旁，医生上前检查了伤口，再一看余心华的脸，脸上勃然作色，悄悄瞅了一眼李

文虎忍住,朝护士递眼色。护士会意,向李文虎道:"先生,这里没有药,我得到药房拿药。"

李文虎问医生:"拿什么药,你开单子让这个孩子去取。"护士只得打消离开的念头,医生不得不开处方。

李文虎拿过开好的处方看了看道:"医生,刚才得罪之处请包涵,他就在你这里医治,等好了才走。你们在这里等着他好起来再走不迟。"话里的意思医生明白,忙从李文虎手里拿过处方撕了,重新开具处方。李文虎让山猫出去取药。

医生给余心华清洗消毒左臂伤口,缝合好伤口,敷上消炎粉。护士用药棉绷带包扎好伤口,挂好点滴瓶。四人看着输液管里的药水一滴一滴缓缓流进余心华的腕脉,李文虎心渐渐轻松下来。忽然,门诊室那边响起大声呼喝声:"人呢,人都到哪里去了?"一个人上前搭话道:"哦,是朱所长啊,在在,这么晚了还没有歇着啊。"

"我倒是想歇,可局里不让,发现送来斗殴负伤或者是受了刀伤的人吗?"

"这个我不知道,哦,刚才送进来一个急诊病人。"

"是不是我说的那两类人?"

"我不知道,得问张医生。"

"张医生在哪里?"

"在急诊室,哦不对,在诊疗室,刚才取过药,应该还在那里挂水。"

"诊疗室在哪里,带我过去看看。"

"那好,你随我来。"走廊里响起两人的脚步声,脚步声向诊疗室逼近。

室内站立的四人听到对话,立刻生出两种不同的反应。李文虎立刻沉声向俩人说:"你们要敢出声,小心你们的……"吃过苦头的张医生忙小声道:"我们听你的,我们不说话。"和护士退到屋角。

李文虎示意山猫和他们在一起。山猫明白，从包袱里抽出半爿磨得雪亮的剪刀，对着医生和护士。

　　李文虎戴上面巾蹿到门后，拉开门，风一般蹿出，同时听到门外响起连续两下扑通扑通倒地的声音。

二十六、夜探

追击向李文虎行刺者的人是黄冉。黄冉提前躲在山猫的棚子里，目的是守株待兔逮住山猫，令其说出余心华的下落，巧遇上这场风云际会。他也看到了那个尾随山猫而来却隐藏在垃圾垛后面的蒙面人，没有惊动那人，伏在棚里细心观看。

不久，李文虎悄悄摸到门前。李文虎第一声叫山猫时，他便知道来人是公安局的刑警队长李文虎。此时，他没有出声，要观看李文虎目的所在，还要留心那个潜伏者的动向。黄冉将山猫牢牢控制住，不让他发出声音。这就苦了山猫，山猫以为再次遇到坏人，设法逃离，黄冉岂能让山猫如愿。

外面响起急骤的脚步声和倒地翻滚的声音，黄冉判断李文虎遭到了突袭，危在旦夕。出于救人的目的冲出棚子，正好解救了李文虎，同时决定抓捕偷袭者，但是，却错过了和余心华相逢的机会。

俩人在不甚浓厚的夜色里狂奔，蒙面人摆脱不了黄冉的追击，黄冉也很难缩短与蒙面人的距离，形成了半斤对八两的态势。

蒙面人之所以不敢回身和黄冉相搏，是他没有必胜把握，另外还担心李文虎也追赶而来。还有一个因素就是他认为，他们两个中至少有一个带着枪，血肉之躯怎么能和子弹相抗衡？蒙面人现在唯一的希望就是找机会摆脱身后的追击者。情急之下，突然掉转方向朝右边一座坟场奔去。

蒙面人一入坟场便失去踪迹，坟场背靠着山，周围没有住户，几只受惊了的老鸹发出凄厉的哀鸣振翅飞离，更增添了几分萧杀和恐怖气氛。黄冉不敢暴露在明处，矮身猫腰隐身于坟墓之间寻机出击。时间一点一点流逝，对方好像人间蒸发了。

黄冉从地上拾起土坷垃东扔一块西丢一颗，对方没有一点动静。黄冉试着站起来，对方还是没有反应。黄冉一个跃步向前奔行了六七米，仍是毫无动静。黄冉心里一凉，莫不是早溜了？起身迅捷冲过坟场，不远处一个移动的黑影蹿向来时的方向。

黄冉心里暗乐，就这点小把戏还敢卖弄，于是猫腰潜行，蹑踪而去。

蒙面人悄悄地紧赶一段路程，回身望向身后。没有发现有人追击，发出一个狡黠的微笑，并轻声地道："也不过如此尔！"轻蔑之情得意之态暴涨。蒙面人确信自己摆脱了追击，放心地朝前疾步行走。

半个小时左右进入一处稀疏的树林里，再次隐没了身形。

黄冉小心进入树林一看，原来这里就是在市电视台上炒作得很热的墓地，叫安乐陵园。墓地开发到了中期，到处都呈现着半拉子工程，只有负责墓地管理的五间仿古建筑完成了。里面好像有守夜的，中间那间屋子里亮着灯，门在他的视线里刚刚合上。

黄冉猫腰迅速贴近那座房子。

黄冉还没有来得及向玻璃的镂花窗棂眼里望去，那个刚刚进去的蒙面人头戴黑色布巾，正在和一个戴着魔鬼面具的人说着什么。只见戴面具的向侧面一挥手，蒙面人走向挥手之处。戴面具的回头摘下面具，是一个三十来岁的挺标致的年轻人。黄冉好像在哪里见过这个年轻人，就是一时想不起来。

年轻人将面具藏到桌柜里锁上，坐到门旁靠背椅里闭眼睡觉。

黄冉觉得这是一个好机会，蹑手蹑脚隐蔽到门口还没有清理的一堆

废弃的砖头之后,拾起一颗石子丢向门口。

石子碰撞地面和门板的声音在夜晚的寂静里分外刺耳,听得门里那个年轻人轻声呵斥道:"谁!"四下里一片静谧,没有活物回答他的喝问。年轻人不放心,轻轻开门,向外面窥探。黄冉又向门外十来米处扔了一颗石子。石子碰撞地面的声音再次传进年轻人的耳朵里,年轻人猫腰悄无声息朝发出声音的地方摸去。他显然具有相当身手,非一般守墓者。

黄冉一直等到年轻人离开门口深入黑暗里,才敢悄悄地摸向门旁,闪身进入内里。

进入里面才发现,这间屋子只是一个通道,后门通向一个和屋体等宽的长方形院子。黄冉出门后将门轻轻阖上,迷惑那个出外巡查的年轻人。

院子里空落落的,除了四壁和几棵栽下不久还来不及生长出茂密树叶的树木外,其他的什么也没有。

因为太干净了,反倒引起黄冉极度怀疑,黄冉断定院子里一定有玄妙。这时听得屋里开门和关门声,黄冉猫到后门口以防万一。守夜的年轻人只是开了后门,站在门口朝院子扫了一眼,便阖上门退回屋里。黄冉等了片刻,那个年轻人重复了先前躺到靠背椅上的那一幕。

黄冉仔细搜查院子里的一切,只见到后墙中部立着一间两三米宽呈立方体抹着水泥的小屋子,就像眼下农民楼房顶上的楼梯间。

黄冉几个纵跃悄无声息来到小屋跟前,小屋门朝向右侧面开着,怪不得正对着小屋根本看不到,还以为是个全封闭的整体。黄冉试着推门,门竟然应手而开,里面一团漆黑。

黄冉全神贯注,身体上每一块肌肉都充满了张力,眼探耳听鼻嗅双手戒备。半支香烟的时间过去,没有等来期待中的突袭。黄冉不敢大意,稍稍提起前脚一寸一寸地向门里移动。一只脚刚落进门里,身体和后脚跟着闪电进入，侧身一壁蓄势待发。

良久，还是没有发生任何异常，黄冉悄悄收回右拳摸出随身的笔式手电。眼睛随着手电光圈移动，屋里摆着一部电机和水泵，好像是准备用来抽水的。屋子里呈现长方形，不像外面看的是正方形。显然，靠里面那边砌了夹墙，水泵一头穿墙而过进入夹墙，夹墙里面应该是个水井之类的设施。黄冉收起手电，心里盘算着：这怎么可能呢？不由得用左拳朝墙壁上挨次摁压。

忽然，仿佛听到一声微弱的响动。黄冉立即停止摁压，屏息蓄势。等了一会儿，什么声音也没有，于是挨着次序检查。

墙面探查完了，什么破绽也没有发现。打开手电朝墙面检查，墙面上方除了安装着启动电机的嵌入式开关和电线外，没有其他可疑的布置。黄冉开始心灰意冷了，静静地待在黑暗里发愣。

黄冉重新打开手电检查那个开关，开关看不出有任何问题，电线接入接线盒，应该连接上电机。黄冉趴下身体细心观察接线盒下面，果然查到了奥妙所在。接线盒出口有两股线引出，一股进入电机定子的接线盒，一股分开嵌入电机外壳的散热槽里，外面用泥灰封住，刷上和电机同样的颜色形成一个整体，稍不留神还以为这是一种新式电机，电线引入基座的螺丝孔里深入地下。

黄冉欣喜若狂，起身摁下开关。果然，地面发出一阵轻微的颤动，泵管插入的墙壁一侧约八十厘米宽的墙壁整体慢慢下沉，露出一道逼仄的通道。黄冉跃入通道，身后的门自动上升关闭。

通道里安装着吸顶灯，墙壁安装着摁压式开关，黄冉知道这是从里面开启电机的开关。

转了两个弯道，眼前出现一个钢板制作的门。黄冉犹如进入了死胡同，心里凉了大半截，索性坐到地上歇息，他也够累的了。紧张的神经一旦松弛，瞌睡袭来不由自主。黄冉潜意识里告诫自己：不能睡，千万

不能睡！瞌睡让眼皮沉重得抬不起，脑袋磕着坚硬的墙壁。幸亏有这一磕，疼痛拽回黄冉的意识，努力活动腰肢赶走瞌睡。黄冉站立，用耳朵静听，没有听到什么异常。脚步开始探索，刚走了几步停下，望着手电光里的钢门还是不死心。走回，手贴钢门轻轻用力，钢门居然被推开一道缝隙。耳朵贴着缝隙细听，里面传来微弱的机器运行声和隐隐的说话声。黄冉心里大喜，肌肉似乎都颤抖起来。他判断，此刻，自己正处于院子中央底下十来米深的地下。他再细听，没有发现门口有守卫，轻轻扩大门缝，等到能够通过他的身体时无声地闪入，轻轻阖上门。

他此刻的位置在地下二楼，因为他看到三米多前面是一个巨大的空间，空间里是一个开放式车间，十几个人在各自的岗位上忙碌着。他按照顺序细看，这一看把他自己吓了一跳。原来这里是一个假币制造窝点。成捆的假币堆成了一座小山，少说也有几个亿。

黄冉无心观看假币，因为临近的房间里传出低沉的说话声，黄冉悄悄朝着说话声接近。这是一间值班室，门半开着，里面沙发里坐着两个仍然蒙着面穿着夜行服的人，无法听清楚俩人说话的内容。走道尽头传来脚步声，黄冉急速隐退。待脚步声进入一个房间，黄冉转身开了钢门离开。

黄冉没有从前面的屋子出去，而是翻过院墙离开。他走出树林，躲到对面里许路的村庄里一座废弃的猪圈里，掏出手机给杨处长打电话。

在电话里，黄冉报告了他的发现，让杨处长查清这座墓园的投资人和实际经营人，杨处长让他稍等。在等待中，黄冉想到垃圾场那边，不知道现在那边怎么样了，想到这伙人怎么会对山猫和潜逃的余心华感兴趣。没容黄冉的思绪继续走下去，杨处长来电话说已经通报给公安厅刘处长，他们马上采取行动，让他先盯一会儿，如果公安局行动了，给与暗示协作，墓园主人的调查由他们局里自行安排，告诫黄冉不要暴露自己。

黄冉在等待和监视里又回到先前的思考，为什么这样一个造假集团要追杀余心华？难道林倩茹的死是这个集团干的？那么余心华调查林倩茹的背景为什么遭到构陷？这两者根本搭不上界！除非林倩茹的死和余心华的调查涉及间谍案，涉及501所、360厂？可是这又和眼前的造假集团有何关系，莫非间谍兼造假？不可能！黄冉陷入矛盾里迷失了方向，深深感到找到余心华是何等的急迫和必要。

　　突然，黄冉看到一溜车队朝墓园方向疾驰，虽然没有鸣响警笛，他也知道这是公安局前来墓园执行任务的车队。

　　车队已经进入了墓园道路，忽然从夜视镜里看到几个黑影翻墙逃出，方向是山里。黄冉眼瞅着黑衣人逃跑毫无办法，因为他离得太远了，那些人并非等闲之辈，追是追不上了。他想，肯定是那个在前屋里值班的年轻人发现了情况，立即报告了里面的人。

　　黄冉走出猪圈，准备回处里具体汇报，口袋里手机发出振动，是杨处长的电话。杨处长告诉他投资人和经营人都是一个叫鲁地蒙的人，让他立刻赶到五号地区去支援，那里发现了不明情况。

　　黄冉心里大惊，五号地区正是360厂所在地，莫非……

二十七、虎口余生

李文虎将击昏的俩人拖进诊疗室，关上门，用绷带将医生和护士背靠背地绑缚在一起，用绷带堵上嘴，对他们说："这两个人十来分钟后就可以醒来，暂时委屈你们俩了。"让山猫提着药品袋，自己背上余心华，将点滴瓶提在右手里举过头顶，开门走出，山猫出门后回身熄灭电灯带上门。

李文虎在医院门前拦了辆的士，将余心华放进后座，让山猫进去举着点滴瓶，对司机说："七星路。"司机不解地问："那不是城南吗，那里有市二院，怎么……"李文虎道："我们在城北有事……"

"哦，是这样。"司机掉头开往城南。

李文虎让司机在街口停车，下车。待的士开走，李文虎背着余心华穿越了两条胡同，进入仙桥胡同一座待拆的民居门前，示意山猫敲门。

山猫敲了几下门板，里面传出一声："谁呀？"李文虎朝门缝里压着嗓子道："廖师傅，是我，虎头。"里面立刻传出急促的脚步声和说话声道："啊，虎头，这么晚了，哪阵风把你给吹来了？"门开。

廖师傅愣住了，道："虎头，你这是这是……"李文虎背着余心华进了屋子，廖师傅老婆和孩子连忙避让进卧室。

李文虎将余心华放到电视机对面的旧沙发里，廖师傅这才看清病人是余心华，非常惊讶，嘴唇有点颤抖地说："小余，你，这这是……"

李文虎对廖师傅道："老廖，这里面的事情不是一两句话能说得清楚的。我担保小余不是那样的人，你让嫂夫人给我们弄点吃的吧，我们饿坏了。"

廖师傅没有再问什么，招呼老婆做饭，随手关掉电视。

李文虎道："不要麻烦了，给我们来三碗面就可以了。"廖师傅说："那怎么行，要不是为了小余你不会夜里来访，够辛苦了。我也没有吃饱，咱们正好来几两小酒活泛活泛身子。"李文虎坚持不让，廖师傅只好让老婆煮面。

山猫守着余心华，轻轻地呼唤着余心华道："大猫、大猫，醒醒，大猫……"

也许是药水发挥了作用，躺在沙发里的余心华缓缓睁开眼睛，瞧着面前仨人。他没有理睬山猫的呼唤，而是看着坐在身旁的李文虎，抓住李文虎的手似乎有话要说，但是看到山猫和廖师傅在座又松开了手。

李文虎知道余心华有话说，但在这样的环境里他没有问，而是说："怎么样，感觉好点了吗？"余心华小声说："好多了，就是觉得肚子饿了。"

"知道饿就没事了。"廖师傅高兴地说。余心华微微一笑，问山猫道："山猫，你怎么到那个时候才回来，又被人跟踪了，出了什么事？"

李文虎代替山猫回答道："山猫在公安局门口被几个不明身份的人绑架了。"

"是真的？"山猫点头。余心华着急地道："那东西交了……"山猫摇摇头，无限委屈地小声哭泣起来。

余心华握住山猫的手劝道："别哭，男子汉大丈夫流血不流泪。我也没有怪你，你好好说出了什么事。"李文虎和廖师傅也劝山猫不要着急，山猫这才抹把眼泪停止了哭泣。李文虎问余心华道："你交给山猫什么东西？"

"哦,也没什么重要的东西。我就是写了几个字,让山猫交给你们,给我弄点吃的。"李文虎明白余心华的意思,没有追问下去。山猫也明白余心华为什么要隐瞒,没有说破,却又不知道怎么说。余心华鼓励道:"没事,说说你的经过。"

山猫明白说经过没关系,于是说起了他的经过。

说他在公安局大门对面被塞进车子里后,叫人套上头套。车子开了好长时间走上了很颠簸的道路,又开了一段时间才停下,被人反绑着双手带进一个所在,给扔到地上,身上的东西也被搜出。山猫说到这里连忙改口说是那张纸,有人问他余心华在哪里,他说不知道,只知道大猫在哪里。有人骂他小小年纪竟然知道耍无赖,狠狠踢他的屁股。山猫摸着自己的屁股,仿佛现在还疼痛,三个大人开心地笑了。

山猫继续说,他们后来又用冰凉的东西贴到我的脸上,问我说不说实话。我说了他们又不相信,我就不说了,反正我是一个小孩随他们怎么样。又有人打我踢我,我只好拼命地叫喊。后来,也不知怎么搞的,我被人捆住,还堵住嘴戴上头套带上车子走了很远。下车后,被人绑在一棵树上。过了好长时间,有人把我放下送上车走了不少路,将我扔到地上,还给我解开背后的绳索。我拔掉嘴中的布,拿掉头套,眼前一片黑暗,原来都到了夜晚。我摸索了好长时间才找到回家的路,我刚进屋,就叫人抱住,嘴也给捂住。

余心华问:"你看清了抓你上车那个人的脸了?"

"看了一眼,是个马脸。"

"脸上有没有疤痕?"

"没看见,脸上白净净的,不像是干活的人。"

"你发现有人跟踪吗?"

"我吓得要死,哪里还有心思看后面。"李文虎向余心华道:"你怀疑是那一伙人干的?"余心华点点头没有说话。

廖师傅知道原因，忙说到胡同口买点卤菜，不等李文虎说话开门走出。李文虎知其意，没有阻拦，摸着山猫的脑袋说："你小子真是命大。"廖师傅老婆端着面进屋说："来，面好了。"廖师娘笑着放下一大盆子热面，没等李文虎说话知趣地退进卧室。

仨人刚刚吃完面，碗还没有来得及收，李文虎的手机响起，刚进门的廖师傅的手机也响起，电话内容一致，让他们在十分钟内赶到局里，发生了紧急情况。

电话是刘处长和钟局长，似乎是同时分别向俩人打来的，虽然为了保密在电话里没有说明出了什么紧急情况，李文虎猜定与他夜闯医院和打伤人有关系。回头交代廖师娘照顾好余心华和山猫，同廖师傅匆匆离开。

余心华笑着谢绝了照顾，说自己已经好了，让廖师娘睡觉，要和山猫等着他们回来，廖师娘只好回房间睡觉。

余心华看第二瓶水也挂完了，拔掉输液针头，用药棉捂了会儿针眼，放开，没见着流血。站起来活动手脚，走了几步，感到身体还有点飘浮，坐下继续休息，让山猫睡在沙发里。山猫头一倒下，马上发出轻微的鼾声。看着山猫睡得香甜，余心华露出了微笑。余心华心里一松，自己也渐渐打起盹来。

恍惚间，余心华好像感觉头顶有轻微的响动，猛然一惊，躺在沙发靠背上纹丝不动，声音消失了。

过了一会儿，那个轻微的声响再度响起，轻微得像一只猫在行走。余心华立刻断定那不是猫，而是一个轻功卓绝的夜行人。余心华全身汗毛陡张，他本想唤醒山猫，但是那样一来必然惊动夜行人。这间客厅有前后两道门，后面肯定有个院子。

果然如他估计的，房顶上那个夜行人跃下房檐，落到地面上，只是发出猫纵落地面时似有还无的声音。余心华心里一惊，冷汗齐出。随即后面响起一声猫叫，前面立即呼应了一声。余心华更是心惊，来的是两

个人,那两声猫叫是在联络。没容他产生进一步猜想和判断,前门锁孔处插进了金属物扭动锁孔的声音。余心华本能地起身欲往后门跑,可是他马上停下。

他断定,前面开锁的目的是把他逼向后门逃跑,只要他一开门,那个隐伏在后门旁的高手必然轻易地将他一击毙命。

间不容发之际余心华果断选择了前面,他刚伏身门边,门被轻轻地推开一道缝隙。余心华屏住呼吸等候着,门缝里一个黑衣人泥鳅般溜入。余心华右掌猛然砍向来人脖颈,来人好生了得,同时挥拳、避让,致使余心华的手掌只砍中半个脖颈。即便这样,也足以让来人倒地,丧失搏斗能力。

余心华不等黑衣人倒地发出声响,一个箭步蹿出门口,只一个纵跃攀上对面院墙头,翻身而入。

守候在后门的那个高手,心知情况有变,忙开锁进屋。发现躺在地上的同伴,忙伸手搀起。同伴摇摇手又指指门外,高手放下同伴,出门查看。两边街道空无一人,抬眼对面,看到低矮的院墙,立刻纵身跃入。

翻过院墙之后,余心华没有马上逃跑。他明白自己要是逃跑,凭现在还没有完全恢复的体力是逃脱不了的,何况对手是罕见的高手,就是自己身体正常也没有必胜的把握,他迅速选择了一处洗衣服的水池,隐身其后。

他刚藏好,那个夜行人飞身跃入,直向里面扑去。等夜行人走开,余心华立即横向翻过一道院墙,还没来得及走,那个人又赶回来在近处搜查,还扒上他所在的墙头看了看。

这时,胡同里射出一道光柱,同时闪动着红光,接着又出现了光柱。夜行人放弃了查看,急速原路退出,去救那个同伴。

来车骤停,车门大开,同时发出"不准动"的吆喝。可能是夜行人不听警告,有人鸣枪。场面大乱,呼喝声、急促的脚步声、后来警车刹车声响成一串。夜行人夹着伤势不轻的同伴跃过矮墙,三纵两拐不见了身影。

余心华明白,外面的警车是冲着自己来的,可他不明白警车来得怎么这样准和及时。难道李文虎或者是廖师傅他们……情况紧急,没有时间留给他细想。

当枪声响过,他不敢耽搁,朝横向里翻过一道院墙向里面穿越,出了平房区正好遇上迎面开来的一辆的士。

二十八、变形

鸣枪的是李文虎,目的是吓阻闪入廖师傅家的那个夜行人对余心华下手,也是向余心华示警。当他看到那个夜行人迅疾蹿出,腋下还夹着一个人时,心里凉了半截,他断定那个被劫持的人是余心华,可又不敢开枪,怕误伤了余心华,就那么眼睁睁地瞧着夜行人从眼前迅速消失。

廖师傅家里没有发生搏斗的痕迹,这让李文虎放下紧张的心。他清楚,即使余心华睡着了又负了伤,这么大动静不可能不惊动他。那夜行人不可能进去又立即出来,余心华不可能一动不动地让人夹着走,那个被夹着的人一定不是余心华。

余心华哪里去了?他问刚刚被惊醒的山猫,山猫揉揉眼睛说不出所以。廖师娘也是刚刚醒来,在钟小华询问之下,说没有见到什么叫余心华的人。当问到山猫的情况时,廖师傅主动说,这是下午李队长收容的一个流浪孩子,李队让他暂时住这里,说明天就送他到市孤儿院。廖师娘和儿子顺着廖师傅的话证明,山猫装作迷迷糊糊什么话也不说。

勘察完现场,李文虎将山猫带上警车,离开仙桥胡同。

李文虎在车上,脑子没有闲着。他不解余心华临时住在廖师傅家,前后不足两个小时,他和廖师傅接受任务离开也才一个小时不到,怎么就突然发生了这样的事?

他想只有三种可能:一是那个的士司机见他们可疑报了警,这个到局里一查便知，可司机不可能知道他们具体落脚地点。还有，就是司机报警应该在他们刚歇下不久就应该来人抓捕，不至于等到现在才抓捕。李文虎排除了的士司机报警的可能。

那么，剩下来就是廖师傅和他的家人了。要是廖师傅老婆打的电话，应该在半小时前就发生了，怎么会等到现在？他又排除了廖师傅老婆打电话的可能，那就只有廖师傅自己打电话报警这一种可能了。廖师傅有这个时间，在吃面前廖师傅出去买过卤菜，但是时间也不会拖到一个小时以后啊。后来自己和廖师傅一道去公安局领受任务，他当时没有向局里说出，也没有时间打电话。

问题可能出在安乐陵园那边，到了安乐陵园廖师傅有时间打电话。

那时候，桑副局长和李文虎带领人搜查陵园，正在清查地下伪钞工厂，突然接到刘处长的电话，让他抽出两辆警车和人员赶赴廖师傅家抓捕余心华。从时间上看，正好吻合。可是让李文虎不解的是，这样一来他廖师傅自己不也被牵扯进来？如果他不怕被牵扯进来，那在公安局为什么不干脆当着他的面说出来？

刘处长的电话里只说让他去抓捕余心华，并没有提到他，难道廖师傅故意不说？那个夜行人怎么知道余心华在哪儿？难道廖师傅就是局里的内鬼，是个变了形的人？这一连串似是而非的问题让李文虎头都大了。

李文虎停止思考，瞟了正在开车的廖师傅一眼，廖师傅好像早就在等着李文虎这怀疑的一看。朝李文虎摇头，并说了一句在同车的钟小华听来是毫无头绪的话："真是奇怪，余心华怎么跑到我家了。"李文虎知其意，道："可能是有人搞的恶作剧吧。"

钟小华道："事出有因，我们不是看到那个夜行人了吗？他胳臂下不是夹着个人吗？"

"这个……"李文虎没有说下去，因为他突然想到余心华一定怀疑自

己了,以后再要找到余心华恐怕比登天还难。

他瞧了一眼坐在身边的山猫,心里一动,对廖师傅说:"老廖,你拐过弯,到徐家巷口放我们下去,我要给这孩子安顿一下,这一晚上把他吓坏了。"车刚好到了巷口,廖师傅停车。李文虎领着山猫下车,对钟小华道:"小华,你们先回局里,我马上就到。"钟小华答应声"是"。车子驶离。

天刚蒙蒙亮。李文虎领着山猫敲开巷中一家理发店的门。中年理发匠边扣衣服边嘟囔着:"谁呀,理发还早……哦,是李队长啊,怎么您要理发?"

"不是,是给这个孩子理。"

"这是哪来的孩子,头发长的……是您乡下亲戚?"

"算是吧,麻烦您给理精神点。"

"好嘞,包在我身上。"理发师笑呵呵地麻利地工作,一边和李文虎闲唠嗑,李文虎有一句没一句地应付。李文虎昨晚给山猫洗了澡,换上他儿子的衣服。山猫个头和他儿子李峰相当,衣服挺合身。现在理了发,简直脱胎换骨。这要是往大街上一走,谁还能认出他就是那无家可归的捡拾垃圾的山猫?

李文虎领着山猫吃了早点,和山猫耳语了好一会儿,让山猫走上街道,离了老远还交代道:"李茂,吃饭的时候一定要回来啊!"叫李茂的山猫遥遥应了一句道:"知道了……"

巷口对面是一家音像专营店,优美的歌声从音箱里飘出,看来老板是个美声加民族唱法的粉丝,可是这样一来便失去了那些狂热的年轻人,上门的人寥若晨星,旁边的早点铺子里却是热闹非凡。

李茂无心欣赏,吃饱肚子的他,就径直往前走去。

突然,在嘈杂热闹的缝隙里传来一声"山猫"。声音似乎很熟悉,李茂回身四处查看声音来源。周围的行人,好像没有人对他感兴趣,也没有看到熟悉的人，断定声音来自早点铺。

李茂还没进铺子，里面走出一个留山羊胡子头扎白毛巾的老者。老者看着李茂笑呵呵地抓住手腕小声道："山猫，你成了变形人了，我差点没认出来。"李茂瞧着老者，忽然道："你是大……"

"嘘——别说话，咱们走。"山羊胡子老者是乔装的余心华。李茂跟着余心华入巷穿街，来到一座小四合院里。

院主人是一个中年妇女，名叫夏菊叶，她是在为儿子冤案申诉过程中结识余心华的，余心华费了许多周折帮她儿子洗清了冤屈。夏菊叶关上院门，走进客厅对余心华说："小余，这会子把装卸了，我保管没事。"余心华笑呵呵卸了装和山猫坐下。夏菊叶道："你们说事，我到院子里给你们看着。"夏菊叶拿把竹椅坐到院子里织毛衣。

李茂将后来的事告诉余心华后，问："你是不是怀疑李队？"

"有一点，但绝对不是他。"

"那我回去告诉他你在这里，是他让我来找你的。"

"不行！"

"为什么，你不是说不怀疑了吗？"

"这个你不懂，你回去绝对不能说见到了我，明白吗？"李茂点头，余心华道："李队让你来说什么事？"

"他说，廖师傅可疑，叫你防着点。"余心华听了暗自称是，但还是告诉李茂不要说出他在哪里，给了他一张纸条，说："山猫，你要看见那天那个大姐姐，将这个交给她。"

李茂临走说："我现在有姓名了，不要再叫我山猫了。"余心华笑笑道："哦，是李队给你起的吧？"李茂很骄傲地道："是的，我的大名叫李茂！"

余心华一笑送走李茂，回头对夏菊叶道："夏大姐，这里不能住了，我得离开。"夏菊叶也没问为什么。余心华换了一种装束，临走将一张纸

条留给夏菊叶道:"假如李队长来了,把这个交给他。"夏菊叶嘱咐他万事小心。

余心华走在路上,想着廖师傅的事。他认为廖师傅有时间打那个报警电话,可他想不清楚他为什么那么做,难道廖师傅真是局里的内鬼?如果是的话,林倩茹尸体被盗和老吴被杀还真能够和他搭上关系,因为他有作案的条件。

但他不明白廖师傅为什么那样做,他要是对方的卧底,家里也不会这样不堪,难道他隐瞒了自己的财产?这是个想破脑袋也不会出现答案的问题,他现在要办另一件他认为非常重要的事。他放下心中的疑团,抬头疾步快走。

突然,他看见一个非常熟悉的身影,连忙追了上去。

二十九、夜警

坐落在五号地区的360厂配属501所,主要任务是负责"零号工程"各个部件数据的最终测试、性能评估,通过测试、评估就可以送达阎良基地组装试飞了,这几天正在进行涂料配比、隐形性能检测和机载新型相控阵雷达性能的验证。早已盯上360厂的M国间谍机构,这时候也处于活跃的高峰期。

此时,360厂保安工作强度最高,有个风吹草动就要查个上七下八。

360厂周围一公里范围内列为禁区,用铁丝网界隔,分兵把守,大门口站着四名荷枪实弹的武警。

测试大楼灯火通明,楼前门口也是双岗。大楼另三面,每一面都站着全副武装的武警,此外,间隔五分钟就出现一组三人组成的游动哨。厂区围墙上架着高压电网,不同地点安装着摄像头,整个厂区每一个拐角每一寸土地都在电子眼严密监控之下。楼顶上架着对空警戒装置和对空防御武器。

主楼一区,全钢化玻璃幕墙罩住整个区域。一排排测试台上摆放着电子器件,工作人员全身穿着白色防护服,连眼睛都隐藏在避光镜后面,彼此之间谁也看不见面孔,大家有条不紊地使用仪器测试。

主楼二区,也是一个全钢化玻璃封闭区。参试人员也是全副武装,不同的是在他们面前摆放着各种各样的玻璃器皿,使用着滴管、电子显

微镜和电子发生器。

午夜时分,潜伏在360厂外围的观察哨再次发现疑似遥控直升飞机飞临厂区上空。主楼露天平台临时搭建的帐篷里,等候了半天的黄冉和同伴,在接到报告的同时也听到空中螺旋桨划破空气发出轻微的声响,心里不禁赞了一句:真是完美的制造,浆叶和马达发出的声音这么微小,怪不得这样胆大妄为。随即令外围潜伏哨朝厂区外围一百至二百米的范围实施重点搜查,务必抓到遥控这架飞机的人。

他自己迅速掀掉帐篷顶盖,露出一架怪模怪样的小型仪器。仪器顶端安装着一架小直径的发射接收共用天线,和天线同向安装着粗细各一根的管状物,似枪又没有可供击发的扳机。

黄冉指示操作员拦截飞机,操作员手指快速在基座的号码盘上输入一组数字,基座上部整体转动,管状物和天线随之上下左右运动。刹那间管状物对准仍在空中盘旋的直升机,粗管里射出瞬间即逝细如发丝的暗红色光束。

直升机像暴食的人突然被噎着,螺旋桨垂死地扑动几下,摔落到检测大楼前的草坪上,发出一声清脆的爆炸,伴随着燃起一团火光。

场内保安刚刚浇灭了火,黄冉从楼顶赶到现场,令人收拾好残骸装车运回。

经过技术人员初步检查分析,这是一架事先输入程序执行定向侦查任务的无人直升机。黄冉骂道:"好狡猾的家伙!"技术人员说,机体带着红外摄像仪、电磁感应器和空气采集器。杨处长道:"这架飞机的任务十分明确,就是来侦测和收集360厂正在进行测试的数据、性能和材料成分,亏得我们配了'死神',要不这个漏洞可就大了。"

黄冉问:"它里面的信息能够提取吗?"技术员摇摇头道:"这里不行,得运回局里。就是到了局里恐怕也得不到多少有价值的东西,因为自毁的程度很深。"杨处长让技术员继续检查,招呼黄冉几个进办公室。

杨处长待大家坐定道："看来对手是无所不用其极，为了得到想要的东西，不惜利用无人机这样容易暴露意图的东西背水一战。虽然他们这次没能得逞，保不准还有下次，或许还利用其他的方式窃取。三天后有关方面要来人考察此次检测结果，到时候，他们一定会利用这次机会。"

黄冉问："那市里会不会派人参加？"

"考察名单保密，现在还不得而知。但是，我们要做好充分准备，不能给对手丝毫机会。一旦泄密，我们将成为罪人！"大家都感到形势的严峻，责任的重大，没有人说话。杨处长道："黄冉，你查访余心华的事进行得怎么样了？"

"刚刚有点线索，却又中断了。"

"怎么回事？"黄冉将事情的前前后后说了，道："杨处，能不能对目标外围敲打敲打，好让他们警觉收敛？"

"不行！绝对不能惊动。从目前情况来看，他们在安城不止那两个点，要是那样一来，那些暗的就更不容易掌握了。哦，在你们回来前，朱桦报告公安局又有另外一个行动，目标不详，可能和余心华有关。你和朱桦联系，看后来怎样，要是真的和余心华有关一定要找到他，通过他挖出林倩茹背后的事。我总以为林倩茹的死不是那么单纯，说不定牵涉到什么重大的情况，而这情况一定和501所、360厂有关。"黄冉有点坐立不安。

杨处长布置好任务后，接到朱桦的电话。

朱桦在电话里详细报告了到廖师傅家抓捕的情况，说李文虎和廖师傅的解释还说得过去，现在李文虎和廖师傅暗里都成了嫌疑对象。据刘处长暗里说，那个报警短信是廖师傅老婆在李文虎和廖师傅走后半个小时发的，在现场发现的夜行人不知是怎么回事。那个叫山猫的孩子，让处里留意，有情况及时通报。

杨处长将朱桦的话一字不落地转达给黄冉,令黄冉通过山猫、李文虎和张影发掘余心华的线索,并给他增加了两个侦查员。

安乐陵园被破获和警方搜捕余心华的消息,似乎同步传到黄俊卿耳朵里,黄俊卿立刻感到事情出现了两种可能。安乐陵园和搜捕余心华的行动足以吸引警方注意力,特别是在搜查余心华时,在现场遇到先警察一步的夜行人让黄俊卿欣喜若狂。在他看来余心华和夜行人的出现,不仅吸引了警察的目光还聚焦了安全局的注意力,这是对360厂进行二次采集的好时机。

他马上发出指令突袭360厂,指令发过后,心里突然冒出不祥的感觉。

警察突袭陵园,吴仙殊集团损失巨大,搞不好吴仙殊要把怒气撒到中间人身上,那样一来他们的计划就被打乱了。他断定,三天后到360厂和501所考察的组成人员里,肯定有中间人,因为他是主管的副市长。另外,在抓捕余心华的现场出现的夜行人,他确定是吴仙殊的人。

他既震惊于吴仙殊集团情报来源的迅捷和无孔不入,又感受到吴仙殊行事泼辣和狠毒,连番失败,她肯定有更大的报复行动。想到此,连黄俊卿这样的老牌间谍也不由得惊出一身冷汗。他连忙进入新的秘密通讯点拨通了吴仙殊的电话。

吴仙殊这两天心情十分不好,对方拿他的财产在恐吓她,让她不准动那个人,连自己的后台也发来指令不准碰那个人,只能配合对方全力追杀余心华,这是她不愿意的,但又是不能违抗的。因为心情烦躁,一入夜,她再也没有心情应酬来酒店的贵客,待在办公室的沙发里长吁短叹,像个怨妇。

她喝了小半瓶人头马,酒精催动她的思维在脑海里以电子的速度飞驰突奔,那思维里充满阴鸷狠毒还有软弱的无奈,肉体却被酒精征服得俯首帖耳,老实地待在沙发里塑造出一个死亡的剪影。

突然,青花推门而入,看到吴仙殊这副模样,吓得魂飞魄散哆嗦着说不出话。吴仙殊听到响动,睁开眯着的眼睛,见到青花的样子,呵斥道:"怎么了?"青花语不成调地说:"老老板,我不是有、有意的,是是事情突、突然才才……"

"说!瞧你个尿样,一句话都说不全。"

"是、是,老板,刚刚接到一号报告,陵园被、被查封了。"

"什么?什么人这么大胆?"吴仙殊从沙发里站起来道。

"当然,当然是警察干的。"

"那条狗呢,那条狗也没有嗅到气味告警?"

"没有。"

"这条狗养着他有什么用?不如卖给公安局好了。你把那个号码作废,改变联络方式,找个机会将他的事捅给公安。"没等青花答应,另一个保镖闯进道:"老板,猎狗发来重大线索。"

"说!"

"猎狗说,那个警察余心华负伤了,正在仙桥胡同十七号,还在吊水。"

"机不可失,让一号直接去仙桥胡同十七号宰杀那条鱼,青花你去配合一号行动。"

"是!老板,那猎狗要不要……"

"猪脑子啊,他这不是立功了?"俩人唯唯诺诺地离开,办他们各自的事。

吴仙殊咬牙切齿地坐回沙发,她是舍不得她那座地下假钞厂。那是花了重金的,刚刚生产不到半个月,咳——吴仙殊叹息了一声。端起玻璃杯喝了一大口人头马,闭上眼睛等待着一号的好消息。

半个小时后,传来行动失败的消息,吴仙殊仿佛猛然间老了十几岁,瘫软在沙发里连坐起来的力气都没有了。

片刻后,口袋里的备用手机疯狂地振动,她漫不经心地掏出,贴上耳朵声音漫散地"喂"了一声。吴仙殊听了一会儿,突然亮出声音道:

"你们站着说话不腰疼,那可是赔了我三分之一的资金啊……什么?你们包赔……嗯,这还可以商量……放心,我会履行前约的,但是,过了那个时间归我处理……那好,那条鱼也是我们的大患,你们干你们的事,这件事包在我身上……哦,停止行动……引诱他,你说,我们按你的方案办……好,就这样,拜——"吴仙殊收起手机,脸上重新露出阳光般灿烂的笑容。

三十、熹微

老邢送来蒋天明的血液比对结果,证实蒋天明就是杀害穆华春的凶手。这只能部分支持蒋天明突然失踪的原因,那便是斩断公安局调查他和穆华春、林倩茹之间的幕后交易链条,保护他要保护的人。"他丢掉了大好的前途,又丢掉了硫酸厂的股份,值得吗?"钟局长自言自语地道。桑副局长道:"别忘了,他可能和吴仙殊是一伙的。"

"要是这么联系倒也说得通。这一切都是吴仙殊在操盘,蒋天明只不过是她手下的马仔。那么,吴仙殊的目的是什么?暴露还是保护?"刘处长不能确定。

钟局长道:"如果你们说的能够成立,可能是蒋天明暗中下手毒害了林倩茹。从林倩茹死前的日记里可以看出,那个致使林倩茹未婚先孕的人也一定是蒋天明,蒋天明的工作性质决定了他和林倩茹容易走近,而产生更为亲密的关系。蒋天明有了家庭也有了不错的地位,为了保护这一切,不得不匆忙让林倩茹嫁给他的合伙人穆华春。"

"有理!"桑副局长道,又说,"林倩茹不堪忍受穆华春的侮辱,多次暗中求助于蒋天明,因此蒋天明已经生出了歹心,但是他还在犹豫,所以迟迟没有动手。最后,可能是林倩茹跟他摊牌了,他没有办法,只好铤而走险毒杀林倩茹,这从林倩茹死于他住宅外面的后园街北巷里,面对着后园小区做痛苦状可以看出来。从林倩茹尸检报告中也可以看出,

林倩茹中的是一种能够延缓半个小时发作的药物 PMJ。"

"你是说，林倩茹本来离开了后园小区，经北巷出南华大道回家，但走到街口发现自己中毒，想赶着回去找蒋天明算账，但是还没有走到小区，因毒性发作倒毙途中？"刘处长补充推理道。

桑副局长道："对极了！可能她临死前还说了什么，可能她一直被穆华春跟踪。穆华春发现林倩茹中毒而亡，因此打了那个电话报警。"

"那后来有人出现在北巷欲要抢夺林倩茹尸体又怎么解释？你们第二天上穆华春家，开门前穆华春将你们当成林倩茹回来而辱骂又是怎么回事？"刘处长问。

桑副局长道："这好解释。穆华春打过那个电话后不可能傻傻地等着，必然是急忙走了。而蒋天明不放心，带着手下出来查看，这时张影和余心华恰好赶到，从车子的灯光里，蒋天明认出了躺在地上的人就是林倩茹，于是上来抢夺，只是慑于余心华的手枪才退走。本来蒋天明还可能有机会重演一年前的把戏，等余心华和张影巡查别处，打个时间差暗中将林倩茹的尸体偷走。可是，这回余心华没有离开，一直守着尸体，所以才没有发生一年前的错误。"

"那你是说，余心华根本就不是他们一伙的？一年前的案子也是蒋天明所为？"钟局长脸上露出些微高兴地道。桑副局长道："我一直没有怀疑过小余。"却没有回答后一个问题。

"那他房间里搜出的赃款怎么解释？"

"那肯定是他们栽赃的，目的是把我们的侦查方向引向小余，让他们有时间浑水摸鱼。他小余才来安城多长时间，又没有经办过什么大案要案，怎么可能和那些人搭上关系？"

"说得是，我想他小余也不至于。那后来的事情……"

"后来都是小余强出头，要调查林倩茹的背景，顺藤摸瓜触动了他们，所以才设计了这几场似是而非来嫁祸他又迷惑我们。"

"那,后来发生的这几桩事也是在迷惑我们?"

"不是,肯定是小余又发现了他们致命的证据,所以他们才决定杀人灭口。"

钟局长和刘处长沉吟不语。钟局长放下记录的笔笑着说:"这么说,潜入局里杀死老吴盗走林倩茹尸体的定是蒋天明了?因为他多次来过局里,熟悉情况,和老吴也是熟人。"桑副局长马上道:"不是,他不会那么傻,冒着被抓的危险来干这种事,他必定指派很容易办此事的代理人来办。"

刘处长问:"你的意思是我们局里有他的代理人?"

桑副局长迟疑了一下,降低了声音道:"我想应该是的。那晚,有李队他们四个人在二楼讨论纵火案,廖师傅是和小余、小张一道的。还有,这次我们要抓捕的余心华竟然出现在廖师傅家里,而廖师傅和李文虎都否认见到过余心华,只见到那个被抓又奇迹般出现的山猫,你们不觉得其中蹊跷?而在我们到达之前出现了夜行人,你们说这是为什么?"

钟局长道:"你说为什么?"

"钟局、刘处,那个报警电话是从哪里打的?"刘处长看了钟局一眼,钟局说:"不是电话,是短信。我们查了,是廖师傅老婆发的。"

"哦,那就好解释了。女人怕事,所以思之再三还是选择了报警,而夜行人出现是有人将余心华的藏身之所泄露了。这个人应该在李文虎和廖师傅之间,李文虎后来承认余心华是他找到的,看到负了伤就近安排到廖师傅家,等情况稍好带回局里,廖师傅也证明了李文虎说话内容的真实性。既然是李文虎发现了余心华,他要加害余心华早就动手了,何必要将他送到廖师傅家?那么,在那么短的时间里,泄露余心华藏身之所的应该是……"

"老廖!"钟局长代替桑副局长说道,又继续道,"经你这么分析,那晚盗走林倩茹尸体和杀害老吴的人也是廖师傅,因他具备老吴不怀疑

又熟悉局里情况的条件。"

"是这么回事。"仨人相视发出会心的微笑。刘处长道："那接下来，我们应该怎么办？"桑副局长笑笑没有开口，望着钟局长。钟局长道："根据他们的汇报，昨晚，余心华逃脱了夜行人的追捕，因为夜行人腋下夹的那个人也是穿着夜行服，肯定不是余心华。那么，余心华现在在哪里呢？要找到他，只有两个人可用。"

"哪两个？"刘处长问。

"山猫和张影。"

"对！还有一个鲁地蒙可用。"桑副局长道。

"鲁地蒙不是失踪了吗？"刘处长问。

"如果我没有猜错的话，鲁地蒙应该是蒋天明的另一个化身。哦，让老邢将蒋天明的血液和二十四号别墅床上的毛发进行比对，就会露出真相。"

刘处长兴奋地道："这事我一会儿亲自交代给老邢。老桑，你和张影秘密调查林倩茹的背景进展如何？"

"还是张影那些内容，多了对外国公司的走访。我们发现，最早确实有一个M国的詹摩斯·J的夫妻，在那里申请了一家生产化妆品的公司，可是没等到批文下来就离开了卢城。"

"这么说，还是查无实据？你认为那个档案的丢失是不是人为的？余心华为什么被指认杀人了呢？"

"我也奇怪，就这些怎么可能构成对方构陷的理由？假如是这样的话。我们去了不是什么事也没有吗？"

"那只有一种解释，余心华发现了连张影也不知道的秘密，而这个秘密正是对方要竭力隐瞒的……对，一定是这样。你们不要忽视了一个细节，就是后来林倩茹的尸体为什么又突然出现，出现了又丢失了双眼和腹中胎儿，这些说明林倩茹不仅仅是陷入婚姻纠缠那么简单，余心华一定在这方面发现了什么，所以……看来余心华成了敌我双方的焦点，我们必须抢在对手之前找到他。现在我们就来讨论如何利用这两个人找到余心华。"俩人同意。

他们讨论的结果是撇开李文虎,因为现在余心华不敢相信李文虎,所以应跟踪张影、山猫寻找余心华。对司机廖峰暂时不采取行动,另设一个局无意中透露给他一点敏感的消息,他要是对方的卧底必然会报告这个消息,就可以证实他真正的身份,也能够张网以待,一箭双雕。

待桑副局长离开,刘处长和钟局长交谈一会儿,做出一个新决定。刘处长拿起电话,令李文虎调查林倩茹大学生活的情况,最后叫来朱桦,将今天的安排向他做了通报。朱桦听完,什么也没说,匆匆走了。

李文虎接到刘处长电话时,正在夏菊叶家里看余心华委托夏菊叶转交的纸条,余心华让他注意廖师傅的动向,说廖师傅可能是内鬼。还说,有事让张影到城北轮窑厂一号窑找他。李文虎接了电话,辞谢了夏菊叶领着李茂出了门。

刚出门,遇上一个留长发的时髦青年,向他兜售甲A门票。李文虎这才想起,明天是他非常喜欢的两支球队来安城打第二轮比赛。李文虎可是个铁杆球迷,但刚才的命令让他不能忽视。

李文虎一犹豫,那个青年看出了端倪,忙将票塞到他面前,嘴里一套一套的说辞诱惑他买票。李文虎推拒了一下,那个年轻人还是不依不饶,将票重新亮到他面前。李文虎只好大发虎威,才让那个年轻人停止了纠缠。

李文虎拉着李茂大步走开,年轻人在身后不屑地道:"乡巴佬,目光短浅,不识货!"李文虎听罢,心里一愣,忙立住脚,双手朝身上口袋里摸索,左手停在外衣下摆口袋外面,显然,口袋里多了不明物体。他猛地回头,那个年轻人已经不见了踪影。他立刻沿着巷子追去,到了下一个街面也没有再见到那个年轻人。

他回身掏出口袋里的纸团,边走边看。

三十一、诱捕

李文虎不得不接受调查林倩茹大学生活情况的任务,临走之前,向张影和李茂做了详细安排。

张影和李茂按照局里的秘密指示寻找余心华,他们要去的地方,正是口袋里那张纸条上给出的地址:城北轮窑厂。

为了不引起别人注意,在离轮窑厂两里多路程的地方俩人下车。张影将车子停在郊区一户农宅院内,步行走向轮窑厂。俩人刚走了里把路,眼前出现一片开阔的瓜地,左边路旁一座瓜棚。

突然,棚里传出一个声音,道:"张影,我是余心华,站在原地,不要东张西望,和山猫原地坐下休息,听我说话。"张影听了猛地一惊,但是立刻照着余心华的话坐下。李茂转脸看向棚子,叫张影拉住坐下,忍不住嘟囔了一句道:"我跟你说了,我叫李茂!再叫山猫就不理你了!"余心华没有心情理睬李茂,道:"张影,你们被跟踪了。"张影道:"我知道,这是局里安排的,后面是桑局和钟小华他们。"

"他们要干什么?"

"目的有两个,一是要找到你,保护你,二是要引出隐藏的对方。"

"保护我?你太天真了,听风就是雨,这话你也相信?"

"你有什么打算?"

"李队呢?李队怎么没来?"

"李队去外调林倩茹大学生活情况。"

"这是桑局的安排?"

"不是,是刘处长的安排。"

"他们知道你们要来的地点吗?"

"不知道,我没有提前告诉他们。你这个地点还是李队临走前告诉我一个人的,连山……李茂也不知道。"

"哦……"棚里失去声音,好像在思考,片刻之后,余心华道,"张影,你们不能在这里久待,会引起注意的,那个廖师傅怎样了?"

"重点怀疑对象。"

"哦……"

"你不在那里,我们去干什么?"

"这个,你就不要多问,你照着做就是了。你们要注意安全,如果我没有猜错的话,你们可能有危险。"

"放心,我应付得了。"张影和李茂站起来,一边拍打着屁股上的泥土一边说,"李队说,这次是验证廖峰是不是局里内鬼最好的机会,所以,我将我们来轮窑厂的事,不经意地透露给了廖峰。"

"哦,是这样,局里的其他人知道吗?"

"我刚才不是说了吗?他们一个都不知道,我是按着李队的意思办的,正好局里也有这个意图。"

"要是证明了廖峰就是内鬼呢?"

"那,杀死老吴,盗走林倩茹尸体的人就是他,杀害罗志军的也可能是他。还有,邢老的检测证明了蒋天明就是杀害穆华春的凶手。"

"知道了,你们去吧。目标一号废窑洞,一定要小心,保护好山猫……李茂!李茂一定要听大姐姐的话。"

"放心,大猫。哦,我也要叫你的大名——余心华,余大警察!嘿嘿……"

"哦,你们尽量走慢点,走走停停,看看风景什么的,消耗时间。"

"明白,你放心。小余,听说桑局长正在为你洗冤,你要配合好。我……"余心华没有再说话,瞧着两人慢慢远去。

耳边突然传来突突的声音,转眼一瞧,开来一辆农用小四轮拖拉机。车厢里坐着三个去轮窑厂拉砖的农民,三个人盯着前面张影两人。余心华细瞧,原来是化了装的钟小华和他的那组人,却没有见到桑副局长,余心华大感不解。

张影和李茂坐到前面一个小土包上,张影和李茂指指点点周围,好像在休息又像在欣赏风景。刚刚驶过棚前的小四轮突然停下,司机拿着扳手下来敲敲打打,好像小四轮坏了。张影和李茂走走停停,小四轮也多次停下修理。

小四轮不能老是这样,修完最后一次,突突地超过张影两人,一直开进轮窑厂砖堆前停住,四人进了窑厂厂房,张影两人还在路上慢腾腾地走着。余心华盯着来路,仍然没有看到行人和车辆。余心华迅速穿过公路,蹿进对面小山冈上的树林里,准备沿着树林潜行到轮窑厂后面,猎狩对方。

他刚进入树林中心地带,就听得前方连续响起两个飞奔的声音,立即俯身细察。那两个身影快速蹿向轮窑厂方向,脚踏落叶的声音已经似乎不闻了。

余心华立刻起身追赶,刚刚奔行了十来米,猛然听到一声低喝道:"站住,举起手来!"余心华闻声立止,双手举过头顶。他知道这个声音来自他身后右侧面,从声音里感受到对手的沉稳和老练,在这样的对手面前他没有任何反抗余地,要么生要么死,全取决于对手的意思。此时的余心华是块砧板上的肉,内心灰暗,任凭宰割。

但是,他没有等来死亡,仿佛感到时间在空气里燃烧。他微微牵动了一下身体,身侧立刻传来:"站住,不想死就别动!"余心华闻声立止。他感受到声音里充满着威慑，但似乎掺杂着其他内容，不像一个人的原声。他心里明白了，来者不愿暴露自己，又迟迟没有动手，这就说明对方的目的不是追杀自己，而是想打自己的主意，余心华心里豁然开朗。

果然，那个声音终于不再沉默，操着改变了音质和腔调道："我们知道你叫余心华，也知道你现在的处境。你等于是死了的人，你承认吗？"余心华本想反驳，但想到眼前说不清道不明的处境和前途未卜，心里着实好一阵子难受，所以没有开口回答。

那个声音继续道："可惜了，才刚刚开始就要结束了！"余心华忍不住气愤地反驳："不，我能够为自己说清楚，我能够……局里正在为我洗……"突然，身后那个声音发出一阵嘎嘎的怪笑道："你能，你能到把自己变成了丧家犬……局里？局里的目的你应该比我还明白，哈哈哈——"

余心华默然，那个声音道："你真能说得清楚？你的上级、同事能相信你？真能像那些文人写的小说，编的电影、电视剧？最后沉冤得雪，有一个美好的大团圆？醒醒吧，我的老弟，古往今来有多少英雄屈死，用不着我举例子吧？又有多少君子含恨？"说罢这几句话，那个声音不再说话，似乎是要留出时间让余心华思考。

余心华在心里不得不承认这人说得有理，但是，他宁可屈死也不能做对不起自己良心的事。他现在坚信自己明了对方的意图了，但是，自己如果不愿意和他们合作，杀身之祸还是免不了的。想到这里，他决定和对方周旋，看看他到底要干什么，于是说："那么，你要怎样？"

"哎，这就对了。没有永远的敌人。你现在心里一定在想着如何应付面前的危难，等有了转机抓到我将功折罪对不对？"余心华没有说话，暗自佩服对手心理分析厉害。那个声音继续道："即使你摆脱了当前的危难，你也履行不了你的报效之志。不仅如此，你还会听到你接二连三的

杀人灭口的惊天消息。比如，你杀死了张影，还有那个孩子，还有，你谋杀了李文虎等人。"

"我为什么要杀他们？"

"这么点道理都想不明白，还是警校的高才生呢？不是你愿不愿意，而是由我们决定你愿不愿意的事。你放心，我们会做得非常专业，都有充足的理由和证据，没有人会怀疑不是你的杰作……"

"你们不能……你们是一群丧心病狂的疯子！你们……"

"好了，你把天骂下来也不顶事，我们还是要那么做的，试问，你还能回头吗？你家里还有一个以你为骄傲，正在上高中而且成绩特棒的妹妹吧，哦，马上快要考大学了。还有你那盼星星望月亮的把你养大的父母呢？即使你不顾他们，你还有机会证明自己吗？你怎么报效你的最爱？你在大家心里成了什么人？"

"你们、你们……"

"怎么，骂累了？还是胆怯了？"余心华无语。那个声音道："如果，你能和我们合作，想听我的描述吗？"余心华无声。

"不说话，就是默认了。好，我给你说说一二。首先，你那两桩杀人案子将在短时间里告破，洗清你身上的嫌疑……"

"你们怎么能洗清我的嫌疑？"

"好，很好，你终于肯合作了。这个不用你担心，到时候自然明白。其次，你出来后，我们可以助你立功。"

"我怎么立功？"

"这个也不是你现在操心的，我们自然有所安排。第三，你可以升迁，如果你要干其他的事也可以。比如说，你要深造，出国，或者居留国外享受富翁般的生活，还有你能得到所倾心的美人张影。我们知道你心里有她，她心里也有你。你外表冷，是因为你还没有足够打动她的砝码，你要用你的能力、智慧干出大事，令人瞩目，你才有资格向她发动进攻，从而征服她，俘获她的芳心。不要问我是怎么知道的，但前提是，你必须在我们的帮助下，才能取得这样的成果。当然，我们也不是无条件地帮助你……"

"那么，你们是不是要我做间谍？"

"还是高才生聪明。这是一项高尚的事业，是高智商人类的追求，平庸的人我们是不屑一顾的。"

"无耻！"

"话不要说得这么难听嘛，你想想，你一个人救了那么多条性命，简直功德无量嘛！我们也不让你干那些杀人放火的血腥勾当，只不过留心一下我们想知道的情况，顺手接受或者传递一下一些文明的东西。你能说他们无耻？"

余心华不得不再次佩服此人嘴皮子厉害，可是心里想，绝对不干这种出卖国家、民族的勾当。余心华想，他既然说出口也一定能够做到的，他们可不是善男信女。可是一旦答应了他们，自己真的就成了叛国者。余心华想到另外一个问题，于是脱口道："你们不是一直在追杀我吗？怎么现在……"

"是有这么回事，那是以前的事。从现在起，我们是不会再干那样的傻事了，怎么可能将你这样一个干才弃之阴暗之处？"余心华听了，思之再三决定先答应他们，看他们怎样做，做不做在于自己的良知和取舍，但是出卖国家、民族的事他决计不干，纵然一死也不会的。答应了至少可以减少一个方面的危险和阻力，还能够保全那些无辜的生命，于是说："你要我怎么干？"

"好，好！现在还不用你干什么，等洗清了，你继续回你的警队干你的警察，以后再说。"

"那我是不是可以走了？"

"当然，哦，在走之前，你还得填一张表格，签署一个声明。"

"那么,拿来吧!"余心华等了一会儿,那个声音消失了。他转身看去,哪里还有人影?地上却放着几张纸、一支圆珠笔和一部新款诺基亚手机。

他弯腰拾起,将手机揣进口袋,看着上面那张纸。上面是手写的字迹:余先生,请填写好表格签署好声明,将它们放到城南长途汽车站第三个垃圾桶里,不要回头看。手机配给你,你不要打,有事我们联系你。我们取消了铃声,请保持二十四小时开机。记住:你的代号是地平线。遇到紧急情况可以到市证券公司一楼大厅,手里拿着当天的《人民日报》,自然有人和你联系,谢谢合作。

余心华用圆珠笔匆匆填好表格,签署好声明。刚刚写完,那张说明上的字迹慢慢隐没了,只剩下一张白纸,而白纸却在慢慢干枯碎裂。

余心华往前刚走了几步,突然听到轮窑厂方向传来几声枪响,心里猛然一揪,忙飞一般朝前奔去。将要接近窑厂,看到钟小华几个人抬着张影从一号窑洞里走出来,李茂跟在身边哭喊着。

余心华心里着急,恨不得冲出去。身侧的公路上传来警笛急促的鸣叫,余心华断定是桑副局长接到报警才开车过来的,或者桑副局长本来就带着人和车子在某处等待着,要不然不会这么快捷。

余心华从树林里钻出,搭上一辆的士赶往城南。

三十二、证人

廖峰赶到局里,见没有出车任务,心情悠闲地捧着茶杯,到他常去的几个科室转悠。在刑警队办公室没有看到李文虎,钟小华和几个人在议论余心华逃跑的事,便像往常一样凑上前听新鲜。

廖峰问:"小钟,李队今天怎么还没来?"

钟小华道:"李队啊,他这回旅游去了,还是我们这些人的命苦哇,整天守着个这些破案子不得分身。"

小黄笑着说:"廖师傅,您别听他的,李文虎哪里去旅游啊,是去调查林倩茹……"

钟小华立刻打断小黄的话道:"小黄,你进刑警队好几天了吧,怎么还犯这样低级的毛病?李队的去向能乱说吗?"又转向廖峰道:"廖师傅,不是我们不告诉您,您知道,这是纪律……"

廖峰很理解地点头道:"知道知道,那你们忙着吧。我到别处消磨时间,呵呵。"说着走出刑警队。

廖峰出门并没有去其他科室,直接下楼,坐到自己开的警车里。关好车门,看了一眼周围,没有发现有行人,他掏出手机拨号,待接通,急切地道:"表兄,告诉地主,老虎又去调查林倩茹了。"说完迅速关上手机,开车门出来,恰好遇到走出楼门的张影,张影身边还带着那个叫山猫的孩子。

廖峰笑吟吟地问:"小张这是要到哪里去啊,哦,山猫也在啊?"

"我不叫山猫,我叫李茂!"山猫理直气壮地纠正道。张影微笑道:"我们到城北轮窑厂去。廖师傅,小孩子的话,不要生气。"

"我跟他生什么气啊,他跟我的孩子差不多大。到那里干什么?局里也不盖房子。"张影一笑道:"廖师傅,不是我不说,而是……"

"哦,我知道,不该我知道的我不打听,你们要用我的车吗?"

"不用,谢谢!"李茂不屑地道,"用你的车子还不把大猫吓跑了啊?"

"就你话多!"李茂吓得一伸舌头闭口不言,张影对廖峰道:"对不住了,廖师傅,我们走了。"

"好走!"张影和李茂走出大门,廖峰站在原地思考。忽然,他拍了一下脑袋,自言自语地道:"大猫,在我家说过,他他是余……"廖峰连忙钻进车子里,关车门,打电话。

"表兄……余心华在城北轮窑厂……绝对准确。女警张影和那个叫山猫的小子一道过去了……刚刚出去不到五分钟……嗯,我听着呢……什么什么,我老婆孩子在你们那儿?我,你们还不相信吗……哦,你说,什么事,千万不要为难他们……哦……什么,你们让我……那我不就……哦……你保证……地主真的这样说的……那好,你说具体点……嗯……嗯……嗯……嗯……好,立刻办。"

电话持续了十几分钟才结束,廖峰收了手机,脸色煞白,呼吸似乎都不是他自己的了。廖峰将手机狠狠摔到身下的铁板上,手机应声四分五裂,他又用脚死命地踩着机芯,直到机芯面目全非,才拿起放在前玻璃后的茶杯,将大半杯茶水倒在机芯上。

他刚离开车子,还来不及关车门,就被几个人扭住胳臂。廖峰挣扎喊叫,门口出现了桑副局长。桑副局长一脸严厉地道:"叫喊什么,送局长室。"廖峰虽然得到指示,却不知道这事来得这么快,好像早就安排好的。眼前的情况,他再明白不过了,叫喊显然无济于事,他们一定是掌握了自己的一切才这样。

押送完廖峰，桑副局长领着钟小华几个人离开局里。

刘处长令人将廖峰关进拘留室，和钟局长看着廖峰自毁的手机残件，愁眉不展。听完佘丽的情况汇报后，刘处长问钟局长有什么看法。钟局长道："我看立即审问廖峰，免得夜长梦多。"刘处长赞同，让佘丽准备做记录。

审讯室里，面对着刘处长和钟局长，廖峰直喊冤枉。钟局长道："如果你是冤枉的，为什么要自毁手机？"

"我那是嫌它不好，准备换一个。"

"这话你自己相信吗？"

"我……"

刘处长道："廖峰，你是公安局的老人了，对我们的政策不用我们说了吧！"廖峰无言，一副死猪不怕开水烫的架势。

钟局长道："廖峰，死扛着是没有出路的，也没有任何意义。对你，我们注意了很久了，说不说都是一样。说，是给你一个机会，减轻罪责。你不为自己着想，也要替老婆孩子着想。"这一招果然奏效，廖峰迟疑了一会儿终于说："他们可是没有参与，完全不知情的……"

"可是，你这样的态度，让我们怎么能相信他们？余心华出现在你们家，你老婆给我们透了消息，同时也给你的主子报告了。这叫以虚掩实，让我们不怀疑她，很高明……"

"余心华在我家里的事是我透露出去的。"

"在哪里？"

"陵园停车场，他们都下车后，我在车子里打的电话。"

"对方是谁？"

"我不知道。"

"这怎么可能？"

203

"真的,他们是通过手机和我联系的。"

"那他们的号码你是知道的?"

"知道,但是一个号码只用一次,最多用两次,下一次用什么号码要等通知。"

"你怎么和他们搞在一起的?"

"前年,我去夜总会干那事……被他们抓住,还录了像,他们逼我的,还拿我家庭来威胁我。真的,我没有杀人。"

"哪家夜总会,那些人你还认识吗?"刘处长插话道。

廖峰道:"柳暗花红。"

"柳暗花红一年前不就被查封了吗?"钟局长道。

"是的,可他们还是在暗处指挥我。真的,我没有干过杀人的事,你们要相信我。"

"那你都干了什么事?"

"去年,局里搞全市大清查是我通知他们的。"

"怪不得我们什么也搜查不到,还有呢?"

廖峰沉默不语。刘处长道:"廖峰,要得到宽大,你的态度很重要。"

廖峰抬眼看着俩人道:"刘处,钟局,他们拿我家人在威胁我,我要是说了,你们能不能保证我家人的安全?"

"这个你就放心吧。"刘处长抬手示意站在廖峰身旁看押的警察离开,等俩人关上门,刘处道,"现在,就我们四个人,你应该相信我们了。"

廖峰看了一眼现场,似乎是下定了决心道:"还有就是带着一个蒙面人盗走了林倩茹的尸体,哦,我只管喊开门,老吴是那个藏在我身后的蒙面人杀的,我没有进屋。"

"那林倩茹倒毙在后园街,引来那两个黑衣人抢尸体也是你通报的?"

"是的。"

"我们查过当时的记录,从你出车到后园街之间并没有时间打电话啊?"

"桑局长打电话,让我出车到后园街,我就发觉不对劲,把怀疑告诉了他们。"

"桑局长告诉你那里有人死了?"

"没有,我也不知道出了什么事,反正半夜出车,肯定事情不小。"

"余心华和张影去卢城的事也是你透露的?"

"是的,我听到消息,在车库里打的电话。"

"杀害罗志军是怎么回事?"

"罗志军不是我杀害的。我接到通知,于那晚两点整,在院墙外朝关余心华的三楼北窗户打手电。我想他们要我打手电的目的,可能是分散罗志军的注意力,其他的事,我不清楚。"

"你还干过哪些事?"

"还有,余心华宿舍的方位是我说的,具体怎么安排的我也不知道。"

"这么说,那些钱是他们安排的了?"

"我敢肯定,是他们干的。"

"还有吗?"

"真的就这么多,哦,他们还让我继续探听局里的动静,一有情况马上报告。"

"除了拿住你的把柄,他们就没有给过你好处?"

"有,每次按照消息的价值给奖励,少的一千,多的一万。还有,他们答应等我儿子长大了送他去国外留学。"

"有没有其他的了?"

"真的就这么多!"

钟局长盯着廖峰,廖峰垂头。钟局长突然道:"昨晚,你出去买卤菜是不是报信?"

"没有,如果那时候通报消息,李队他们都在我家,搞不好我会立马暴露,所以采取离开后报信,反正小余负伤一时走不了。"

钟局长看着刘处长,刘处长朝他点头。钟局长道:"你回去将你和他们关系的前前后后以及每次具体联络经过、内容,仔仔细细写清楚,争取宽大处理。"

"哎、哎,我马上写,我一定写详细。"廖峰被押走。钟局长让佘丽出去,长长出了口气道:"刘处,案子到现在终于有了眉目。看来,并不像我们想的那么复杂,老桑的嫌疑可以基本排除了,这个证人非常重要!"刘处长微笑道:"这恐怕只是冰山一角,余心华的事基本搞清楚了。"

"那老桑的……"

"老桑的事还不能过早下结论,我总觉得廖峰太痛快了……"

"你是说廖峰受人指使故意这样说的?那他们这是要洗清余心华,那为什么又要置余心华于死地?廖峰这样招供能为自己带来什么好处?"

"这也是我百思不得其解的地方,可能廖峰的家人真的受到了威胁。好了,我们不想他,回办公室再议。"

俩人刚刚坐下,还没来得及讨论,接到桑副局长的电话,说张影负伤了。钟局长赶忙给市医院打电话,让做好抢救准备,随后直奔医院。

张影只是伤在胳膊上,让匕首划破了一道细微的印痕,没有出血,可是,人却陷入昏迷。

医生怀疑是中了剧毒,立即抢救。

钟局长、桑副局长和其他的人都守候在抢救室外面走廊里,桑副局长让钟小华报告此行经过。

钟小华说他们看着张影进了一号窑洞,他们几个人隐蔽在窑洞出口周围,时间不长,听到里面传来打斗声,同时听到山猫的叫喊声,他们几个人立刻冲进窑洞。钟小华看到一个蒙面人朝张影刺来,当即开枪。由于张影的身体挡在前面,这一枪没有打着蒙面人,却阻住蒙面人的进攻。蒙面人看到苗头不对,在同伴的掩护下从后窑洞蹿出,跑进窑背后的山林里,由于此地生疏,张影伤情不明,没有追击蒙面人。

钟局长听了没有说话,将桑副局长叫到一边,叙说审问廖峰的情况。桑副局长道:"这么说我们是误会余心华了,那我们应该撤销对他的缉捕令。"

"这个,我和刘处已经做了安排,就等着小余归来了。"

"小余要是不相信怎么办?"

"这还真是个问题呢。"

此时,抢救室门开了。龚副院长摘下口罩,面带微笑。钟小华道:"院长,张影没有事了?"副院长道:"暂时脱离了危险,但是,我们不能确定她中的是什么毒,还要化验确认。"

"那你们快点啊!"

"小华,你急什么,龚院长这不是在办吗?"桑副局长和龚副院长说了些感谢的话,交代留下两个人守护张影,以防万一。

大家回到局里天已经大亮了。

刚进楼道,听到廖峰逃跑的消息,钟、桑俩人犹如听到晴天霹雳,站在楼道里迈不动脚步。

刘处长命令在家的人除了值班的,其余的人组成四个组,分东南西北四个方向向外发散搜寻,令各派出所全员复岗协作搜查,钟、桑二人各领一组出门。

搜寻了好几个小时,仍见不到廖峰的人影。

钟局长这一组已经到了郊区了,还是一无所获。正准备往回撤时,桑副局长来了电话,说在廖峰家附近的仙桥胡同里发现了廖峰。

钟局长忙问廖峰怎么样了。桑副局长说廖峰手里拿着根断了的电线,估计是廖峰翻墙时,匆忙中抓断老化了的照明电线触电身亡。还特别说明,那照明线已经老化的程度极其严重,外面的绝缘层像干豆腐渣,手一碰,绝缘层纷纷掉落。

三十三、保密

张影醒来时,整个城市已经进入黑夜,病房里的灯光给她一块光明空间。

张影发现室内静悄悄的,门阖上,李茂趴伏在她胳膊旁的床边。张影活动了一下脖颈和手脚,觉得右臂仍有肿胀感。

那匕首只是划过右臂,幸亏衣袖起了阻挡缓冲作用,刀刃只是擦着皮肤,留下一道浅浅的印痕,要是见了血此刻焉有人在?可见对手是何等歹毒,必置她于死地。张影明白对手是要置余心华于死地,自己是替余心华挡灾。

忽然,耳朵捕捉到扭动门锁的声响,张影马上闭眼。

进门的是钟小华。钟小华发现窗户洞开,上前关好窗户,回身走到张影床头,弯下腰一眨不眨地瞧着张影娇媚的面容。钟小华的腰慢慢弯曲,他的脸庞似乎要贴到张影腮边,呼吸粗重急促……"干吗?你耍流……"钟小华惊觉,忙冲着发声的李茂做了个噤声的手势,惶急跨出几个大步,开门走出。

李茂被钟小华的动作闹蒙了,不知钟小华何意。张影睁开眼睛,没等李茂发出惊讶的声音,抬起左手捂住李茂的嘴。李茂向她摇摇手,张影松开手,向门口指指。李茂会意,轻轻走到门边锁上门。张影下床,活动胳膊腿,走到窗前,悄然打开窗户。

夜城市的温柔浪漫波浪般涌入窗内，张影就着微微凉风轻轻吸了口清爽。

突然，耳朵里听得一阵树叶哗啦啦的声响。张影退步侧身窗户旁，手指门旁的开关。李茂会意，蹲过去关了灯。张影微微伸头下视，见到下面围着一圈冬青树的篱笆，离窗口也就丈把多，原来她住在二楼。

楼下的冬青树丛里又发出一阵窸窸窣窣的声音，张影判断，那绝不是猫狗穿越时引起的响动，猫狗穿越时，留下的只是短暂的枝叶摇摆，过后立即恢复正常。可眼下的冬青树摇动时间是持续的，必定是在人的操纵下才可能发出这样持续不断的动静。

正当张影疑惑时，冬青树里发出"喵呜——"声。李茂扑到窗前道："大猫，是大猫……"张影捂住李茂的嘴将他拉到窗侧，探出半个身体伸手向下示意。冬青树里猫腰站起一个人，将横着放倒的竹竿竖起伸向张影所在的窗口。张影双手抓住竿头，发现竿头绑着绳索，连忙解开绑着的绳索，绳索下吊着一只包。

树下人见张影接了包，叫了声"喵呜"闪身离开。张影想叫住他，可又不敢发出声音，只能眼睁睁地瞧着余心华让夜色吞没。

张影关好窗户，李茂已经打开电灯。布包外面的绳索下塞着一张纸条，张影抽出，看到纸条上写着——影：此为林倩茹的十五本日记，出院时秘密带出藏好。如果我遇到不测，请将它们秘密交给刘处长。切记切记！——华。

余心华伏身于蒋天明住宅楼下一棵球形黄杨树里，静静地观看动静。

夜已经很深了，楼外静悄悄的，很长时间没有人进出楼门了。余心华狸猫般蹿入楼内，脚步轻捷地上到蒋天明住的三楼。余心华静静地听了一分多钟，确信蒋天明家没有动静，右手掏出钢丝插进门锁钥匙孔里搅动，锁簧发出清脆细微的咔嗒声，轻轻推门进入。

室内的物体叫窗外散乱的光晕勾勒出模糊的轮廓,屋子里静得如同回复到原始状态。余心华打开小手电,借着手电昏黄的光圈查看室内。家具上蒙着布幔,室内光洁得好像从来没有人住过。他小心检视,没有发现可疑之处。他抬头看天花板,要从上面看出点不同之处。

突然,门被金属物碰撞。余心华忙四下查看,只有衣柜能够藏人。开门进入,刚合上柜门,外室的门开了。先后进来两个人,来人轻轻关上门,并没有开灯。沙发发出两声嘎吱,来人肯定坐进沙发里了,余心华这样判断。

"老板,发生了什么事?"一个很熟悉的男中音恭敬地问。余心华一惊,这不是鲁地蒙的声音吗?怎么酷似零点那个报警电话里的声音?老板过了好长时间才启齿道:"我——现在正在转移资产……"

"为什么?"又是好长时间没有说话。

余心华已经确定老板是个女的,他忽然明白,原来这两个人竟然是徐露口里的鲁地蒙和吴仙殊。

那么,他们怎么会有周贵庭房子的钥匙?怎么又会这样神秘兮兮半夜三更地来这里?莫非鲁地蒙就是蒋天明?对面就是蒋天明的家,蒋天明是周贵庭的秘书,那么,蒋天明为什么要来这一手?熟悉的男中音,那个零点电话的主人?他既然报了警为什么又要……老板终于道:"情况有变,那边让我们停止捕鱼……"

"到底为什么?一会儿捕杀一会儿放生,还要帮着洗脱,他们这是在玩游戏啊?"

"这说明,那条鱼和他们勾搭上了。"余心华听了心里一愣,他们说的不正是自己吗?他们说的"那边"应该指那个他一点头绪都没有的间谍机构。老板继续道:"原定对那个人的行动也就此撤销。"

"这个是应该的,我早就说过要在安城发展少不了他……这不正好吗,为什么要转移资产?"

"唉，你呀，你说那条鱼得到了那些日记本是不是？"

"是的，但是我看过日记，里面没有提到那人的姓名和身份，就是警察得到了它们，也不会怀疑到那个人。"

"你呀你，难道那帮警察都是吃干饭的？他们可以凭日记还有林倩茹和他家过去的关系，确定他的可疑性，终究他是要倒台的。另外，从我们几次行动失败可以看出，安城还存在着一个至今我们都不知道的力量！"

"这点我有同感！"

"那么他们是什么人？我想他们一定是国安部门的人……"

"什么，国安的人？安城没有这个机构啊！"老板阴冷地笑笑道："我们不是知道那边是干什么的吗？"

"那边应该是冲着'零号工程'来的，他们是……"

"对！他们是志在必得。这样高度机密的重大工程落户安城，国安会袖手旁观？"

"有道理，怪不得几次失手。"

余心华听了心里一惊，什么"零号工程"，他听都没有听说过这个名词，更不知道其内容，觉得反正是个不得了的保密工程，不行，这事不能耽搁……耳朵里传来吴仙殊的声音道："这就是我要转移资产的原因。他们的博弈迟早要爆发，不管谁胜谁负，我们都要遭池鱼之殃。那个人还能干多久，我实在没有把握……"

"那就转移吧，反正有了资本到哪里都是老大。要是留下来，我还真的不好出头。"吴仙殊没有接话，似乎在酝酿着难以启齿的话。

余心华见罪魁在场，本想出去抓捕他们。可是想到鲁地蒙的身手，还有那个吴仙殊肯定也不是什么善茬，能让鲁地蒙这样的人俯首帖耳，肯定有过人之处。他只有等待，见机行事。鲁地蒙道："老板，您是不是要我做点什么？您说，我坚决执行！"吴仙殊又停顿一会儿道："你的

闭息大法练到什么程度了?"

"这个……静态闭息四十个小时没问题,问这个……"

"好!用不着那么长的时间。我现在交给你一个有生命危险的事,你敢不敢干?"

"这话说的,我的一切都是您给的。如果不是您的妙手,我怎么可能顶替那个蒋天明到现在……"

"嘘——这个不要说!好,你把耳朵贴过来,我有话交代。"两个人凑到一起耳语。

余心华听了心中大骇,原来蒋天明早已不在人世了,那个失踪的蒋天明是个冒牌货。余心华进一步体会到吴仙殊集团的神秘可怕,汗如雨下,在他恍然惊恐之中,听到快速开门和关门的声音。

余心华惊觉,从衣柜里出来,急速开门追出楼门,哪里还有人影,可见对方功力之高。余心华感到后怕,如果刚才在室内贸然出手,这个世界此刻必将多了一具尸体。但他心有不甘,既然明着斗不过他们,就给他们来一手暗的。他决定立即夜探黄龙公司,他认为黄龙公司一定和吴仙殊集团有纠葛,那晚在二环路上遇到的一幕,在余心华脑子里复活了。

据张影说,那晚中枪的死者后来确认为吴仙殊的手下,只是基于保密的原因没有公开。

而当晚追击的车来自黄龙公司,他们回去寻找尸体的目的是什么?他断定,那车子里的人绝对不是国安的人,国安的人不会瞄上涉黑集团的事,只有和他们有关系的人才对他们有兴趣。说不定黄龙公司就是他们说的"那边"呢,要利用他们来干事,吴仙殊不答应,所以要寻找把柄来要挟吴仙殊?那么,他们就是企图窃取"零点工程"的间谍组织,说不定那个威逼自己加入他们组织的人也在那里。

他感到毛发耸立,血流加速。目前这些杀人案怎么比得上国家安全重要，即便是牺牲了自己也值得，余心华心里升起了大义凛然和慷慨赴死的豪迈。

黄龙公司包裹在一人多高的院墙里面，是一栋六层楼房。楼房底层只有楼梯左右两个房间亮着灯光，两边无亮光。二楼以上只有个别房间黑着，其余的全部灯火通明。

黄龙公司外表只是一家贸易中介公司，哪里就忙得不分白天和黑夜了呢？余心华坚定了心中的怀疑。公司大门紧闭，门卫趴在桌面上睡着了。余心华在心里轻蔑地道：什么间谍机关，全是草包。可他一想觉得不对，这肯定是迷惑外人的障眼法，其实是外松内紧。

余心华摸到长满爬山虎的围墙中部，手握青藤一使力，身体飘然落入院内。

楼前停车场里停放着十来辆各种型号的车子，余心华狸猫般轻捷，跃入车影里。在中间一辆越野车后，余心华发现车牌号码正好是那晚的车，他连忙掏出写着号码的纸条对照。

感觉一股轻微的冷雾扑面，没等他有所反应，知觉随之失去。

三十四、节外生枝

鲁地蒙和吴仙殊动如疾风,没等藏在衣柜里的余心华反应过来,便隐去了身形。鲁地蒙(哦,他反正不是真正的蒋天明,我们还是称他为鲁地蒙恰当些,以免侮辱了蒋天明死后的清誉)按照吴仙殊的实施计划奔向目的地。

吴仙殊则隐身于楼侧的树丛里,盯着楼道。眼见余心华追出,四下里张望,向着鲁地蒙的去向奔出,嘴角露出不经意的轻蔑。她见事情正向着她设计的方向发展,脸上再次露出得意的微笑。

她拿出手机,拨号,道:"喂,鱼已上钩,饵料安排好了。下面的事你们自己把握!我要办我的事了……不谢,彼此彼此……"

吴仙殊关掉手机,走出树丛,心情很好地享受着城市的夜色,满城灯火灿烂。想起自己即将离开这座活力蓬勃的城市,心里有些不落忍,不由得长叹了一声。

吴仙殊在这里起步、发展,一步步走来很不容易。这一二十年间,她的青春、她的情感统统融入这座城市。这座城市没有亏待她,使她成为掌管十八家产业的当家人,如今就要弃它而去,心里实在不是滋味。

因为这里留下她太多的记忆、太多的情感和太多成功的喜悦,当然有更多的钩心斗角,还有血泪屈辱,可是她却把这些转嫁到安城老百姓头上。她疯狂、贪婪,她笑里藏刀,她冷酷无情。

她觉得离开安城也不错,手里有大把的钱财,到哪里都是爷。何况她准备重新开始,过一种守法的好商人生活,因为,她早已完成了资本的原始积累了。而继续留在安城,她是无法享受这些优越的。

吴仙殊带着梦幻般的想象,脚步从容地走向小区大门。她决定从此刻起就学习做一个好商人,好商人夜晚怎么可能做翻墙越户的盗贼勾当,所以她要走大门。

吴仙殊和先前俩人的行动,全落在一双红外望远镜的镜筒里。持镜人眼看着吴仙殊的表演、走出大门,放下手里的望远镜,脸上露出微笑,再次拿起手机。

市医院特护病房门口的固定座椅上,坐着钟小华和佘丽,他们奉命守护病房里的张影。深夜将他们体内的瞌睡虫引诱到眼睛上,不由得都先后进行着上下眼皮的抗争。

此前,佘丽兴趣盎然,小嘴皮不停地震动,该说的话说得恰如其分,不该现在说的也说了一些。可是,钟小华没有心情听佘丽那些充满奉承和诱惑的话语,他现在的心思全放在张影身上。虽然龚副院长查过房说张影已经没有事了,明天可以转到普通病房,然而钟小华愣是不放心,对佘丽话语里的意思一句也没有往心里装,只好有一句没一句地不咸不淡地应答着。

佘丽见情况如此,心里的热火消退,恨意和无奈同时爬上脸面。好在钟小华根本没有正眼看过佘丽,佘丽这两种心情,只好对着走廊里的空气和清冷的灯光表达。恨意和无奈又被瞌睡虫取代,佘丽最终选择靠墙闭目。

钟小华用手扯了扯佘丽的衣袖道:"佘丽,佘丽!"佘丽懒得睁眼道:"什么事啊?"

"佘丽,你醒醒,我上趟厕所。"

"去就去呗，干吗搞得这么紧张兮兮的，她又不是国家领导人，至于吗……"

"佘丽，小心无大过，说不定这个时候……"

佘丽睁开眼睛没好气地道："去去，我睁大眼睛看着你的美人行了吧？"钟小华被噎得脸红脖子粗，掉头走向厕所。

佘丽发泄完了，瞧着钟小华的狼狈背影用鼻子哼了一声，闭上眼睛继续养护瞌睡虫。

走廊中段治疗室的门缝里探出一颗头颅，头颅上戴着眼镜和无檐白帽子，头颅瞧着钟小华进入楼道终端靠窗的厕所里，佘丽靠墙闭目。

戴眼镜的头颅双手插进白大褂兜里，轻快地走向佘丽。没等佘丽睁开眼睛，右手快速抽出，手掌里的手帕捂住佘丽的嘴和鼻孔，佘丽一点反应也没有就垂下了头。

钟小华从厕所出来，没敢看佘丽坐的位置，直到走近座椅处，才用眼角的余光瞄了佘丽一眼，见佘丽脑袋偏向一则，忙用手推佘丽的肩膀，佘丽的头随着肩膀的摇动而左右摆动。

钟小华低声呼喊道："佘丽佘丽，你醒醒……佘丽，你怎么了……"佘丽没有回声。钟小华双眼大睁，知道出事了，忙推开病房的门。室内，李茂仰面朝天倒在地上，张影不见了人影。

钟小华真正慌了神，转身追出。大门外车辆并不比白天少多少，哪里还有张影？他掏出手机报告了这里的情况后，反身跑回病房，叫来值班医生给俩人急救。

佘丽和李茂被抬到张影睡过的床上，医生正实施抢救。等医生挂好点滴瓶，钟小华的心才轻松了一点。放眼四顾，发现床头柜上放着一张纸条，忙拿起。

纸条上面写着：敬告公安，女警官在我们手里，余人无事，一个小时后即醒。要想女警官活命，请带着余警官和他手里的日记来交换。二十四小时后见，过期不候！地点到时候通知你们！谢谢合作！

钟小华看了恨不得将纸条撕个粉碎，可他不能这样做。门外响起一串杂沓的脚步声，桑副局长领着一大群人匆匆赶到。

果然，佘丽和李茂在一个小时后醒来，佘丽和李茂都不知道发生了什么事。

桑副局长着人将病房搜查了一遍，钟小华发现床下面的床挡上吊着一只布包。布包里有十五本林倩茹的日记，大家对这个意外的收获惊喜不已。对照当前的情况，知道余心华事先曾来过这里，日记定是余心华托付给张影保管的。

钟小华缠了一路桑副局长，要求将执行解救张影的任务交给他。桑副局长没有答应也没有拒绝，说："回局里再说。"

回到局里，钟小华一直等在局长室外面。

桑副局长简要地汇报了张影被劫持的经过。钟局长首先拍桌子吼道："他钟小华是干什么吃的！关禁闭，等闲了再审查！"刚刚赶回来的李文虎听了，忙道："钟局，就刚才桑局所说的，这个事情责任不能完全推给钟小华。"

"不怪他怪谁？当了两年警察连这点警惕性都没有，这是失职！"

桑副局长道："钟局，我理解你现在的心情，现在不是发火追究责任的时候，我们得找出对策，解救张影。再说小华不是找到了那些丢失的日记本吗，那可是大功一件！"

刘处长道："李队，你接着说。"

"我们对张影的安全重视得不够，这整个案件中，余心华和张影最先踏入漩涡，虽说张影没有掌握林倩茹背景更多的资料，但是对方并不知道情况。她当然是对方获取的对象，桑局长前几天的提示是正确的，只是没有引起我们足够的重视。等张影中毒负伤了，我们还是没有重视，只派了俩人守护，这就给对手以可乘之机，张影被劫持是早晚的事！"

桑副局长听得李文虎这么说,赶忙道:"这个我也有责任,当时没有多派人值守。"钟局长道:"老桑,怎么是你的责任,人是我安排的,怎么着也是我……"

刘处长忙制止道:"你们几位都不要讨论过失了,想想我们应该采取什么方法营救张影。"大家都住口思考对策。

马副局长道:"对方指名道姓要余心华出面,可眼下我们还不知道他在哪里。"李文虎接上说:"马局说得是,要在二十四小时内找到余心华太难了。我想对方十分清楚现在的形势,余心华不在我们掌控之中,日记本他们并不打算真正得到,假如他们知道日记已经在我们手里,他们即使得到日记又有什么作用?他们的目的只有一个,用余心华、日记和张影做筹码和我们玩捉迷藏。"

马副局长问:"那,他们的用意何在?"

桑副局长说:"李队说得有理,他们的目的是在拖延时间。"

"拖延时间?"另外三人同时惊问。李文虎道:"对,他们就是在拖延时间。他们要将我们所有注意力吸引到寻找余心华、日记本和营救张影上来,好让他们有时间从容不迫地弥补他们的漏洞。"

钟局长道:"有道理,刘处你看呢?"刘处长道:"这个想法成立。那么,我们就给他来个将计就计。李队,你既然看出来了他们的意图,后面的事你打算怎么安排?"

"我们分出一部分人制造声势,抓捕余心华……"桑局吃惊地道:"你是说,我们恢复对余心华的通缉,可是我们刚刚才撤销这个通缉令还不到二十四小时。"

"那怎么办?"李文虎看着刘处长道。刘处长沉吟着道:"只要有利于破案,就再委屈一下余心华同志了,你继续。"

"这样,好让对方放心。"

"那下一步呢?"

"明天下午有个拍卖会,听说主要是拍卖吴仙殊集团名下的六家企业,我看这里面藏着猫腻。劫持张影的人可能来自这个集团,他们的目的和意图十分明显……"

"你是说绑架张影的来自吴仙殊集团?"

"是的,二十四小时的时间约定,正好为吴仙殊的拍卖赢得时间,我们要派人出席拍卖会。"

"你的意思是让我们的人参与竞买,阻止资产外流?"

"是的。"

"不过,这要市委、市政府批准,拍卖公司同意才行……"

"主要是拍卖公司同意买方延迟交款就行了。"

"嗯,有道理。种种迹象表明,这几个案子和吴仙殊集团脱不了干系。剩下的几天里,我们要全力突破吴仙殊集团的经济犯罪和刑事犯罪。当然,这是后话,下面怎么走?"

"下一步就让钟小华来个掉包计……"

"不行不行,这件事非常危险,钟局就……"桑副局长急着否定。

钟局道:"老桑,就给小华一次将功折罪的机会!这事就这么定了!"

刘处长道:"接下来,我们要多做几套方案,应付可能的变化。老桑,你也别太替小华担心,他还是有这个能力的。这次行动我看还是老桑统一部署指挥,你们两位看怎么样?"

钟、马俩人赞同,桑副局长道:"那好,我坚决执行!"门突然开了,钟小华闯入道:"刘处,桑局,我一定完成好这个任务!"

刘处笑道:"好!有勇气。钟局,要不要和小华谈谈?"

"有什么好谈的?你这身警服代表着国家,知道吗?"

钟小华低头,抬头时眼里充满了感激和感动道:"记住了,钟局长!"说着向所有的人行了一个标准的军礼,转身正步走出。

在场的人只有在心里感动,桑副局长和李文虎随后走出。

三十五、午夜惊魂

余心华苏醒时,感到自己躺在冰冷的地面上,眼里全是黑暗。下意识告诉他,自己遭人暗算了。他用手摸摸地面,地面是地板砖铺就,他用手敲击墙壁,墙壁坚硬如铁,这才意识到自己被关在四面不透风的牢笼里,他估摸着这是一间牢固的地下室。同时发现自己的手脚都被铁链锁住,他断定自己是被黄龙公司的人囚禁了,此地也一定是他们的地下室。

他十分清楚自己这次是处于绝境了,但他没有丝毫的害怕,反而感到莫名的兴奋,因为他确认了这家公司就是间谍机关。一个普通刑警一生能有几次和真正的间谍交手过招,纵使是输了性命,那也只怪自己学艺不精。但是,马上他又否定了这个认定。他已经签署了加入他们的文件,还没有给他们办事,他们不会这么快就抛弃自己,或许是自己的行动触犯了他们?他又一次暗中摇头否定。

那么,这就是一家和吴仙殊、鲁地蒙一样,有黑恶背景的团伙了。

想到吴仙殊便联想到她要转移资产,让鲁地蒙替她办一件事。是什么事,他没听到,当时并没有往心里去。现在想想,吴仙殊要鲁地蒙干冒着生命危险的事,办这件事的目的是吸引公众注意力,好让她有时间从容转移资产。这是件什么事?他想到中毒住院的张影和他交给张影保管的日记本,心里惶然……

突然，头顶响起一阵轻微的刺刺拉拉的声音，接着响起一个男音道："余先生，睡得可好？我知道你醒来了。"对方显然是在调侃他，他没有应答。男音呵呵一笑道："先生好自在啊，死到临头了还在装傻。"余心华仍是一言不发。

男音道；"既然先生这样顽固，那我也没有什么好说的了，那就请先生准备一下，我们送你上路。不要担心害怕，我们很人性的，你所在的地方密封性能很好，你会在熟睡中静悄悄地离开这个世界的。哈，我们很文雅吧？"余心华盘腿靠墙准备迎接死神的降临。

又过了一会儿，男音好像很无奈地道："既然先生决心已定，黄皮，开动抽气机，送余先生上路。温柔一点，不要让余先生感到痛苦。"那个叫黄皮的答应道："是。"话音刚落，传来一阵压缩机抽排空气的声音。余心华感到空前的恐慌，豁然起立，对着头顶吼道："你们到底是什么人？"

"啊，先生，到底肯说话了。那好，黄皮，停止抽气。"黄皮应了一声，排气声立止。男音道："余先生有什么话要说吗？"

"我不是怕死，但是在死之前，你们能不能让我知道，我到底死在谁的手里？要我死的原因是什么？"

"天真了吧，余先生。你觉得我能告诉你吗？你是看你们产的影视剧看多了吧？"

"那，你们就来吧！"余心华忽然听到一阵刺耳的笑声。笑声过后，男音道："不错，很像你们作家笔下的英雄。好吧，我现在的心情格外好，我就和你多聊几句，我们就是你曾经千方百计要查找的林倩茹的后台。可惜，她的秘密连同你的秘密将一道成为过去时了。"

"你们是间谍，是冲着'零号工程'来的？"

"脑子还行，你怎么知道'零号工程'这个词？谁告诉你的？你们的局长也未必知道！"

"你们……废话少说,来吧!"余心华说了这句话,闭目等死。

"那好吧,开机!"风机的声音重新响起。头顶的音箱里播送着音量似有若无的哀乐,刚刚让赴死的人听清楚。真是一个很人性化的死法,但是对即将被死亡的活人来说,比什么酷刑都要难以忍受。余心华用鼻子送出嗓子和喉咙共鸣而产生的国际歌声,来填充死亡前的决心和神圣。随着自己哼出的国际歌声的音量减小,人也跟着进入迷糊状态。

哐啷一声,门开了,一束微弱的亮光透进来。余心华恍如进入传说中的阴曹地府,微微睁开眼睛。

微光里走来几个人,身后两个大汉拖着一个披头散发的女人。那女人似乎受了很重的伤,双腿一直拖在地上,脑袋耷拉着,仿佛濒临死亡。走到他面前的汉子道:"余先生,不用疑心,我们没有让她死,也没有让你死。就是说,现在你们仍然活得好好的,但是,你的搭档张影女士却因为你的顽固和愚蠢,就要殒命在你的面前了。"

"她真是张影?"

"这还能有假,你看看不就清楚了。"余心华欲上前看,却被另一个汉子伸手拦住。那个女人几次想抬头,却没有成功,嘴里含糊地说了一个字:"余——"听起来却像是个"徐"字。

"你们怎么她了?"

"你这还不明白吗?舌头的问题嘛!"

"你们残忍,你们……"

"哎呀,骂人都不会!我给你指一条明路,只要你说出你到底查到林倩茹什么别人不知道的问题,你和张影女士就此生还,这个买卖划得来吧?我们不要你叛党叛国,只要你说出你所掌握的情况,我们还能替你洗清你身上的人命案,何乐而不为?"

"我什么也不知道,就是知道也不会对你们说!"

"哎,这就不对了,那好,你们先送张女士上路!"大汉轰然一声道:

"是!"搭起张影就走。余心华大喝一声:"慢!"

"怎么,肯说了?"

"妄想!我要和张影一道死!"说着扑向张影。那个温雅的男音恶狠狠地道:"既然你要找死,就成全你,带走。"随即余心华被人推进电梯里。

电梯门开,一行人走进一个宽大的办公室里。那个男音转身从瓷壶里倒出半杯水,递给余心华道:"你把它喝下去,省得血腥。"余心华接过水杯一饮而尽,甩掉水杯,闭目等死。

"哈哈哈,好样的!快,快给余心华同志卸下手铐脚镣。"有人立刻给他开镣铐。余心华看着这个突然的变故,愣住了。男音笑呵呵地道:"请坐,余心华同志。受惊吓了吧,我在此致歉!"

"你们、你们……"

"哦,是这样的,余心华同志,你的到来我们很高兴,设这个局目的是为了对你做一次鉴别。"

"你们是什么人?张影她怎么在你们这里……"头发遮面瘫软在沙发里的张影突然站起,伸手取下头发,现出一个男人的笑脸。"你,你,黄冉?"黄冉笑着点头。

"刚才说话也是假装的?"黄冉吐出含在嘴里的鹅卵石拿在手里,递给余心华看。

"你们到底是什么人?吴仙殊的人?"

黄冉掏出工作证给余心华看。余心华看了工作证惊讶道:"你们、你们是国安局的?"

"这还有疑问?"

余心华鼻子里哼了一声坐到沙发里,十二分地不相信。

男音笑着拿起放在桌面上的诺基亚手机道:"我姓杨,是这里的负责人。你们刘处长和钟局长你应该相信吧,打个电话向他们查询一下不

就明白了？这是你的手机，应该没有问题吧。"说着欲拨号。

余心华大声道："不能打！"杨处长停止拨号道："为什么？"

余心华走过去拿过手机道："待会儿再说，能用你们的电话吗？"

"可以，用那个乳白色话机。"余心华快速拨通刘处长的手机号码，手机接通。

余心华道："刘处长吗……我是谁……我是报案的……有人要和你说话。"将话筒递给杨处长。

杨处长接过话筒道："我是杨四海……你那里说话方便吗……是这样的，我们要借用你们局的余心华同志……在，在，但是要绝对保密，除你之外不要让任何人知道这件事……他不相信我们的身份，想请你给确认一下……嗯，好。"杨处长将话筒递给余心华。余心华接过话筒道："处长，我是余心华……谢谢关心……是……是……是……张影怎么样了……啊，那她不就……哦，好，你放心，我会好好配合。"

阖上电话，余心华笑着和杨处长握手，又和其他人握手，最后到黄冉。余心华报复性一拳擂及黄冉，俩人拥抱拍打。杨处长挥手，其余的人走开。

屋里只剩下杨处长、黄冉和余心华仨人。黄冉笑着上前道："老同学怎么不和我这个'钻到钱窟窿里'的人握手？"余心华又给了黄冉一拳道："你小子在耍我！"

杨处长道："好了，我们还是开始工作吧。"仨人坐定。杨处长问："余心华同志，你怎么知道'零号工程'这个词的？"

"来这儿之前偷听到吴仙殊和鲁地蒙的谈话知道的，哦，鲁地蒙就是市政府秘书蒋天明，不，不是……真正的蒋天明可能不在人世了……"

"你是说现在的蒋天明是顶替的？"

"是！"

"你为什么不让我动你的手机？"

余心华将这个事情的来龙去脉说了一遍。杨处长沉思不语，黄冉道："那你不就成了叛国者了？"

"我没给他们做任何事情，我……"

"急什么，我是开玩笑的，哪有你这样的叛国者？！"

杨处长轻轻拍了一下沙发道："这是一个好机会，要好好利用……"刚说到这里，那个手机发出振动。余心华掏出手机道："他们联络了。"仁人噤声。

余心华道："我是地平线，有话请说……哦，你们怎么知道的……好，我不问，你说……嗯……嗯……什么时间……晚上八点，为什么要等到那时……好好，你说……那地点呢……到时候告诉，好，我现在就准备……我啊，我在一个非常隐秘的地方……"余心华阖上手机。

黄冉迫不及待地问："他们说什么？"

"他们说找到了鲁地蒙的下落，说鲁地蒙挟持了张影，让我去解救张影，逮捕鲁地蒙。还说鲁地蒙就是蒋天明，是杀害林倩茹、穆华春和徐露的凶手。"

"他们没有说具体的藏匿地点？"

"没有！"

杨处长叫来陆范道："监听余心华同志手里这部手机。"陆范接过手机翻查了一下，还给余心华离开。

杨处长问："据你的判断，那个诱逼你加入他们组织的是什么人？"余心华想了好一会儿说："我看，那个人一定很熟悉我，也得到那次行动的情况，我猜想一定是局里内部的人。要不，就是内部有人向那个人通报了情况，才这样的。"

"假如是内部的人，你最怀疑的人是谁？"

"桑心华！"

"哦，为什么？他不是副局长吗？"

余心华将那个虚假电话号码的事说出,还分析了整个案件的前前后后显示出的端倪,认为案发后一系列事件里都有他的影子。

黄冉道:"你们局里的司机廖峰被捕后,承认了这一切都是他通风报信的。"

"不可能都是廖峰干的,比如,我去安城的事他就不知道,那桑心华在值班日志上记录虚假电话号码的事怎么解释?我看廖峰充其量只是一个外围的小卒子。"

杨处长问:"你对林倩茹的案子掌握了多少线索?"

"我和张影两次去过林倩茹的家,发现,她的被领养,其实是国外间谍组织在物色培养间谍。"说罢,瞧了杨处长一眼,杨处长微笑着鼓励他。

他又道:"林倩茹国外六年生活是空白,很值得怀疑,在她的日记里发现,她曾经在国外因不明原因做过眼科手术,从她一进360厂和501所眼睛就发胀,离开了就什么事也没有来看,她的眼睛里面一定隐藏着秘密。我知道这两个单位是国防工业机构,要不然,为什么死后要盗走她的尸体挖眼破腹的?杨处,我说得对吗?"

"很好!和我们的判断吻合。"

"那我建议,秘密调查林倩茹国外生活的内容,重点搞清楚她在哪家医院接受了手术,手术的内容是什么。"

"这个我们已经查清楚了,她的眼睛是在挂着民营幌子,其实是家情报机构的医院里做的手术,给她虹膜里植入了超薄的生物芯片。它的功能是接受遥感指令开合,摄取十米内的图文信息。哦,那些日记在你手里,要不你怎么知道眼珠的事?"

"是的,我交给了张影,可是张影现在……我想可能又回到鲁地蒙手里了。"

"别急,现在它对我们已经无关紧要了,余心华同志……"

"杨处,我能不能提一个建议?"

"说。"

"你能不能不要一口一个'余心华同志'?"

"好,那我叫你小余,怎么样?"

"这才不生分,我还有一个要求,不知能不能讲?"

"说。"

余心华张了张口又咽了回去。

黄冉道:"有话快讲有屁快放,磨磨唧唧的像个老娘们儿似的。"

余心华瞧了俩人一眼,笑道:"算了,还是等时机成熟一点再说不迟。杨处,我知道的内容都说了,你要我怎么配合请下命令吧。"

杨处长从抽屉里拿出一部手机递给余心华道:"这部手机是我们联络用的。你现在的任务只有一个,将计就计,按照对方的要求去做,暗中探查他们的意图,不要惊动对方。"

"那公安局的……"

"不要惊动他,到时候我们再给你进一步指示。"

"是!"余心华起立道。

杨处长对黄冉道:"小余的具体联系和安排由你负责。你带小余吃饭,再好好休息,离晚八点还早,养好精神。"又对余心华说:"你们可能还有许多经历要说,比如那晚你在鲁地蒙别墅被刺,是什么人救了你,还有那晚在李文虎家外面的事,哦,我不说了,你们聊。"

余心华满心欢喜地向杨处长敬礼,随着黄冉走出去。

三十六、角逐

圆山饭店地下室里,黄俊卿收到一条最新加密指示,解密后的文字是:从现在起,专心接待客人,其他的交给渔夫处理。黄俊卿简直不敢相信自己的眼睛,这不是明显地解除自己的领导权,降到和渔夫平等的地位了?他不相信这是事实,冒着违反绝对服从和泄密的风险,用同一种加密方法发送了一条信息:礼品何人奉上?

黄俊卿的意图十分明显,通过这一问,来确定自己的位置。如果,让自己组织运送,他依然是唯一,要是……他不愿向这方面想。

对方一直没有回音,黄俊卿眼前似乎越来越黑暗。他正想关闭通道,屏幕上出现了熊猫的图案,他忙将图案保存,关闭通道。

他在后台通过熊式解密文件解密,熊猫图案变成一组代码,根据代码的提示,使用十一号密钥开启。屏幕上立刻出现了一段文字:这个低级错误是致命的,也消耗了有限的资源。你难道不知道一张图只能使用一次?送礼的事用得着你操心?到时候自然有人办,你要听太阳的安排!将礼品制作封存等待。

黄俊卿的担心得到证实,心里的恼怒无以言表,怎么猛地出现了一个"太阳"?他是何方神圣?

他删掉内容,抹掉痕迹,叫出内室的白大褂,道:"珠子制作完成了?"

"完成了,它有极好的防水、防高温、防腐蚀、防电磁性,但是抗压性差。"

"足够了,伪装做好了?"白大褂从玻璃橱窗里拿出一只熊猫玩具,交给黄俊卿。黄俊卿仔细看了一遍道:"怎么就一只,送礼哪有送一只的道理?"白大褂转身从内室里拿出另一只一模一样的熊猫玩具递给黄俊卿。两只熊猫在手,黄俊卿怎么看都分辨不出差异,问:"怎么能分辨真伪?弄错了怎么办?"白大褂按动一只熊猫的黑眼圈,熊猫立刻发出低沉的嚯嚯声。白大褂道:"这是公的,那只才是。"黄俊卿按动另外那只黑眼圈,发出尖细的嚯嚯声。身侧的蜂鸣器发出嘀嘀的声响,黄俊卿将玩具交给白大褂,白大褂收了玩具退回内室。

黄俊卿输入密码,屏幕上出现一个太阳。黄俊卿觉得眼前一黑,好半天才恢复了视力。他将太阳转到后台解码,太阳告诉他,准备好一对珠子待用。黄俊卿愣了一愣关掉屏幕,交代白大褂照做。

天蒙蒙亮时,吴仙殊卧室的门被敲响。吴仙殊一惊,门再次被敲响。吴仙殊恼怒地道:"谁?"

"老板,是我,青花。"

"什么事?"

"一个陌生人送来一张画……"

"什么画不画的,老娘要睡觉。"

"老板,来人说他事情紧急,你看了就知道。"吴仙殊豁然大惊,忙起床开门,接过画,拿到灯下细看。这是一张普通的山水画,在画的题跋后面,出现一行与题跋字体不相符的内容,像是用时下粗体碳素笔写就,那行字是:买卖不成仁义在,换个门庭好开张。

吴仙殊将其重复地念叨好几遍,神情一震,脸色煞白,自言自语道:"难道拍卖会出了什么问题不成?这显然是那边的暗示。"她忙穿好衣服,

拿上六个小资产企业的材料和证件出门，叫上青花等三个人，坐上车直奔拍卖公司。

吴仙殊在车里连续打了八个电话，内容是让他们下午到水仙大酒店来洽谈买卖事宜，说请公证处当场公证。打完电话，车到拍卖公司。

公司的门还是关着的，天也才大亮。吴仙殊没有下车，直接给拍卖公司总经理打电话。总经理可能没有开机，电话怎么也打不通，吴仙殊令开车去总经理家。

司机掉过车头开上道路。

大清早，刘处长的门被敲响。

进门的是李文虎，刘处长披上衣服问："李队，有事？"李文虎小声却是焦急道："刘处，昨晚所议如果有人泄露了消息，那后果……"

"你是说昨晚参加讨论的几个人中有……老李啊，你别搞得草木皆兵的好不好？昨晚统共就你们三个正副局长、我、你和钟小华六个人，你怀疑这六个人中有……嗨，内鬼不是抓到了吗？"

"刘处，我不是说我们这几个人里有叛徒，我是说，有哪位不小心说漏了嘴，那事情……不得不防啊？"

"也是，依你该怎么办？"李文虎笑着说："您瞧，刘处，您这不是考我吗？我就是不放心才有此一说。要没事，我去准备了。"李文虎不等刘处长发话，掉过屁股走出房间，刘处长也没有挽留。李文虎走后，刘处长匆忙穿好衣服出门。

刘处长刚要下楼，看到钟局长上来，忙问："钟局，大清早的，什么事？"钟局长紧走几步上了楼，环顾左右，见没有人，小声道："李文虎之前也到过我家。"

"我正要找你，我们一块儿去高书记那里汇报，请示请示在所有银行及其营业网点，对百万元以上的大宗款项实行延期转账和支付，对各大经济实体采取临时监管。"

"我来就是为这事,那我们立刻出发。"

"你等等,我给老杨通报一下。"说着,拿出手机将情况通报给了杨四海。

刘处长收起手机压着声音道:"老杨让我们还是不要动他。"

"老杨是高人,他这是要钓出更大的鱼,我们走。"

俩人刚要上车,桑副局长匆匆赶来,隔着老远连忙喊道:"刘处、钟局,你们等等,我有事要说。"俩人互望了一眼,离开车子等待。桑副局长气喘吁吁地道:"你们想过没有,假如他们不参加下午的拍卖会,或者变更了拍卖内容怎么办?"

俩人一听都是一愣,桑副局长道:"我看要防止他们声东击西。"刘处长道:"这个,我们还真的没有考虑到,依你,应该如何?"

"我想,拍卖会我们不能错过,更要防止他们暗地里转移资产。"

"嗯,提醒得及时,要不,我们一道去高书记那里?"桑副局长笑笑道:"有你们两位亲自挂帅,哪里用得着我这个虾兵蟹将上场?我还是和老李负责解救张影的事吧。"

刘处长满面笑容道:"也好,你是这方面的专家,该是展示的时候了,祝你成功!"仨人握手互道珍重。

桑副局长等到车子出了大门,不见了踪影,才转身进入办公楼。

三十七、台前幕后

拍卖会现场人头攒动,已经过了规定的开拍时间,还见不到拍卖师的人影。竞拍人似乎觉察出不对劲,议论声、骚动声此起彼伏。有人问工作人员:"今天,拍不拍卖啦?"回答是让大家稍等,马上就开始,这句话传染似的安慰了众人焦躁不安的情绪。

佘丽手里拿着号牌和小黄坐在第二排正中偏右的座位上,等待开场锣敲响。她们此行的任务十分明确,不计成本,将吴仙殊集团的六家企业竞买到手。她们是以新注册的新安集团股份公司的名义参加竞买,标书上午十一点交到拍卖公司,办好手续已经下班了。

当然,她们俩的出现,由于是生面孔,在办理手续时确实遭到拍卖公司的质疑。好在,佘丽能言会道,业务经理不得不向工商局、工行打了一通电话,证明了新安公司的真实性和可用资本的充足性才给办理了竞买手续。

开场锣声响起,整整比原定的时间晚了一个半小时。随着锣声隐没,大厅里才安静下来。一中年男主持人上台,向大家说明延迟拍卖时间是因为技术原因,并向大家致歉,接着道:"现在,向各位说明一点,由于姝华集团临时撤换了原定的六家企业,更换为另外六家……"话还没有说完,大厅里嘘声和鼓噪声四起。

主持人和工作人员好不容易才稍稍安抚了现场的激动情绪,主持人大声道："各位，各位企业家、老总们，听我解释说明。事情来得非常突然，本公司也是措手不及。如果你们继续参加竞拍，手续费按现在实拍的企业价码重新计算你们应缴的手续费，多余的退还给各位。如果不愿参加竞拍，可以现在到后台办理退拍手续。手续费全部退还，外加姝华集团赔偿给各位手续费的百分之三十。"

听了如此安排，大厅里的情绪才得以平复。奇怪的是，没有一个人想赚取那百分之三十的手续费。主持人见现场安定，让大家看幕墙上打出的拍卖企业的名单，多名工作人员快速将新入拍的六家企业的资料分发给大家。一阵纸张翻飞声过去，大厅里人们安静地快速看着资料。约莫过了半个小时，主持人道："各位，现在开拍。"一声锣响，拍卖师走上拍卖台，开始了第一家企业的拍卖。

第一家企业是南城伞厂，起拍价是二百万。也许是伞厂的伞字影响了大家的竞买欲望，也可能是伞厂规模问题或者是制伞业的萧条，久久无人举牌，眼看着面临流拍，中间有人举牌，自报价为二百零一万。现场一阵哄笑。佘丽举牌，报价道："二百一十万！"大家的目光被佘丽吸引，尽管拍卖师声嘶力竭地大喊大叫，想极力引诱大家竞价，可是，无人理睬，只得敲响拍卖槌。

第二家企业是城西饮料厂，起拍价为一百万。没有让拍卖师浪费多少吐沫，举牌的不断，价格尽竟然飙升到二百万。这二百万似乎就是它的极限，正当拍卖师要落槌的当口，佘丽举起号牌，喊道："二百一十万！"拍卖师情绪激动，激情的话语引导出新一轮竞价高潮到来。价格终于在三百万上停止，举最后一次号牌的是佘丽。

拍卖会在继续，水仙大酒店里停止了营业。

三楼那五间通开间里，正在召开另一场拍卖会。拍卖会虽然比不上拍卖公司规模和正规，但是，拍卖的程序像模像样。吴仙殊亲自充当主持人兼拍卖师，她的手下，一部分搞服务，一部分做保安。吴仙殊没有

拍卖师的说辞，也没有设立拍卖台。十二个卖家围坐在一张大圆桌旁，如果他们不是在看资料，倒像是在等待着吃饭。十二个卖家，每个人带来四五个不等的手下，他们被安排坐到另外四张圆桌上，专人陪同。

吴仙殊见诸事已定，坐到上首，笑容满面说："各位老总，小女子能有今日马马虎虎的成绩，各位没少帮忙。因为，我接了一个大项目，银行贷款有限，所以不得不出手这六家优质资产，收拢资金，还请各位鼎力相助，小女子在这里先谢过大家。"说着起立鞠躬，众人还礼。

吴仙殊指着邻桌一男一女两个公证员道："为了公正、稳妥，符合法律程序，我们特地请来两位资深的公证员，公证买卖的全部过程。这两位公证员的知名度各位是知道的，不需要我一一介绍了吧？"众人无异议。吴仙殊继续道："至于为什么将公开在拍卖公司进行的拍卖撤回，这个我已经和大家说了多次，大家也是同意的。好，闲话不说了，现在开始议价。"

吴仙殊拿出第一份资料道："各位，现在从最低的'同唱一首歌'娱乐城议价。'同唱一首歌'娱乐城起价为八百万，请议价。"参与者拿出"同唱一首歌"娱乐城的介绍资料翻看。一个矮胖子看了一眼资料道："吴总，'同唱一首歌'娱乐城和你的水仙大酒店性质相同，如果你仅仅出售娱乐城留下水仙大酒店似乎有些不妥。"

"哦，刘总，你说有什么不妥？"

众人瞧着俩人，刘总道："谁都知道，这两家都是本市娱乐业的龙头，有你吴总经营，这两家的经营当然不分彼此，如果你只卖一家，那另一家的日子就不好过，我们哪里能够和吴总你竞争呢？"有两个人附议，吴仙殊笑笑说："那依刘总您，应该如何？"刘总没有马上回答，和坐在身边的老者耳语了一会儿。老者听了笑着向吴仙殊道："我们的想法是，你将两家捆绑在一起出售。"此话一出，众人皆惊。

吴仙殊似有舍不得的意思，正在犹豫。老者马上说："如果吴总舍不得，我们不必在这里耗时间了。"但是，老者并没有离开。吴仙殊还是笑着道："高老，刘总，你们别着急。你们的意见出乎我们的意料，董事会上没有这个议案。不过你们既然提出来了，也要容我好好考虑考虑，我还得和董事们商量商量不是？"刘总道："那好，我们等你十分钟。"吴仙殊起身，临走时告诉其他十人道；"你们好好看看另外五个企业的情况，我去去就来。"众人应诺。

二楼会议室里，青花一人独坐桌旁。吴仙殊进入，问青花："上午的事办得怎么样了？"青花立定道："每一处派了一个人，每个人限提六到八万不等，估计需要五至七天时间可以完成。"

"不要天天提，时间、网点要错开，时间长点没关系，千万不能引起银行方面和警方的警觉。"青花答应一声。

"转运资金的事安排好了？"

"我今晚亲自押运。"

"你的伤不碍事？"

"放心，完成这样的任务还是胜任的。"

"那就好，让你的人互换营业网点，再提取一次。"

"是！"

"晚八点，你配合一号行动，我自己押运。这是地点和安排，每个地点都有一部手机和具体的指示，叫你的人按着指示操作，完了迅速撤离。"

"是，我这就安排。"

吴仙殊出门到其他房间转了转，估计过了十分钟了，才慢慢上楼。

三十八、虚实相生

李文虎将人撒出去，制造出很大声势，余心华的通缉令遍布大街小巷。

钟小华穿上从余心华寝室里取来的衣服，头发、脸收拾得酷似余心华。在李文虎的指导下，模仿余心华的走路姿势和说话音调。这些，钟小华练得已经到了心烦意乱的程度了，对方的电话还是没有影子。

桑副局长一直在局长办公室里守着电话，吃饭也没有离开电话机半步。

在局里等待着的人，充分感受到时间的缓慢，慢到消磨掉耐心生出烦躁。由于烦躁的积累，等待的人们好像一个个快要精神分裂了。

傍晚时分，等待的人员聚集到局长办公室，满屋子烟雾缭绕，大家谁也没有说话，都在静候着电话铃早点响起。

等待了一个完整白天的余心华，终于接到那个手机里的语音。对方的声音虽然做了处理，分不出是男还是女，但是声音很清晰地从监控机的喇叭里传出——"地平线，地平线，听到了请回答。"

余心华提起手机道："我听着，请说。"

"晚十点前埋伏到南郊三帅祠大殿神像后面。"声音重复了一遍消失。杨处长领着余心华、黄冉走进办公室，让大家坐下，道："小余，三帅祠你去过吗？"

"没去过,但是听说过,那里已经立项了要开发成旅游景点,相信很快会找到的。"

"你要不要带武器?"

"不用,既然是对方安排好的假戏真唱,那就不会有危险。"

黄冉道:"小心无大过,你还是小心点。你要不带枪,这个你带上。"抽出裤腿里的匕首递给余心华。余心华推拒着说:"我到你们这里曾带着两把匕首,拿一把就成。"杨处长道:"那两把匕首,按你后来说的,应该算作证物,不能用,还是不要拒绝老同学的好意。"余心华接过匕首,道谢。

杨处长道:"小余,虽说是对方安排好的,你应该把戏唱得逼真,你的行动要隐秘。"

黄冉道:"杨处,他可是化装高手。"

余心华笑笑道:"处长,那我去准备了?"

"好,祝你成功。"余心华敬了一个标准的军礼,转身走出。

杨处长对黄冉道:"你的小组跟随余心华出发,负责监视保护,但不要暴露行踪。"

"是!"黄冉同样敬了一个标准的军礼。

三帅祠由三进瓦房组成,为明末清初的建筑,大殿在第二进正中,里面供奉着三位古时安城籍的将帅。余心华乘着夜色从后面翻墙进入,随即隐身殿内。前殿门房里亮着灯光,那是看守人的房间。

余心华守候了两个小时,依然没有遇到能够让他立功的机会。他在心里一直揣摩着这是一个什么样的机会?他想到被挟持的张影和挟持张影的人,他摇头否定了。他断定挟持张影的人不一定是那个假冒的蒋天明,而蒋天明那样的人怎么会甘心当猎物等待着被人抓捕?要么是对方抛出一个小喽啰?这也不可能。除此之外,他实在想不出在这儿还会遇

到什么更好的机会。

钟小华化装成余心华的模样,按着对方电话里的要求,带着布包,于晚八点整赶到市政府广场,随后支援的李文虎弃车步行,遥遥跟随。

手机响起,钟小华接听,手机里道:"余先生,让你身后那些便衣回去。"钟小华向李文虎发出撤退信号,李文虎带人上车离开。手机里声音道:"很好,先生,广场右边第二个垃圾桶顶盖背后有一部手机,用胶布贴在上面。你取下它,将你的手机丢进垃圾桶。钟小华依言取过手机,将自己的手机丢进垃圾桶。"

刚到手的手机暴响,钟小华将手机贴上耳朵,手机里道:"很好,先生,请你打车到城西垃圾场。"钟小华挂掉手机,拦了辆出租,道:"城西垃圾场。"司机不由得问:"到垃圾场干吗?"

"这是你问的吗?"司机讨了个没趣,只好老实开车。钟小华刚坐定,掏出另外一部手机打电话,道:"李队,城西垃圾场。"

钟小华在垃圾场大门外下了车,边观察地形边等待着电话。钟小华刚要进垃圾场,手机响起,对方告诉他转到北郊琉璃厂。

钟小华走回主公路,恰好开来一辆出租车,他上车转道琉璃厂,同时将情况转告李文虎。

他下车不久,听到对方的电话里说:"先生,你还有几部备用手机啊?你这样不合作,我们只好放弃了,后果是你自己造成的,怪不得我不讲信用。"钟小华听了,连忙道:"先生,我错了,请你千万不要毁约,我这就将它丢掉,听你的安排。"钟小华将手机狠狠地摔到地上。

他知道自己的行动受到对方的严密监视,刚才那个司机肯定是他们的同伙。说不定此地也有他们的同伙,自己正处于监视中。手机摔过了,耳朵里响起一阵哈哈大笑声,笑声过后道:"好,去高速路收费站。"钟小华不得不照着做。等到了收费站,又让他到另一个地方。钟小华被对方牵着鼻子，在城里城外转了几个小时，对方始终没有准确的地点。

李文虎已经有两个多小时没有和钟小华联系了，一种不祥的预感涌上心头。他立即启用第二套方案，令各个监控点联络附近的派出所出动警员扩大监控布网，交警、巡警留意和通缉令上余心华长相相似的人，但不准靠近更不准逮捕。这一招还真奏效，半小时不到，城南交警报告，十分钟前，见到一个和通缉令上长相十分相似的人骑着自行车往三帅祠方向去了。

李文虎立刻带着身边仨人，拦了辆出租车向三帅祠方向赶去。

三帅祠的门被敲开，来人没容值夜人开口发问便将其放倒，塞进值班房里，随从从外面扛进一个麻袋包，笔直进了大殿，藏在神像后面的余心华从缝隙里看得十分清楚。

放到地上的麻袋包里其实是一个被制服的活人，因为，地上的麻袋包在扭动。他恍然明白，来人确是鲁地蒙，麻袋包里的人是张影。他心里又急又轻蔑。急的是张影，不知道她现在怎么样了；轻蔑的是对方玩这个把戏，实在太没有档次，像小孩子过家家。

轻蔑之后是震惊，因为他联想到在周贵庭卧室里听到的对话内容，知道吴仙殊这样做是为了拖延时间转移注意力，好转移资金。他更震惊的是对方玩这套老掉牙的把戏，并不是完全为了给自己铺垫，也不全是为了给吴仙殊争取时间，可能在这个同时进行着另一个阴谋。余心华知道自己现在再怎么着急也是无济于事的，只能专心应付眼前的事。还好，从麻袋的扭动得知张影还活着，活着比什么都好。可是马上惊颤，惊颤麻袋包里装着的万一不是张影。接着又否定了自己的猜想。余心华就这么在肯定和否定里思绪翻飞。

余心华知道鲁地蒙是在奉命演戏，就是要他出手救张影，但是他现在不仅要救张影，还要生擒鲁地蒙。鲁地蒙能让他生擒？他知道鲁地蒙

的厉害，若要和他正面冲突，自己一点必胜的把握也没有，弄不好还成了第二个张影。所以，他要等待时机，一击成功。

鲁地蒙放下麻袋包后，在殿内一通折腾，拆掉供桌，堆到殿中，扯下帐幔，撕下一条点燃塞进柴堆里，片刻废供桌烧着。鲁地蒙摘下黑布面巾，露出白净的脸和右脸从耳根处直到唇边的一道印痕。如果不在这样的环境里，如果不是亲眼看到，你无论如何也不会联想到他就是杀人不眨眼的魔鬼疤面人，还是一个一流高手，那张白净得可以用美来形容的脸和匀称的身材算得上标致。余心华心道：怪不得能得到吴仙殊的宠爱。

鲁地蒙解开麻袋包，放出张影。余心华看见活着的张影心里顿时温暖。鲁地蒙拿掉张影嘴里堵着的毛巾，张影凌乱的头发掩盖不了眼睛里面发出的怒火，张影喘息后愤怒道："你是谁？为什么绑我？"鲁地蒙呵呵呵一笑道："小姐，你的气性还不小哇，都一天多没有吃东西了，还这么倔强。"

"你，你到底要怎样？"

"不怎么样，一会儿让你看一场英雄救美的大戏。"

张影道："你是、你是要引小余上当？"

"脑子还不笨，叫得这么亲切，我真的好羡慕。等一会儿，你就等着看你的小余进入套子吧，哈哈哈……"独自坐到火边像是在欣赏燃烧的典礼。张影知道跟这样的人说话没有多大意义，看到身旁有一根圆柱，一点一点挪动，靠到柱子上。鲁地蒙对张影的动作丝毫不在意，只管很惬意地欣赏眼前燃烧的火苗。

余心华小心地暗中向坐在火堆旁的鲁地蒙接近。

钟小华闯入大殿，看到大殿里的情况大吃一惊，没有料到对方费了那许多周折，竟然将自己毫无保留地暴露在火光中，还低着头摆成一副毫不在意的架势。他想，此人一定有恃无恐吃定了自己。此人的有恃无恐不仅仅因为手里有张影这个人质，还因为他本人本领和手段的不凡。

钟小华全神戒备走近几步，立在阶下，心中不免生出几分胆怯，可依然硬着头皮道："我如约而来，张影呢？"

鲁地蒙慢慢抬起头，咧嘴微笑。钟小华似乎惊呆了，随口道："你你是蒋天明？"

"蒋天明算什么鸟啊？"

"那你是……"

"是也不是，你知道了反正没关系。"

"那是……"

"死人哪里还能够说出秘密？哈哈哈……"

"你是说我……"

"当然……"

"那你到底是谁？"

"我就是我，蒋天明只是我出现在公众场合里的一个形式，鲁地蒙也是。听明白了吧？哦，为了你方便就暂时叫我疤面人好了，反正名字是一个符号。"

"林倩茹是你设计毒杀的？"

"你说呢？"

"为什么要杀她？"

"她纠缠不清，竟敢拿肚子里的东西威胁我，你说她该不该死？"

钟小华竭力忍住心中的愤怒问："林倩茹的尸体也是你盗走的？"

"当然！"

"为什么，仅仅就为了消除她肚子里的孩子？"

"难道这个理由还不够充分吗？"

"那晚出现在现场，要抢走林倩茹尸体的人也是你派的？"

"那只是一种游戏，逗你们玩玩。"

钟小华停顿着，没有说话。鲁地蒙道："时间有限，有什么疑问就

赶快问吧，免得到了阴曹地府还闹不明白。"钟小华问："那晚是廖峰领你进冷藏间的？"

"明白的事情我不予证实。"

"那杀罗志军，放走余心华也是你干的？"

"我不是声明过了吗？还问，你怎么这样弱智！看来穿警服的大多是白痴。"

"那穆华春和徐露也是你杀的？"

"这些你不是都知道了吗？啰唆！"

"那一年前501所的女研究员也是你杀的？还抛尸后园街制造假象。"

"你说呢，这个还用问？太弱智了！"

"杀害林目良嫁祸余心华也是你所为？"

"那是我的杰作之一。"

"为什么？"

"好玩。"

"你干秘书好好的，又没有人怀疑到你，你为什么要玩失踪，也是好玩？"

"当然！"

"你到底是什么人？你的目的是什么？你后台老板究竟是谁？"鲁地蒙听了又是一阵大笑，道："幼稚，你认为我能够将什么秘密全都告诉你吗？"

"你刚才不是……"

"刚才是刚才，现在是现在，时间变了，东西带来了吗？"

"你不是看到了吗，在我的右手里……"

"扔过来！"

"张影呢？你这么大本事，应该先放了张影，反正我们都不是你的对手，你怕什么？"

"嗨嗨,小子你还没笨到家。好,我将她脚上的绳索解开,就看你们的造化了。"说罢,疤面人解开张影脚上的绳索。张影没有立刻起身,坐在当地,蹬踏着两只脚疏通血脉。张影不立即起身走开另一个原因是不能立即走开,她从对话里听出此人是高手中的高手,钟小华那些发问也是在暗中提醒自己不可盲动,否则他们俩都有可能陷入灭顶之灾。张影在养精蓄锐等待最佳时机配合钟小华。

钟小华知道张影听懂了自己的警告,心里释然。但是面对如此高手,心里又虚弱起来。他只能在对峙中抓住机会,继续和疤面人虚与委蛇道:"张影,快过来。"钟小华用最直接的命令转移疤面人的注意力。疤面人是高手,其他的话反而骗不了他。说了这句话,钟小华做好了完全准备,拼了命也要阻止疤面人对付张影。张影没有听钟小华的命令,她知道此时的疤面人一定有万全之策,否则不会一个人来此,还如此淡定,如果自己贸然行动,说不定没有到大殿门口就结束了生命,钟小华一个人是万万对付不了这个冒牌蒋天明的,况且自己双手被缚有力使不上,搞不好俩人一道完蛋,所以她静立原地。

"小子,她可比你聪明得多。来吧,你来一趟也不容易,我给你一个抓我的机会。我知道,你们的后援一会儿会找到这里,你只能在他们到来之前抓住我或者杀了我,否则,你和这个大美人都要一起到地府报到!来吧,我给你五分钟时间,时间可不等人哦。"

话到这个份儿上,钟小华可以说已经栽到家了,也毫无退路可寻。他将布包扔到张影和疤面人之间,同时跳进殿内,弓腰提双拳,眼睛盯着疤面人。疤面人毫不在意,抬眼悠闲自得地瞧着大殿屋顶,对地面的布包不屑一顾,对站立近处的钟小华视若无物。

钟小华见状,飞身扑上,双拳朝疤面人面门击出,张影只喊了声:"钟小华注……""意"字还没有出口,鲁地蒙闪电般侧头,左手上抬,钟小华来不及反应,整个身体像飞起来一般飘向鲁地蒙的身后,要不是

一根柱子挡住,钟小华非撞到墙壁上不可。

钟小华落地,惊恐不已,凭自己的身手还从来没有被人如此轻而易举地忽略过。钟小华转身面对着鲁地蒙全力戒备,不敢轻举妄动,呼吸粗重。他只盼望着李文虎带人早点到来,也恨自己自作聪明没有带枪。他原以为,对方一定会扣着张影要挟他,就是带了枪也没有用,搞不好还会落到对方手里。哪知道,疤面人将张影搁在一边,这真是天赐良机,只可惜……

疤面人回身轻蔑地瞧了瞧虚张声势的钟小华,嘴角露出微笑道:"好了,你的大礼也送来了,你也该上路了。"余心华此时悄悄摸到疤面人背对着的那尊帅像后面,距离疤面人只有三步左右的距离。没等疤面人对钟小华下手,抢先飞出,直取疤面人耳门。这要是击中,疤面人纵使是金刚不坏之身,也得晕头转向失去战斗力。

疤面人虽然背朝着余心华,但还是觉察出身后的危险,在余心华拳头刚要击中耳门的瞬间急速偏头矮身,但还是让拳头击中了后脑头盖骨边缘。疤面人就地一个翻滚,迅疾跃起面朝余心华抬双拳戒备。刚才那一下子让疤面人吃足了苦头,知道自己遇到真正的对手,何况现在自己的头脑陷入晕乎里。钟小华看到余心华突然出现,不亚于见到了救星,忙向余心华身边靠拢。余心华盯着眼前的疤面人,道:"小华,快救张影,他交给我!"

钟小华不得不承认,此时自己夹在他们中间不但帮不上忙,反而可能成为余心华的绊脚石,只得依言去解张影的绳索。

三十九、偷天换日

　　余心华回归，张影获救，疤面人被抓，积案取得重大突破，给阴霾笼罩的局里带来阳光和春风，正在局长值班室里开碰头会的领导们无不欣喜若狂。桑副局长建议暂停碰头会，下去迎接他们归来。大家都道这个提法好，刘处长宣布局领导集体迎接。

　　走道里的脚步声和话语里宣泄着的欢快迅速蔓延到整座大楼，那些奉命等候的人员先后走出房间，加入到这支队伍里。

　　车队刚进门，领导们便迎着车灯走出，车灯一辆接着一辆熄灭，头车赶紧刹住。李文虎、余心华和张影似乎同时打开车门，桑副局长抢先一步冲余心华喊道："小余，你受苦了……"抱住余心华泣不成声。

　　遽然出现的场景，让在场所有的人都是一愣。余心华眼眶里泪水转动，说不出话来。刘处长走上前笑呵呵地道："老桑，你看，你这搞得小余也……"桑副局长连忙放开余心华，快速抹了把眼睛，笑着道："刘处，我这不是高兴吗？小余，你真是好样的，我没有看错你！"

　　桑副局长拉住余心华的手，向迎接的人们高声道："我们小余同志可是大功臣，要不是他及时出击，小华和张影恐怕早就出事了，那么疤面人这个罪魁祸首又一次逍遥法外了！"经他这么一说，大家涌上来围住余心华。

　　钟小华虽然看得眼馋，但是他衷心佩服余心华，高兴地向刘处长等

人叙说余心华的出击及时和勇猛。刘处长听了，高兴地道："小华，你表现得也很勇敢，和你爸爸说说。"

钟局长将手伸向张影道："小张，你受累了。"张影笑着握手说："没事！"身体摇晃。李文虎道："小张，怎么了？"

张影摇摇手道："没事，可能是饿的……"

"快，小黄扶住小张，到餐厅。哎，大家让开，让我们的英雄吃饭。"刘处长喊道。众人这才放开他们，簇拥着走向餐厅。

吃完饭，刘处长留下李文虎、余心华、张影和钟小华几个当事人到会议室，钟小华和李文虎分别说了自己执行任务的过程。

没等余心华说话，钟局长再次握住余心华的手道："余心华同志，这次多亏了你，我们才取得这样空前的收获。对你以前的误解，我代表局党组并以安城市公安局长的身份，向你致歉。"说着向余心华行了个庄重的军礼。

余心华还礼，钟局长继续道："现在，我以父亲的身份表示感谢，你及时救了我们家小华和张影的性命。小华，你们以后就是好同志、好兄弟了，握手！"钟局长、余心华和钟小华六只手握在一起。

余心华微笑道："钟局，我有个请求，不知道能不能讲？"众人一惊，看着余心华。桑副局长笑道："可不能居功自傲哦。"

钟局长笑道："没事，只要我们的大英雄有求，一定考虑。"

余心华道："其实，也没什么大事，就是以后能不能取消我的'余大业余'的称号。"

众人大笑。

钟局长道："有这个称号吗，谁授予的？"

众人更加欢笑。

刘处长笑容满面地道："好了好了，钟局，小余，以后有的是表达情谊的时间，现在大家都坐下来好好议议案情。"大家纷纷归座。

桑副局长道:"小余,你怎么突然出现在现场,你是不是事先知道些什么?"张影对这句话很反感,这不还在怀疑余心华吗?但她只轻轻咳嗽了一声没有说话。余心华微笑道:"什么也没有,我当时正好躲在那里睡觉。"

"哦,是这样!这一阵子可真的辛苦你了。"

"没事,只要能够破案,再说,我这不是好好的吗?"大家听了释然一笑。桑副局长道:"你能不能说说你这一阵子经历过的事?"

"当然,这一阵子最主要的收获是得到了林倩茹的日记。"接着从罗志军被杀说起,简要说了经过,但没有说轮窑厂树林里的事和到过黄龙公司的事以及李文虎、张影他们三个私底下的事。大家对他身陷险境背负委屈,仍然坚持不懈的精神大加赞赏。

余心华也问了局里最近发生的情况,听了之后道:"不对啊!疤面人怎么知道林倩茹的日记落到我手里,还指名道姓要我带着日记去交换张影?我要是不在呢?既然日记在我手里,日记里的内容不是暴露了吗?那他要日记还有什么用?"

"那你是怎么认为的?"桑副局长问。

"我想,疤面人在大殿里说的话未必都是真实的!我们应该立刻审问疤面人。"

钟小华道:"那是当时他太过于自负付出的代价,他当时是吃定了我,才敢那样张狂。他的话没有假,再说,他总不至于自己断送自己吧?我敢断定,现在去审问他,他绝对不会承认。"余心华没有和钟小华辩论,望向几个领导。

钟局长道:"小余说得是,我们应该趁他意外被捕,心理不稳定的时候突破他!"桑副局长赞同,李文虎也同意。刘处长道:"好!你们几个也参加。"

刚出门,等候在门外的老邢拉住余心华,说了许多关心的话。余心

华虚应着老邢的关心。老邢见大家都下了楼梯，压低了声音道："你交给我的事办了，林倩茹和张影确是亲姐妹。"

"你没有搞错？"

"什么话，我什么时候错过？"

"怪不得她们那么相像。"

"要不要告诉张影？"

"不能！"

"难道张影也有问题？"

"暂时不能告诉。"

审讯室里，疤面人摆出一副舍我其谁的模样，说："我真是面子大，竟然劳动你们全局的精英齐到，真是三生有幸啊。"对他在三帅祠大殿里说过的话一概不予承认，说他在那里根本就没有说过话，见面就动手，他还后悔地道："也怪我大意，没有把那个女警抓在手里，而是放到地上。要不，你也没有机会从背后袭击我。"他指着余心华问："你学的是哪家的拳法？那么刁钻？"余心华仿照他在大殿里的口吻道："你知道了有用吗？"

"怎么没用，下次见面不就有谱了？"

"你还有下次？你真是天下第一自信！还是言归正传吧，你的真实身份是什么？比如你的真实姓名、籍贯、年龄等等。"疤面人哈哈哈大笑道："我说了你们相信吗？我就是蒋天明。"钟小华道："胡扯，你说过你不是蒋天明，也不是鲁地蒙，我们三个都听得真真的。"

"哦，你们三个成众了，要诬陷我我有什么办法？你们干脆法办了我好了，还审个球。"余心华抬手示意，钟小华咽下将要出口的愤怒。余心华站起身，走向锁在审讯椅里的疤面人。疤面人略显紧张地道："干什么，你要动粗啊？这么多人看着，你敢！"

余心华没有说话，笑吟吟地走到疤面人背后，朝疤面人后脑两侧细看。在场的人都把目光集中到余心华目光所及的地方,不解其意。

只见余心华左手五指齐张,摁住疤面人的天灵盖,右手两指贴着耳垂向前向左带过,一张薄如蝉翼的面具拿在手里,众人不由得发出一声惊呼。疤面人的脸瞬间换成另外一张陌生的面孔,脸上抓过的印痕依旧。要不亲眼所见,谁敢相信这是真的?假蒋天明眼见伪装被揭破,像死了老子娘似的耷拉着脑袋。

刘处长道:"说,你到底是什么人?真正的蒋天明在哪里?"

假蒋天明突然强硬起来道:"你们也别得意,也别多费口舌了,你们从我这儿得不到你们想要的任何东西。哦,不过看到你们这么兴师动众的,告诉你们一点也没关系。你们不是要知道蒋天明的下落吗?我告诉你们,他早就化作泥土成为肥料了。哈哈哈……"突然,脑袋一歪,了无声息。全场怵然,全无反应。余心华手探鼻息,哪里还有呼吸?

钟局长立刻让钟小华叫来老邢。老邢手执腕脉,翻开眼皮,道:"快送医院急救!"桑局长忙让押解的刑警去掉手铐脚镣,众人抬着假蒋天明出审讯室。

钟局长要求这次亲自去医院,刘处长道:"还是让桑局代劳吧。"桑副局长道:"放心,这次一定不会出差错。"

急救室里,几个科室的医生会诊。桑副局长安排人把守住楼道、拐角和各个关键处,将病房围成铁桶。但还是不放心,又检查了一遍,实在挑不出漏洞,才和余心华等人坐到急诊室门口等待。

半个小时后,急诊室门开了。坐着的人们站起迎上去。龚副院长道:"临床诊断为:死亡。"众人听了像被兜头浇了瓢凉水。医生纷纷走向院长值班室。余心华抢着问:"院长,死亡和'临床诊断为死亡'有区别吗?"

"区别是有的。临床死亡,是指经过检查手段认定:病人失去了生命体征,比如没有了呼吸、心跳、脉搏等符合死亡的特征……"

"那,区别是什么?"

"区别在于,此人胸口处仍有余温,尸体死而不僵,瞳孔也没过分扩大。"

"怎么会这样呢?"桑副局长说,又像是自言自语。

龚副院长道:"我们也不清楚,我们得回去找资料做进一步研究。"

"那是不是中了什么毒,比如说中了某种能够在几个小时后突然发作的毒?"余心华道。

"不可能,要是中毒,一眼就能看出。"

"那好,龚院长,我们就在这里等着,你们快去。"桑副局长道。

龚副院长疾步走向值班室。

桑副局长身边的几个人议论这一独特想象,但谁也说不出原因。桑副局长用手机向刘处长汇报了这里的情况,问有什么指示。刘处长指示很简单:看好他,等候院方的最后措施。

桑副局长说了指示,让大家节省精力,加强警戒。

半个小时过去了,院方仍然没有结果。

钟小华耐不住性子道:"桑局,我进去看看是不是有变化?"身旁有人说他一朝被蛇咬,十年怕井绳。

余心华道:"小华担心得是,都快四十分钟了。"桑副局长站起来道:"有理。"说着领着俩人走向门口。钟小华先一步推开门,疤面人仍然直挺挺躺在病床上。

桑副局长、钟小华看了一眼,欲出门。余心华蹲下身体探探鼻息,摸摸腕脉,和死尸没有任何区别。他还是不放心,又仔细查看疤面人的脸部,这一看,心里大惊,忙道:"桑局,有问题!"桑副局长收回了脚步问:"发现了什么?"钟小华跟着蹲下身体查看。

余心华用指甲朝假蒋天明耳垂下面轻轻刮着,没几下,皮肤轻微卷曲。余心华两指夹住猛地一用力,连绵的表皮应手而起。一张薄如蝉翼的面具拿在手里，床上那具陌生的面孔又换成另外一张陌生面孔，面孔上再也没有指甲留下的爪痕。桑副局长道："快叫龚院长。"钟小华蹿出。

龚副院长和医生很快到来，看了一眼床上的人，龚副院长诧异道："怎么换了人？"

"没有，还是那个人，你看看，他现在怎么样？"桑副局长道。余心华退离病床。

龚副院长和医生查看后，互相交流了一下道："这具尸体死亡时间在四五个小时以上，可以确定是中毒身亡，你们莫不是叫人掉了包了？"

四十、信任危机

刘处长和钟局长坐在局长室里,足有半个小时没有开口说话了。俩人似乎在比赛抽烟,烟雾弥漫了整间屋子。

钟局长首先摁灭烟蒂,道:"老刘,你怎么看廖峰的话和那个疤面人的话?"刘处长也摁灭烟蒂,探出身体问:"你对这两件事有怀疑?"

"你不觉得蹊跷?"

"嗯,是不寻常。廖峰的话和那个疤面人在大殿里说的话,看似滴水不露,很好地解释了小余身上的嫌疑,也让我们找到破解案子的头绪和目标,但是这些似乎太完美了。疤面人在三帅祠里说的话和在审讯室里的耍无赖死不认账,让我们认为他在三帅祠里说的话是真实的,而他在三帅祠里说的话和廖峰的供词恰好暗合。这只有两种解释,一是他们都来自某一个方面,可能是来自吴仙殊方面事先精心安排而这样说的。"

"那,他们这样安排的目的就是为了洗清……"俩人同时拍了沙发道:"余心华!"四目相视,钟局长低下头道:"余心华?小余真的有嫌疑?难道他真的和……"

"现在,我们就事论事。他们这样安排是很保险的,不承担任何风险。廖峰说出供词,就逃跑了,而且还在自家门口不远的地方触电身亡,而那个疤面人却突然死亡。这就造成一个事实,死无对证。廖峰的越狱、触电和疤面人的突然死亡都是他们计划中的一个步骤,其结果,我们只能相信余心华是被冤枉的，疤面人选择的三帅祠也是事先安排好的。"

"这么说，小余他真的是那样的人？可是我还是不相信。那第二个可能？"

"那就是这一切都是真实的。"

"这也不可能！"

"你看，这一切是不是他们导演的？余心华只不过是后来失足进入的？"钟局长摇头。刘处长道："不行，我给老杨打个电话，以免出问题。"

刘处长刚要打电话，桌上的电话铃响了。钟局长拿起话筒，道："老桑啊，有办法了……什么？掉包了……那还是将尸体运回来再说。"放下电话道："疤面人尸体被掉包了。"

"什么？人都死了，有那个必要吗？"刘处长放下手机，望着钟局长。

钟局长道："看来余心华确实有问题，等回来看他怎么说。"刘处长同意道："这个电话过会儿再打，我们不能给老杨造成误判。"

尸体运回来后，刘处长让匆匆赶到的老邢和助手立刻取样，和疤面人留在面具里的残留物做比对，还叫他们拿穆华春指甲里和水仙大酒店外面的血迹联合比对。

会议室里，桑副局长叙说完事情的经过。刘处长问余心华道："小余，你怎么看待这件事？"余心华道："我在说我的经历时说过，我在周贵庭住宅里听到那个女人的说话内容，我敢断定那个女人的就是吴仙姝，吴仙姝问过鲁地蒙，哦，应该叫疤面人，问疤面人闭息大法练得怎样了。当时，我并不知道是何意，现在看来，他们早就做好了准备……"余心华说到此处，突然意识到有些话不该在这里说，立刻停止了说话。

桑副局长很有兴趣地问："闭息大法有什么秘密？"

"其实，我也不知道，纯属猜想。"

刘处长道："说说你的猜想。"

余心华张了张口还是道:"算了,不科学的东西还是不说的好。"

刘、钟俩人交换了一下眼神,没有追问,桑副局长善解人意地一笑没有追问。钟小华和张影似乎要追问,刘处长道:"好了,情况大致是这样,大家也够幸苦了,回去赶紧睡一觉。"众人四散,只留下刘处长值班。

没多久,老邢走进局长室,手里拿着报告单。刘处长问:"这么快就比对完了?"

"不是,是另外的事,我觉得要让你知道。"老邢将手里的检测报告单递给刘处长,上面写着:经鞋印尺码比对,廖峰和蒋天明的鞋印尺码皆不符合存留在冷藏间现场鞋印的尺码。

"这是不是说,林倩茹尸体被盗的当天,廖峰和蒋天明都没有进入过现场,俩人都不是盗走林倩茹尸体的人?"

"应该是这样!"老邢肯定地回答。

"那此前廖峰和疤面人所说的都是假话?"

"肯定是!"

"邢老,你回去继续工作,请不要将这个结果告诉任何人。他们的DNA比对结果出来,也不要告诉任何人,第一时间交给我。"

杨处长和黄冉说了刘处长电话里的内容,问:"黄冉,你怎么看待刘处长对余心华的怀疑?"

黄冉沉思很久,说:"我想,这一切都是对方新计划的一部分……"

"等等,你说'新计划'?"

"啊,要是按照以前的计划,他们志在击杀余心华。"

"你的意思我知道了,他们内部领导权发生了变更。我们的目标不变,加强内控,截获他们搞到的情报。我看这样,既然对手这样看重余心华,他们是在布新局,我们也只能借重小余了。"

"那你就不怀疑余心华?"

"这样，我们找余心华谈谈，找个机会再考察考察。"

"这是必要的，但我还是认为余心华是可信的。"

"那，就这样，我给他打电话。"

余心华走下一楼，看了看走廊一头的检验室，想起了老邢的话，将张影拉到一旁悄声问："张影，你姐妹几个？"

"你怎么突然问起这个，查我啊？"

"不是，你千万不要误会，我是……"

"是什么？说啊！是不是下一句要问我有没有初恋情人？"没想到张影竟然会想到这上面了，余心华一点准备也没有，根本不知道随机应变促成好事，尴尬地说："你是不是有个姐姐，从小丢失了？"

"啊，你怎么知道的？你早就对我的家庭做了调查了？你真坏！"其实，张影现在已经知道余心华问话的目的了，但是佯装不知。从后园街北巷里发现林倩茹长得极像自己那一刻起，张影就生出不祥的预感，预感到林倩茹就是二十多年前失踪的姐姐。

后来，在卢城调查的事实更进一步确认了自己的预感，但是，她不敢拿自己的DNA和林倩茹的做比对，因为她看到林倩茹被抛尸荒野时的惨象，不忍将这种惨景冲淡姐姐留给她照片里的美好。还因为，这事一旦公开，父母知道了，那还不让他们更加悲伤，又经历一次折磨？就是证实了，她能活得过来？所以，她只把怀疑和思念留在心底。她想，等案子结束了，好好安葬林倩茹，算是做妹妹的一片心意。

余心华见得到证实，反而无话可说。想到张影刚才那几句诱人的话，心里好像被春风包裹起来，大着胆子说："张影，我想……"尽管放大了胆子，说到这里还是缺乏足够的勇气突破。张影此时没有听完余心华的话，问道："啊，要说什么？"余心华没来得及突破，口袋里的手机不停地振动，掏出手机离开张影几步，只说了一个"是"，余下的全在听。

手机里面大约说了两三句话,余心华说了句"知道了"便关了机。

张影刚要走近余心华问他要说什么,余心华又掏出另一部手机接听电话。张影不由得生出狐疑,他怎么同时有两部手机?而这两部手机都是她没有见过的那种。余心华在张影的狐疑中接完了电话,冲张影一笑道:"张影,我出去办点事,明天再说好不好?"张影没有说好也没有说不好,余心华撂下张影独自一人走出大门。

张影心中疑团迭起,悄悄蹑踪而出。

四十一、考察

凌晨时分，黄冉带领着技术组进入501所，于关键部位安装好干扰仪，最后开启了所区范围内的电磁屏蔽。之后，他令朱桦带领他的小组去306厂执行类似任务，自己换上所里的工作服，同所长和所有被考察项目的负责人共同准备接待考察组。

考察组一行十二人，两名中将担任正副组长，余下十人全是相关考察项目的专家。十位专家依据任务，分成验收和中期验证两个小组。验收组来验收隐身设计、隐形涂料和新型相控阵雷达项目，中期验证组任务是验证新型电传系统和电战系统。

省里一位副书记和一位主管国防工业的厅长参加，市里安排了代市长周贵庭陪同考察，因为周贵庭还兼着国防工业办公室主任。原本还抽调了秘书处两个秘书参与接待，方案报上去，上面给否定了，理由是：事关高度机密，参加的人越少越好。

这是周贵庭刚刚就任代市长第一天遇到的头等大事，他也是昨晚十二点才接到省里的紧急通知。他推掉了今天所有原定的日程安排，在机场出口处安排好了警车和特警，领着新配的秘书守候在机场接待室里。

八点整，他的手机响了。秘书长告诉他：考察组已经到了市政府门口，让他立刻回去。周贵庭问："他们原定不是坐飞机吗？怎么改了……哦，是这么回事。那好，我马上回来……什么什么，不用我们的安保……

哦，好！"周贵庭收起手机，走出接待室，让特警回营，和秘书上车。车上周贵庭在想着不用自己安排的安保和没按照原来的行程等这些变化，说明肯定有问题，但是不知道问题出在哪儿，内心紧张。他不敢顺着这个疑问想下去，想下去的结果很可怕，多年的政治生涯锻炼了他遇到大事努力镇定的习惯，但是这次他无论如何也做不到泰然自若。

市政府门前停着两辆小车和两辆黑色防弹中巴，高书记正和省里的张副书记交谈，看到周贵庭下车，高书记道："叫你的秘书留下，上车，领考察组去501所。"周贵庭本想和张副书记打招呼，见此情景，忙转身让秘书留下，钻进车里。张副书记和高书记握手后，也坐进车里，跟在周贵庭车子后面驶向501所。

周贵庭心慌意乱，那可怕的后果可能出现了，又想，高书记也没怎么样自己，还是让自己陪同嘛，只是安保的要求严格而已。

501所门前的武警示意车队停车，车队不得不遵照命令一辆接一辆停车。乘员们下车，接受安保人员的电子扫描，这里可不认你的官阶高低大小。一番检查，工作人员引导一行人从旁门挨次进入。在门内缓冲区里进一步接受虹膜验证，通过后才放行进入。

所长、黄冉和项目组负责人和来人握手问好，引导来人进入相关科室，黄冉紧随着周贵庭身后陪同考察。

专家们听取项目负责人汇报。周贵庭用手挖了一下右耳，好像挖出一颗耳屎，随手弹向纸篓。这一切落在黄冉的眼睛里，黄冉不动声色。听完报告，大家起身观看仪器。周贵庭走近那个汇报的研究员的计算机，将左手掌按在键盘旁边，问："电脑好不好使？"

"还好，但是有一段时间了，下面要更换龙芯机。"

"好哇，支持国货，我们市里出这笔资金。"所长听说忙握住周贵庭的手道："那太感谢周市长了。"

"支持国防事业，是我们分内事，何用感谢二字？"一直没有开口说话的中将也伸出手和周贵庭握手道谢。

考察完所有项目,一行人离开501所,去306厂考察。

黄冉让科研人员退出,和助手用磁力探测仪探测纸篓,探测仪没有任何反应。黄冉将纸篓里废纸倒在地板上,趴在地上用手小心地一点一点分离查看,终于发现了一颗菜籽大小的颗粒,将它放到磁力探测仪上,探测仪依旧没有反应。黄冉将它放进随身携带着的一个写有屏蔽字样的小盒子里,将盒子放到桌面上。他细心查看周贵庭手掌按压过的桌面,怎么看也觉察不出有任何异样。黄冉掏出一只偏圆金属小壶,旋开壶盖,壶盖连着一支小刷子。将刷子上的液体涂抹到周贵庭手掌摁过的地方,立即呈现出蚕豆大小的淡蓝色菱形方块。黄冉和助手小心翼翼地用圆柱形状的海绵体朝菱形图案滚动,成功吸附了图案,装进另一只屏蔽盒内,封好。对一直站在身后,已经看得目瞪口呆的所长道:"所长,现在可以让你们的人工作了。"所长惊恐道:"这、这到底是怎么回事?难道、难道……"所长不敢说出自己的怀疑。黄冉笑笑道:"没事,以后加强安保。我去解除对所里的电磁屏蔽。"所长仍然站在那儿,茫然若失的样子。

黄冉解除了屏蔽,让助手拆除干扰仪,掏出手机准备打电话,仿佛想到什么,合上手机,出大门,驾车赶往306厂。

306厂门外停着一溜车子,黄冉将车子停在车队后面的路边,步行走到门口,掏出证件给警卫验查。警卫查看过证件,将它放进扫描仪扫描,扫描仪上亮起绿色指示灯,警卫拿起电话道:"处长吗……我是大门二号警卫,有一个国安局的人来厂……查看过了……叫黄冉……他没有说……好!"警卫放下电话,启动按钮,门开,黄冉接过警卫递过来的证件走进大门。

黄冉掏出手机拨号后,放到耳边静听,手机里传出忙音,收起手机,满意地笑了。

黄冉进入传达室侧面的保卫处。

十二点多,考察组众人才从主楼里走出,人人脸上挂着满意的笑容。那两个不苟言笑的中将满脸兴奋,如同两个孩子似的和张副书记、厅长和周贵庭握手言欢。

在保卫处窗后看到这个场景,黄冉抑制不住内心的激动。这说明,这两个项目通过了,不久,我们的天空上将飞翔着我们自己制造的隐形飞机了。它的诞生,意义非同小可,我们看别人眼色的日子一去不复返了!这是个里程碑式的跨越!如果不是工作需要他真想和可爱的科研人员挨个拥抱、敬礼。

黄冉激动之余,惦记着大楼里面的情况。等车队一离开,马上冲进主楼。朱桦正带领着人在检查,科研人员统统站在玻璃墙外等待着。随他而来的保安处长,将手掌按在电子锁的荧光屏上,片刻,门锁自动弹开,黄冉推门进入。

黄冉问朱桦道:"刚才,你是不是一直跟在周贵庭身边?"

"半步不离。"

"你有没有看到周贵庭有什么反常举动?"

"没有,就是周贵庭用右手挖了一下右耳,弹出一点耳屎,怎么了?"

"耳屎弹向何处?"朱桦领黄冉走到一个纸篓前道:"就是这个纸篓。"黄冉看了看,那个纸篓离样机五六米远,马上将纸篓的东西倒出,用手细心检查,找到了和501所一样大小的圆形颗粒。朱桦道:"这怎么可能呢?"黄冉没有理睬他的疑问,道:"他的手还在什么地方放过,或者按压,或者握拿?"

"你怎么知道……难道,难道……"

"少废话,有没有?"

"有,就这儿。"朱桦指的是那台样机脚下的桌面,黄冉道:"你没记错吧?"

"没有!"

"他还在什么地方用过手？"

"没有了。"

黄冉依照在501所的操作，很快清除了危险，让大家拆掉仪器，回处里。

圆山饭店地下室的机房里，白大褂和黄俊卿一直守在仪器前，可是，接收器里没有一点反应。黄俊卿怀疑仪器出了纰漏，白大褂检查后说："一切正常。"黄俊卿道："怎么回事，莫非那东西不好使？"

"放心，那是最新产品，万无一失。"

"是不是电池没电了？"

"不会，电池足够使用四十八小时。这才过了十一个小时。"正在找不出问题的时候，外面的观察点向他报告说，考察结束了，他们已经去了机场。黄俊卿才彻底地意识到，精心准备了这么长时间的计划彻底失败了，他像一只被抽去脊梁骨的动物，瘫软在皮转椅里。

蜂鸣器响起，白大褂识趣地退出。黄俊卿朝键盘上输入数字，荧光屏出现了太阳的图像。黄俊卿迅速解码，得到的内容是：东西到手了？黄俊卿立刻制作了一个暗夜的图像发出。不久，屏幕上再次出现太阳，黄俊卿解码，太阳指示他执行八号方案，将东西放到C地点。

四十二、探路

局里令余心华和张影继续搭档,派他们去水仙大酒店对面的监视点,执行对大酒店的监视。余心华这才明白局里对自己还有怀疑,但不知道是哪种怀疑。

张影虽然和他在一起,可是也好像隔着一座山,不仅说话少,眼睛里还时时流露出怀疑和不信任。他知道张影为何怀疑自己,但是,他不能向她解释,所以,这怀疑无法消除,他也不知道自己还会不会有解释的机会。

刚上岗不一会儿,兜里的诺基亚发出振动。余心华对张影道:"张影,我去一下洗手间。"张影盯着他,好像在断定这句话的真伪,没有说话。余心华看了心里发毛,避开她的目光走开,张影蹑踪而去。

余心华在楼道转角掏出手机,里面有一条信息:去鼓楼楼顶,取出鼓架下面凹槽背面里的礼品,等待指示。合上手机,走进洗手间,迅速掏出手机拨号,贴上耳朵小声道:"我余心华……他们让我到鼓楼取货……现在……好,拿到了马上过去……什么地点……噢,知道。"他刚出门看到张影灵巧的身影一晃不见了,心里只好苦笑,走回监视点。

张影正伏在镜筒前观看,好像从来没有离开过。

余心华来到张影身侧小声说:"张影,我去车站接一个朋友……"张影离开目镜,眼睛火辣辣地盯着余心华道:"这回不是同学了?"

"也是同学,这回是真的。"

"真的假的和我有什么关系,腿长在你身上。"

"话不能这么说,我这不是和你商量吗?"

"现在知道和我商量了?"

"啊,我什么时候……哦,有些事你不要见怪,不对你说那是为你好。"张影冷笑,伏身目镜继续她的观察,好像身边从来没有人。

余心华没有去长途汽车站,直奔鼓楼。

鼓楼游人稀少,顶层走下一对情侣后再也没有其他游人。余心华靠近鼓架,装着考察的模样,手指朝鼓架上东敲敲西打打。见仍然无人上来,手伸向鼓架中间那根横档,手掌平伸从右到左抹过去。手掌在中间的位置停住,手掌触到异物。眼望楼梯口,无人。双手将那异物取出,是一只毫不起眼的狭长的木盒,立刻收起,下楼。

余心华没有直接去黄龙公司,而是进了紧挨着黄龙公司的联华超市。在超市的货物架中间徘徊,看着货架上的商品。一个戴墨镜的提着手袋的男子走到他身边道:"先生,你也看好剑鱼牌?"

"不是我,是我老婆说它好。"余心华眼观左右,发现顾客都在挑选商品,靠到来人身旁将袖口里的木盒塞进来人的手袋里,然后随手从货架上拿了几样商品塞进口袋里,走向大门。刚要从保安身边经过时,保安身后的报警灯亮起,随即响起嘀嘀的鸣叫。保安伸出手拦住余心华道:"先生,请留步!"

"为什么?"

"先生,请跟我到柜台结账。"

"为什么?我又没有买你们的商品!"

"真的吗?那好,请跟我到经理室。"余心华欲强行出门,两个保安抓住他的双手,余心华大喊道:"你们这是非法绑架,我要控告你们!"

"一会儿你就不再这么喊了,年轻人什么事不好干,非要学着干三只

手的勾当?"门口的吵闹声吸引了购物的顾客,众人涌向门口。一个保安道:"不关大家的事,你们请回,我们会公平处理的。"余心华怒道:"不就是百把块钱的事吗?值得吗?去哪儿,我跟你们走,放开我!"两个保安放开手,其中一个领着他上二楼。

那个拿手袋的男子见了,无缘无故地道:"没事的,我一会儿送钱过来,我这儿钱不够。"

到了经理办公室,余心华主动将几件商品掏出,搁在桌面,道:"我给家里打个电话叫他们送钱过来,可以吗?"经理道:"你请。"挥手让保安出去。

余心华拿出那款诺基亚手机打电话道:"老板吗……我在联华超市,发生了一件意外……没事,我身边没钱……等一会儿交了罚款就出去……嗯……好。"余心华打完电话并不着急给家里打电话,反而心情很好地坐下和经理拉起家常。

黄龙公司三楼检测室里,杨处长和黄冉正紧张地盯着测试台上放着的两颗眼球。技术员正操纵仪器对其检测,检测完一颗,又检测第二颗。黄冉摘下墨镜揉揉眼睛,室内空气干燥到遇着明火就要爆燃的程度。

时间不长,第二颗完成了检测。技术员报告说:"处长,不是我们要的,里面没有任何添加物和信息,它们只是一双普通眼球。"黄冉道:"那他们要这么大费周章的干什么?"杨处长没有说话,黄冉也在思考。

突然,俩人同时道:"试探!"杨处长道:"小黄,说说你的想法。"

"我想,他们是用此来试探此路是否通畅……"

"继续。"

"他们的目的有二:一是考验余心华的反应,看是否真的为他们所用;二是探路,看看这条转运渠道是否安全。如果安全的话,他们就可以起用这条渠道运送真正的眼球。"杨处长听了沉吟不语,黄冉道:"难道我说得不正确……"

杨处长对技术员道："提取眼球DNA样本，到市局调来林倩茹的比对。"

"时间来不及，余心华还在联华超市经理室里等着……再说对方也在……"

"取了样本，将原物立刻交给余心华，让他按着对方指示办，这条线索不要动，让他们顺利过关。"技术员马上工作。

"你是要截获后面的?"杨处长笑笑说，"正如你所说，他们这是在试探。但是，他们绝对不会这样冒险。他们这样做，只是为了测试余心华，向我们投石问路。"

"那他们要真是这样铤而走险呢？或者他们同时通过另一条渠道转运呢？"

"铤而走险是不可能的，通过另一条渠道是可能的。看来他们这次真的要出货了，时机也该成熟了。"技术员报告说提取完成。杨处长向黄冉道："交给余心华，什么也不要说。"黄冉装好眼球，放到手袋里戴上墨镜出门。

黄冉出现在超市经理办公室，余心华和经理有说有笑，好像他们是老朋友。黄冉替余心华交了罚款，余心华左手快速伸进黄冉拎在胸前的手袋，拿出盒子袖进袖管。余心华这才亮明身份，经理见是警察，慌忙客气地道："您怎么不早说，我知道你们一定是在办案，才故意这样的。算了算了，什么罚款不罚款的，只要没有耽误你们的事就行了。"抓住余心华的手就握死活不要罚款。余心华和他抖了一下手笑道："给你添麻烦了。"

出门后，余心华口袋的手机不停地振动，余心华掏出诺基亚道："是我……刚才买东西钱不够……是局里来人交完罚款才出来的……没有……我明白。"

余心华打了辆车，让司机开往高速路入口处。司机停车问："是这

里吗?"余心华没有回答,交钱,开门下车,手触及到手机的同时,手机发出振动。

对方指示他,下南面路基向前走两百米,将盒子放到一辆红色奇瑞车的后座上。余心华收起手机,抬头望去,南面路基两百米外是一个村庄,路口旁边正停着一辆红色奇瑞车。余心华来到车前,里面无人,后车门玻璃没有升起,将手里木盒丢进后座,反身离开。

杨处长和黄冉正在讨论对方转运情报的种种可能性,可是没有一种让他们满意。桌上的电话铃响起,杨处长听完电话对黄冉道:"六号报告,说余心华完成了交接。在高速路出口处一个村庄路口,是一辆红色奇瑞车。"黄冉忽然道:"杨处,他们这么着急,是不是想用最快的办法运送?"

"有可能。"

"他们为什么要这么急呢?"

"这有两种可能。一是上次考察,他们没有得到任何有价值的情报,他们可能怀疑到我们已经盯上了中间人,这对他们是个危险的信号。再有,那对眼球是不能长期存放的,必须尽快送出。"

"那从林倩茹的死到现在将近十天了,为什么到现在才要急着运送?"

"只能这么解释:他们得到情报没有及时送出,是因为送出的条件不成熟,或者是渠道不通畅。"

"现在就通畅了?"

"有可能,还有就是他们预感到危险来临,不得不铤而走险,让余心华执行就是这个铤而走险计划中的一部分。"

"那他们要是弄假成真了,在奇瑞车的下一站接货呢?"

"我们不是安排了监视的人了吗?"刚说到这里,技术员来报告说,初步断定那双眼球不是林倩茹的。杨处长问:"最终确定还要多少时间?"

266

"至少还需要十个小时。"

"好,你去吧,一有消息立刻报告。"

"是!"技术员刚走,桌上的电话又响了。杨处长接听道:"我是……什么代表团……商贸的……什么时间……明天晚上十点……嗯……周贵庭送别……什么礼品……走机场侧门……好,你继续盯着,不要行动。"

杨处长搁下话筒沉思,之后又拿起电话给省厅打电话。

四十三、双管齐下

十点左右，钟局长交给桑副局长一张通知，通知里让桑副局长参加厅里治安综合治理紧急会议，下午去省厅报到。桑副局长拿着通知道："刘处、钟局，你们看，这个时候去开会……"

刘处长笑呵呵地说："安心地去吧，家里还有我们呢。时间不长，耽误不了大事。"

"现在，不是正在节骨眼上吗？"钟局长笑着道，"要不，我替你去好了，反正我现在用不着发号施令了……"

"钟局，瞧您说的，好，好，我去！家里有什么安排要告诉我啊！"刘处长笑着说："那是当然，除非出现了什么意外。"桑副局长揣起通知笑道："好，那我下午就走。"三人笑呵呵地握手告别。

送走桑副局长，刘处长立即给杨处长打电话，道："杨处吗……我老刘……人我已经给你调走了……谢什么，我们不是一家人吗，另外，我要告诉你一件事……我们准备今晚八点对那几个目标收网……没有告诉他……推迟……好，我们推迟……好……不谢，再见！"

杨处长办公室里，黄冉认为他们一定会将情报伪装成礼品，交给这个代表团中的某个人。交货地点有两处，一是周贵庭和送代表团的车子会合时，二是在代表团登机前话别时。杨处长道："你认为最有可能的是在什么时候交礼品？"

"在登机时交礼品最保险，但也最能引起怀疑。如果放在宾馆会合时交，虽然离登机时间长点，变数大，但是，引起怀疑的概率小，我看他们必定选择车队出发前交接。"

杨处长突然问："特警调配好了，任务明确了？"

"好了，只等您下令。"

杨处长想了想道："你扮作市政府工作人员，负责在宾馆交接的事。我马上联系高书记，机场那里让朱桦去，你去准备。"黄冉领命而去。杨处长拿起话筒拨号，又放下。下楼上车，对司机道："市委高书记家。"

时间过了八点，还没有接到出击的命令。余心华拿出手机准备给局里打电话，刚要拨号，铃声响起。他将手机贴上耳朵道："我是余心华……待命……哦，我执行！"收起手机，回头对张影道："分别通知各个点和武警、特警领队的，本区行动推迟，继续监视待命。"张影问："这是为什么？"

"我怎么知道？这是刘处的命令。"

"李队那边也是这样？"

"没说，估计有什么突然的大事发生了。"张影继续追问，余心华没有说话，走到镜筒前，伏下身体观看。

九点整，周贵庭的车子准时停在宾馆门口。宾馆里的车队刚要出门，周贵庭带着秘书下车，笑容满面地迎着车队走入大门。车队停住，代表团正副团长下车，周贵庭和两位团长热情话别，末了握住华人副团长的手笑容满面地道："薛副团长，你能不能给我老朋友的孩子捎个礼品？"

薛副团长很热情地道："可以啊。"

"那就劳驾你了。"

"哪里话，顺便的事。我们代表团来你们市，得到您周市长的大力支持，才达成此行的目的，我们不知道怎样感谢您呢，这点事算得了

什么?"

"那就拜托了,小陶,拿过来。"秘书小陶双手递上一只中等大小的长方形礼品盒,周贵庭接过递向薛副团长。薛副团长接过礼品盒笑着说:"这里面该不是字画吧?"

"哪里,我哪有那个财力,里面是一对工艺品熊猫,是我那朋友六岁的女儿要的,地址写在盒盖上。"

"哦,那就好,还是周市长想得周到。"薛副团长笑呵呵地准备将盒子交给随员。突然,一辆车子直接停在他们面前,着实把在场的人吓了一大跳。周贵庭刚想发作,车门开处,高书记下车,同时下车的还有一个陌生面孔的年轻人,年轻人也捧着一只礼品盒,而这个礼品盒和薛副团长交给随员的一样。

高书记满面笑容向两位团长问好,话锋一转,对周贵庭道:"周市长,你把我的那只礼品盒拿来了,这盒才是你的。"接过年轻人手里的礼品盒,递给周贵庭。周贵庭脸色苍白,额头细汗浮现,双手不由自主地接过高书记手里的盒子。薛副团长也不知道发生了什么事,只得让刚接过盒子的随员将盒子递给周贵庭,自己接过周贵庭手里的盒子。没等周贵庭的秘书上前接盒子,陌生年轻人抢上一步接过礼品盒。

高书记笑吟吟地对周贵庭道:"周市长,市政府有件重要的事情要你立刻处理,代表团的贵客由我来送别。"转而向着两位团长笑呵呵地道:"两位,实在对不起,周市长实在太忙,由我陪同送别,你们没有意见吧?"

薛副团长马上道:"哪里哪里,高书记亲自陪同那是我们的荣耀!"接着向身边的团长说了几句话,团长高兴地拥抱住高书记。"

代表团的车队离开宾馆,陌生面孔的年轻人将礼品盒交给身边的随员,转向周贵庭对着另一辆车子做了个请的动作,道:"周市长,请吧!"周贵庭道:"你们是什么人?我现在要回市政府处理重要公务。"

周贵庭的秘书小陶上前拦住道:"他可是周市长!"

"请你不要妨碍公务。"

"你们到底是什么人,要不我要报警了。"黄冉掏出工作证,展开给小陶看。小陶看了,脸色煞白。黄冉低声道:"请你不要向外界透露半个字。"

小陶连连道:"知道知道……"

周贵庭道:"高书记这是在排除异己!"

"请吧,周市长,另一个公务在等着你!"

周贵庭极不情愿地坐进车里。

车子离开了,门口的人被这突如其来的变故闹蒙了,呆呆地看着远去的车子。

圆山饭店和"同唱一首歌娱乐城"同时受到包围、搜查。黄俊卿还没来得及反应,就被化了装的侦查员抓住。地下室里,穿白大褂的负隅顽抗,被当场击毙。

杨处长听完各处报告,命令仔细搜查不要有遗漏。

余心华终于接到搜查令,拿过张影手里的对讲机道:"各小组注意,我是一号,听到请回话。"话音刚落,对讲机里传来声音道:我是二号,等待你的命令……我是三号,等待命令……我是四号,等待命令……我是五号……余心华等各组报告完毕道:"现在是九点二十一分,我命令同时向预定目标行动!"对讲机里传来一连串的"是!"。听了这些铿锵有力的回答,余心华血液沸腾,拔出手枪对张影道:"张影,你留下,其余的人跟我走。"

"为什么要我留下?"

"你是实习生,这个事轮不到你上。"

"你小心眼！我偏要去！"

"那好，你和佘丽一组。佘丽，照顾好张影。"余心华将手枪扔给张影，自己飞身下楼。

张影抓住飞来的手枪，冲着下楼的余心华的背影道："看不起人！"

余心华一马当先，冲过公路。他让其他人堵住水仙大酒店的门，自己蹲守在酒店楼侧一个武警身边，武警、特警冲进楼里搜查。

时间不长，从楼顶扔下一根绳索，紧接着一个黑衣人顺绳索滑下。埋伏在树丛中的武警用枪口对着此人，齐喊："不许动！"黑衣人立定。等一个战士上前给他戴手铐的瞬间，黑衣人迅疾扭住战士的手腕，脚踢身侧另一个战士，将手里的战士推向另一个冲来的战士面前，反身朝出口奔跑。

突然从他身侧飞出一拳一脚，黑衣人猝不及防，正在奔行中的身体没有办法移动，侧头躲过了直奔耳门的拳头，腰部结结实实中了一脚，这一脚几乎将那个黑衣人踢飞。黑衣人侧身连着几个倒退，飞出一脚的人全身扑上，不给对手任何喘息机会，完全是一种拼命的打法。众人这才看清，扑上的人是余心华。

余心华忍着被击中一拳的间隙，右手叼住来拳的手腕，一个顺势扭转将黑衣人的右手反倒背后，左手胳膊插进黑衣人左臂弯里，将左臂反向后背。张影冲上前来，将手铐铐到黑衣人背后的双手腕上，倒地的战士这才爬起来。余心华揭开黑衣人的头套，从他左耳门到嘴唇边那道细长的指痕证明了此人的身份。

余心华道："鲁地蒙先生，哦，蒋天明先生，也不是，该叫你……"余心华的问话没有说完，前面响起枪声。众人大惊。余心华对佘丽、张影道："你们把他押回局里，我去看看。"飞身离去。张影道："接着！"手枪扔过余心华头顶。余心华抄手抓住手枪，闪电般蹲到酒店门口。武警中队长向他报告说："女老板跑了，钟警官去追了。"

"朝哪个方向去了?"

"南边。"

"你们看好现场,我去支援他。"话音未落,人已经出去了一丈多远。

余心华找到钟小华时,钟小华已经躺倒在地。

他扶起钟小华问:"小华,怎么了?"钟小华有气无力地告诉他说:"吴仙殊朝那、那个方向跑了……"说着晕了过去。

余心华放下钟小华,掏出手机告诉刘处长这边的情况,让人来救钟小华,说完他去追吴仙殊……

四十四、智斗

余心华抬眼望去,眼前是一座刚拆迁的水泥厂,没来得及清理的废墟显得很荒凉。

几只山雀从催化罐下飞出,很显然有人惊扰了它们的安静。

余心华迅速朝催化罐跃进,刚到罐前,一个纤巧的身影一闪而逝。余心华跃出,眼前是断壁残垣的厂房,有个身影刚刚闪入废墟。从身形上,余心华判断此人就是吴仙殊,举枪戒备,小心向厂房逼近。

突然,口袋里那只诺基亚发出强烈振动,余心华快速贴身罐壁,警惕地望向厂房,单手掏出手机。

手机里命令他放弃对吴仙殊的追捕,余心华应付声:"是。"收了手机,拿出另一只手机,小声报告说:"杨处,对方要我放弃对吴仙殊的追捕……我在城南水泥厂,吴仙殊就藏身在废厂房里……回去……好。"余心华收了手机,自言自语地道:"怪事,我明明看到在这儿,怎么一转眼就不见了?莫非进入树林了?"接着对树林大喊:"吴仙殊,我看到你了,再不站住,我要开枪了!"话音刚落,朝树林里开了两枪,飞身冲入树林。

吴仙殊眼见余心华跑进树林,反身侧向蹿出,几个闪跃不见了人影。

余心华见到杨处长第一句话就是:"杨处,那个暗藏的家伙还在,要不我也接不到他的电话。"杨处长微笑道:"这你就不要管了,留着他有用处！我让你回来的目的，是协助我们秘密审讯周贵庭。"

"周贵庭真的是……逮捕了？"

黄冉拍拍余心华的肩膀道："没想到吧？"

"你们什么时候……哦，我不该问。"杨处长笑笑。余心华道："那，林倩茹日记里所说的'达旺'一定是周贵庭，肚子里的孩子也一定是他的，毒杀林倩茹的肯定也是他而不是鲁地蒙，更不是穆华春了！"

"你说得不错，这也是我们所想的，但是还要周贵庭来确认。"

"周贵庭他能确认自己……"

"这就是让你放弃追捕吴仙殊，秘密撤回的原因之一。"

"您说，要我做什么，怎么做？"

"你和蒋天明交往过，就是那个鲁地蒙。"

"是的，交过手。"

"你的身材和他相当，你还能模仿蒋天明的动作吗？"

"一两个还可以，多了可能不行。"

"这就行，黄冉你带小余下去好好准备。"

余心华随着黄冉出门。

审讯室里，戴着手铐的疤面人被两个便衣押解着，走到桌前在笔录上按下指印，转身刚好遇见被押解进门的周贵庭，惊讶地看了周贵庭一眼，低下头走出。周贵庭看到蒋天明被抓，本来想好的说辞烟消云散，只得低头坐下。

出了门的疤面人拐进隔壁的房间，揭下面具，原来是余心华。余心华坐进椅子里，戴上耳麦，盯着眼前两块屏幕。一块里显示着坐在桌前的杨处长和黄冉，另一块里是低头坐着的周贵庭。

杨处长没有马上审问周贵庭，而是静静地盯着他。三分钟后，周贵庭抬起头道："我是安城代理市长，你们无权抓我。"

"为什么？"杨处长不紧不慢地问。

"我是市和省人大代表，你们是纪委也好，公安局的也好，都无权抓我，抓我要经过市人大和省人大的批准。"

"当然，但是我们有权抓捕叛国卖国的嫌疑人。"

"什么，我叛国？开玩笑吧？你们到底是什么人？你是省厅新来的刘处长？"

"刘处长可没有这个权限，他要抓捕你这个代理市长和人大代表，可真的要履行你所说的程序。"

"那你们……"周贵庭脸色煞白。杨处长拿出工作证交给一个侦查员，侦查员将证件展示给周贵庭。周贵庭看了证件不由得低下头，旋又抬起，说："你们肯定是搞错了，我没有干你们所指的叛国卖国的事。我怎么能，这么年轻，这么好的前途，一定是有人使了手段嫁祸于我，排除异己或者是清除我这个挡道的。"

杨处长从身下的桌肚里拿出那个礼品盒，道："这个是什么，你该不会陌生吧。"

"那是我送给我一个在外国生活的同学女儿的礼物，怎么了，送个礼物也是叛国？"

"这个礼物哪里来的？"

"托人在外地买的，怎么了？有问题？"杨处长抬手示意，黄冉拆开盒子，拿出两只熊猫玩具，用手按了按熊猫的黑眼眶，发出粗重的"嚯嚯"声，拿起另一只，三两下拆下熊猫的两只黑眼珠，问："你认识它们吗？"

"我认识它们干吗，它们不就是玩具的眼球吗？"

"它们是真人的眼球，她可是你的老熟人，正在看着你呢！"

"我不知道你在说什么。"

"林倩茹陌生吧？"

"什么……她的眼球怎么跑到熊猫上了……"周贵庭住口不言。黄冉笑笑道:"这不仅是眼球,还是间谍工具,难道你不知道它们的作用?"

"我哪里知道?"

"你要不知道,你为什么让本没有资格陪同军方代表的林倩茹,一次又一次进入501所和360厂?而这双眼球里的信息正好是这两个绝密机构中的……"

"巧合罢了,我哪里知道林倩茹是间谍?"

"看来,你是不见棺材不落泪。"抬手示意,屋里扬声器里播送周贵庭自己的声音道:"喂,我愿意接受你们的邀请,你们要排除掉障碍才行……好的,再见。"

"这能说明什么,我承认因为工作上的事,确实使用过不正当的手段报复对手,怎么能扯到叛国卖国上来?"

"陆范,放一号录像。"周贵庭对面的屏幕上出现周贵庭的影像。周贵庭戴着墨镜,走到公园一角的树林里,站在一棵大树前,四外查看,突然弯腰用手提起一块草皮,掀起一块木板,从里面提出和此时放在桌子上一模一样的礼品盒,再将木板、草皮复原。周贵庭神情一暗。黄冉让放二号录像。

二号录像的内容是,周贵庭陪同军方考察组分别在501所和360厂挖耳朵弹射和手按桌面的动作,黄冉起获纸篓里和桌面间谍工具的场面,周贵庭哑口无言。

黄冉道:"周贵庭,还要我再放其他的吗?"

杨处长道:"周贵庭,你作为党的高级干部,懂得的政策不比我们少,到这个时候你还要顽抗,有意义吗?我看,你还不如你的秘书蒋天明,哦,你应该知道他不是真正的蒋天明,蒋天明早就被掉包了。可是,现在的蒋天明早已供认他所犯下的一切罪行。刚才你进门时也是看到的,他刚刚在笔录上按了手印。当然,他不是间谍组织里的人,但是知道你另外的事,比如喻明华和林倩茹的尸体是谁帮助你清除的?还有他手里

的音像资料和文字资料，你就不想知道内容？"

周贵庭的手指轻轻颤抖了一下，没有说话。杨处长道："他说，他还暗中给你传递过指示，他说你的代号是中间人。"

周贵庭闭上眼睛，嘴微张着喘息。杨处长和黄冉互看，脸上露出不经意的微笑。俩人的耳塞里响起余心华的声音道："杨处，林倩茹的日记。"杨处长轻轻咳嗽了一声，表示知道，随即拿起了林倩茹的日记，道："周贵庭，林倩茹的眼睛在看着你，她可是将你当成她这一生的最爱。你看这里有她的日记，完整详细地记录着你们的交往和变化的过程，你怎么忍心对她……"

"别说了，这一切都是时间造的孽。"

"此话怎讲？"黄冉插话道。周贵庭看着拿在杨处长手里的日记本道："能让我看一眼吗？"

杨处长道："可以，林倩茹的日记一共十六本，你要有兴趣的话可以全部看完。"

"不，不用，我只看一眼。"耳塞里再次响起余心华的声音道："不能，日记里没有点出周贵庭的姓名，他看了可能否认。"杨处长咳嗽了一声，选了一本让黄冉交给周贵庭。周贵庭接过日记本，并没有看内容，只是翻开扉页，久久地凝望着那熟悉的笔迹和林倩茹的名字，记忆的闸门轰然洞开……

周贵庭轻叹一口气，道："林倩茹是我害死的。"在场的人无不惊讶，何以他的态度转变得如此突然？杨处长和黄冉耳语，黄冉走出。

余心华卸掉面具，进入审讯室，问："你玩弄了林倩茹，后又将她抛弃，最终毒杀了她。"

"不是，不是这样的！"周贵庭似乎声嘶力竭地喊叫，稍停，继续说，"我和林倩茹有过婚约，我是真心待她的，只是后来情况发生了巨大变化，我只能……"

"于是,你授意那个蒋天明牵线,将林倩茹匆忙嫁给了穆华春?"

"我做不了主,是他们一手策划的,让我娶老厅长的女儿。"

"林倩茹是你毒杀的,你不否认吧?"

"人是我杀的,请你们不要问这件事了,好不好?还是问其他的事吧!"

杨处长道:"那好,我们尊重你的意见。"杨处长点燃一根香烟,问周贵庭:"你抽烟吗,要不要来一根?"周贵庭摇摇头又点头道:"也好,我也尝尝香烟是什么滋味。"黄冉给他点燃香烟。周贵庭狠狠吸了一口,呛得猛烈咳嗽。

周贵庭丢掉香烟,清清嗓子道:"我来安城之初就落进了吴仙殊的陷阱里,不能自拔,吴仙殊为我升迁推助很大。这期间我盗窃了不少安城党政警方面的文件材料,我就这样被他们控制住。后来,他们一步步安排我走上了副市长和代市长的位置……"杨处长插话问:"他们是指谁?"

"间谍机构的人。"

"你和他们有过接触吗?"

"没有,我至今还不知道他们是些什么人,哪个国家的,我只接受他们的指令行事。"

"从你打电话那句录音看,你当时并没有完全接受他们的安排,你当时主动打那个电话的目的是什么?"

"他们让我携带器材,乘着陪同考察组进入501所和360厂考察的机会,窃取那两个地方的机密。我知道那两个单位的性质,多次拒绝他们的指令。打那个电话,是公安局对林倩茹的案子追查得紧,而蒋天明此时在暗中给了我很大的威胁和压力,只有靠他们的力量摆平,否则,我是过不了关的,还有来自吴仙殊的逼迫……"

"你看,既然你认清了形势,诚心悔罪,我们会考虑对你的量刑的。你能不能将你从事这方面活动的内容具体写出来?"

"可以，但是我不指望减刑，我是为林倩茹这么做的。林倩茹是个清纯的人，她的死我负百分之百的责任，我不愿在死前背负着良心的谴责。"

杨处长让人带下周贵庭，对余心华道："小余，你还有一个任务，从那个假蒋天明的口里挖出口供印证周贵庭写的内容。"余心华道："保证完成任务。可是……杨处长，我能不能……"

"说，吞吞吐吐什么。"

"能不能加入你们……"

"哦，就这事啊，你不是早就在执行任务了吗？"

"真的，这就算加入了？"

突然，手机响起，余心华连忙掏出手机。

四十五、迷雾

随着审讯的深入,一系列案情逐步显露,但是,随着有些当事人的死亡和逃逸,不可能将案件所有疑点厘清。局里抓紧对现有嫌疑人的审讯取证,并将案件移交给检察院。刘处长已经回到省厅,局里主持工作的还是钟局长。

由于余心华在一些问题上始终不能很好地说清楚,也没有确实的佐证,本来很有机会担任李文虎助手的他,局里只是将他从夜间值班室挪进刑警队,当了个组长。他本人对这个结果非常满意,因为杨处长私下里和他交了底,他在这个位置上最合适,有一定权力又不被人注意,机动性很大。

张影还耳闻余心华故意放走吴仙殊的说法,自己对此说也是将信将疑。她问余心华,余心华说没有那回事,还说,人家要怀疑你有什么办法?张影对他的解释不是十分满意,对局里给余心华的工作安排很是有意见,可是,她没有办法提出,因为,她只是个实习生。

余心华陪着张影静静地伫立在林倩茹坟墓前。

张影和余心华走在墓园的甬道上。张影抬头问:"小余,你是不是真的值得怀疑?"

"你怎么想起问这个问题?"

"我这不是关心你吗?"

"有些事可能永远无法说清楚，但是，你要相信我，我绝对不会做对国家、民族不利的事。"

"这个我深信不疑，可是我们现在……我总不能带着疑问和你交往吧？"

余心华苦笑道："有些事我是没有权力说的，我只能和你透露这么多。"

"那你……"余心华口袋的手机铃声响起。

余心华接听："我是……我们在墓园……我知道，我马上回来。"收了手机对张影道："钟局长让我回去，有紧急情况。"

"是不是有了新的案子了？"

"没说，那我们走吧。"

局长室里只有钟局长和桑副局长在座，钟局长让余心华坐下，开宗明义地道："安城大学保卫处通报，他们大学微波实验室主任恽明华教授失踪了，是他妻子向保卫处报的案。学校里非常重视这个案子，因为恽教授负责的这个实验室是国家重点实验室。不仅如此，他研究的项目事关国防安全，省厅要求我局派人加强安大保卫处的工作。"

"这么说，又是一桩间谍案？"

"是不是间谍案，目前还不好确定，但问题确实严重，不可小觑。"

"要我做什么，尽管吩咐。"

"你的具体工作是协助保卫处做好内部安保工作。"

"这个，还是交给其他人吧，我调查恽教授的失踪案。"

桑副局长笑着说："小余啊，这回我们是在成全你呢，你到那里可是巡视员，副处级的，比李队还高，和我平级了，简直是一步登天呢。"

"我可不是为了官帽子，我还是想调查……"

钟局长打断了余心华的话道："好了，这回也不是我们的主张，是省厅这样安排。可能是你在前面的案子里表现突出，省厅才这样安排。

你要保密,不要和任何人提到你的工作性质。我们对局里、对外宣布你不适合在公安局工作,转到地方上了,懂吗?"

"是,保证完成任务!"

一直等在楼下的张影见到余心华下楼,忙问:"什么事?"

余心华笑笑道:"我被调出公安局了,到安城大学保卫处工作。"

"怎么回事?他们怎么能这样对待你?"

"还不是不相信,不过也好,安城大学那可是全国的名牌大学,那里可是个大显身手的地方。"

"那,我们……"

"没事,我常来看你。"

"去你的,想得美——"

余心华口袋里的手机又响起,接听道:"我是,杨处……好,我马上过来。"

张影问:"什么杨处啊?我怎么没有听说过?"

"你听错了,是杨楚,楚国的楚,是我一个老同学。"

"你的同学真多,看来你的人缘比我好多了。"

"现在,你不是还没有落地生根吗,等你干了一段时间,你的熟人会找上门来,你想推都推不掉的。"

"你什么时候过去,我送你。"

"行,到时候再说。我走了。"

余心华刚走到半路,接到了那部诺基亚发来的指示……